午後のチャイムが鳴るまでは

阿津川辰海

Tatsumi Atsukawa

実業之日本社

午後のチャイムが鳴るまでは

装画・扉絵　オオタガキフミ
装幀　須田杏菜

目次

九十九ヶ丘《つくもがおか》高校 校内図

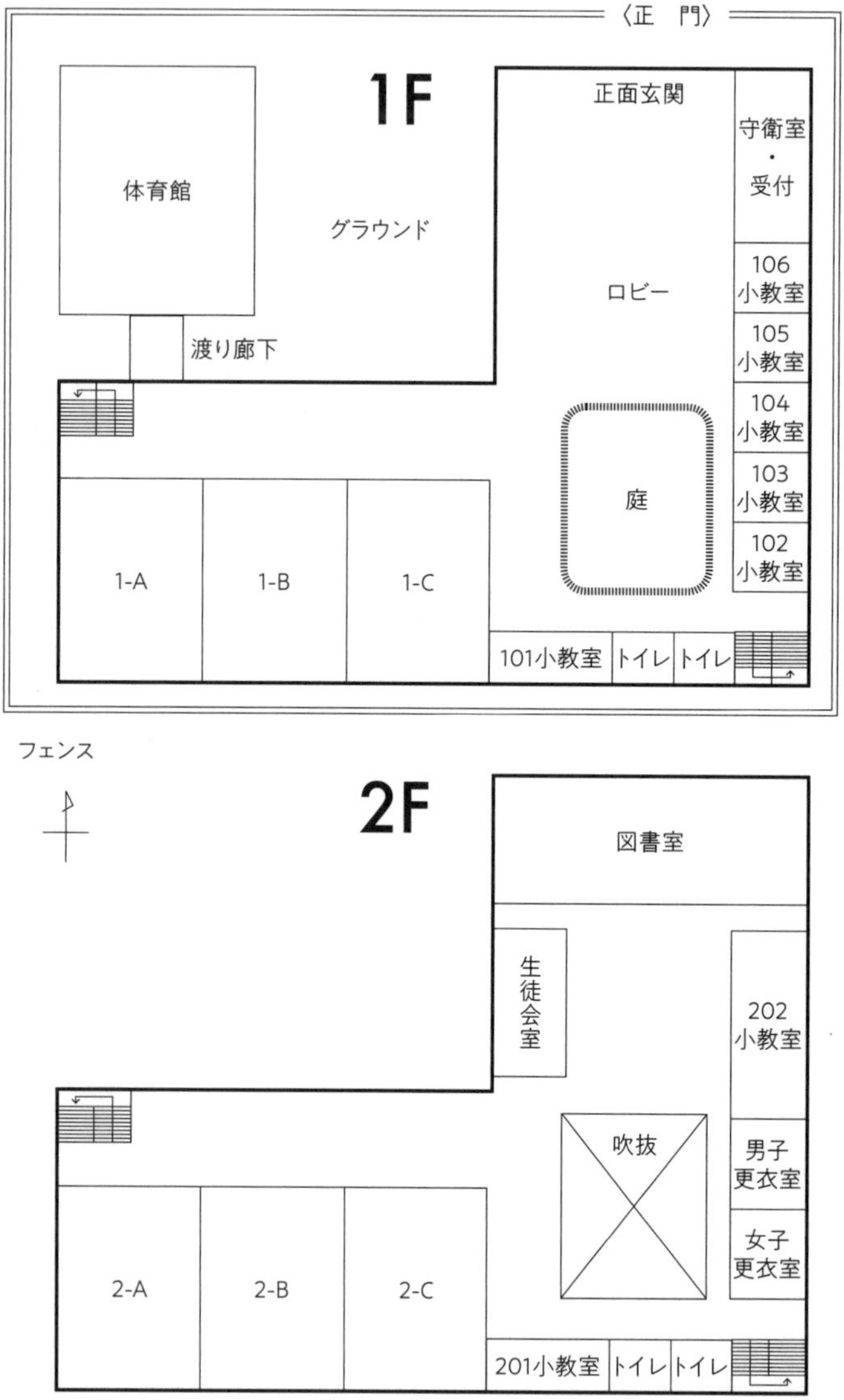

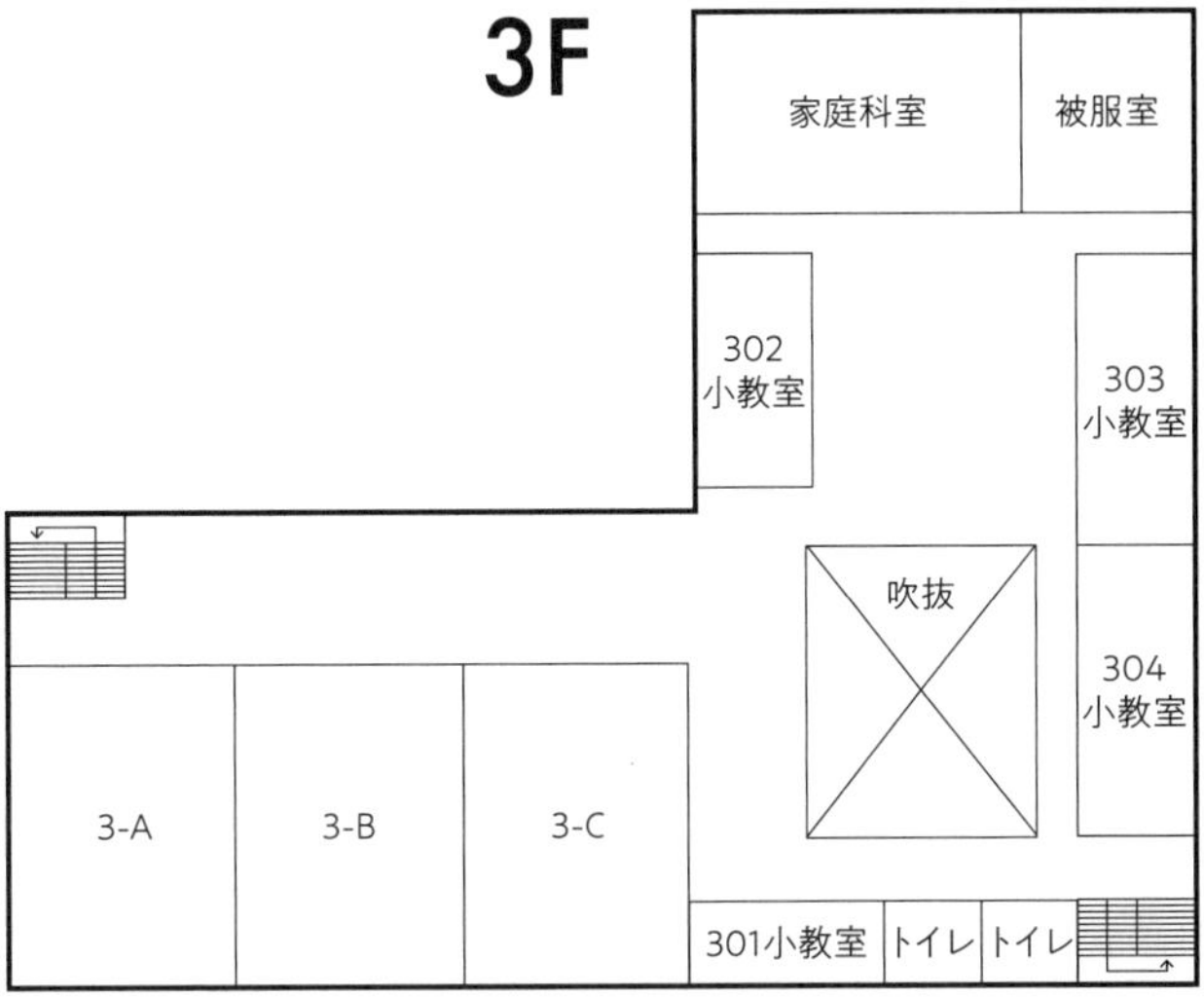
3F
家庭科室
被服室
302
小教室
303
小教室
吹抜
304
小教室
3-A
3-B
3-C
301小教室
トイレ
トイレ

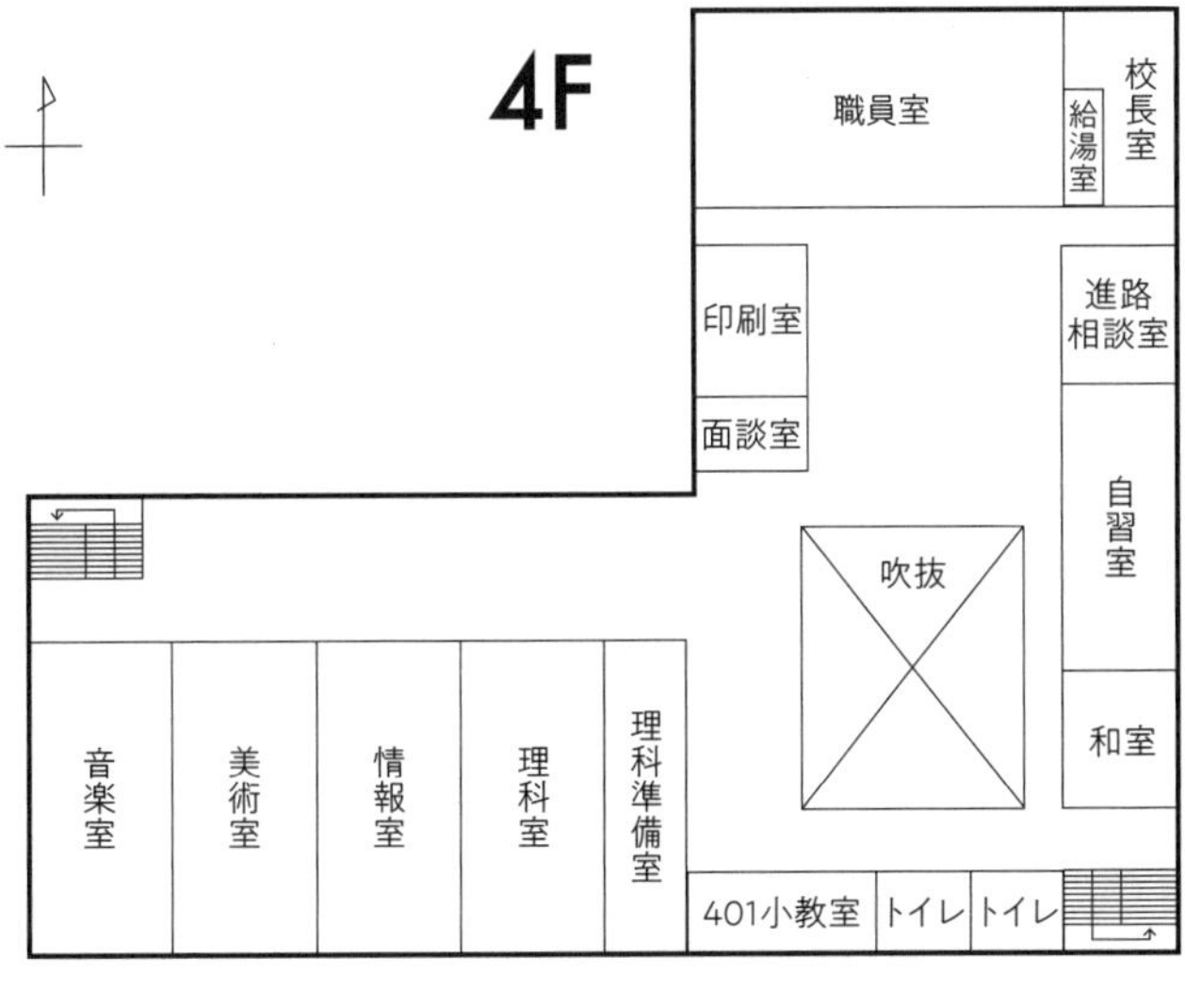
4F
職員室
給湯室
校長室
印刷室
面談室
進路相談室
自習室
吹抜
和室
音楽室
美術室
情報室
理科室
理科準備室
401小教室
トイレ
トイレ

5F

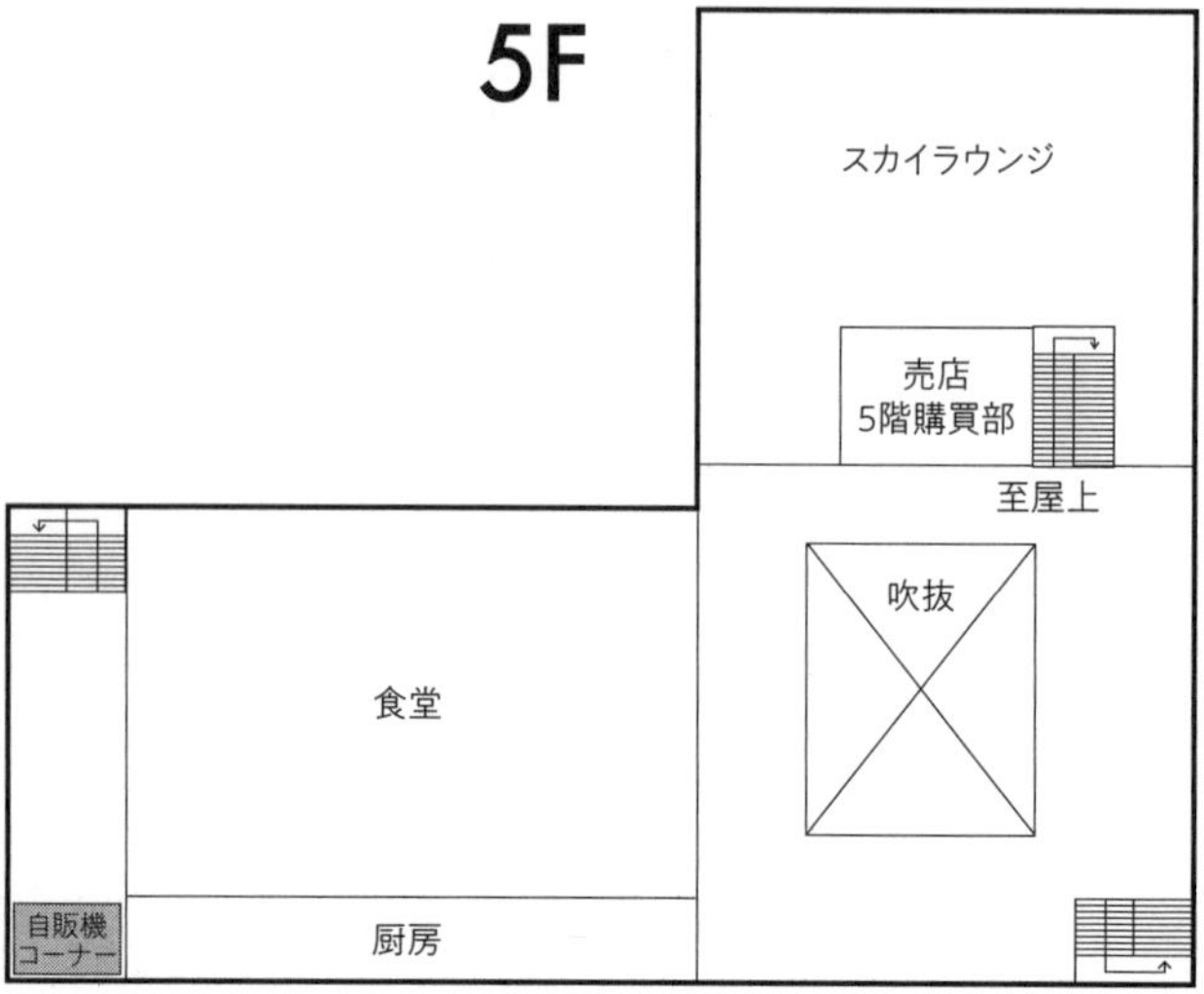
スカイラウンジ
売店
5階購買部
至屋上
吹抜
食堂
自販機
コーナー
厨房

屋上

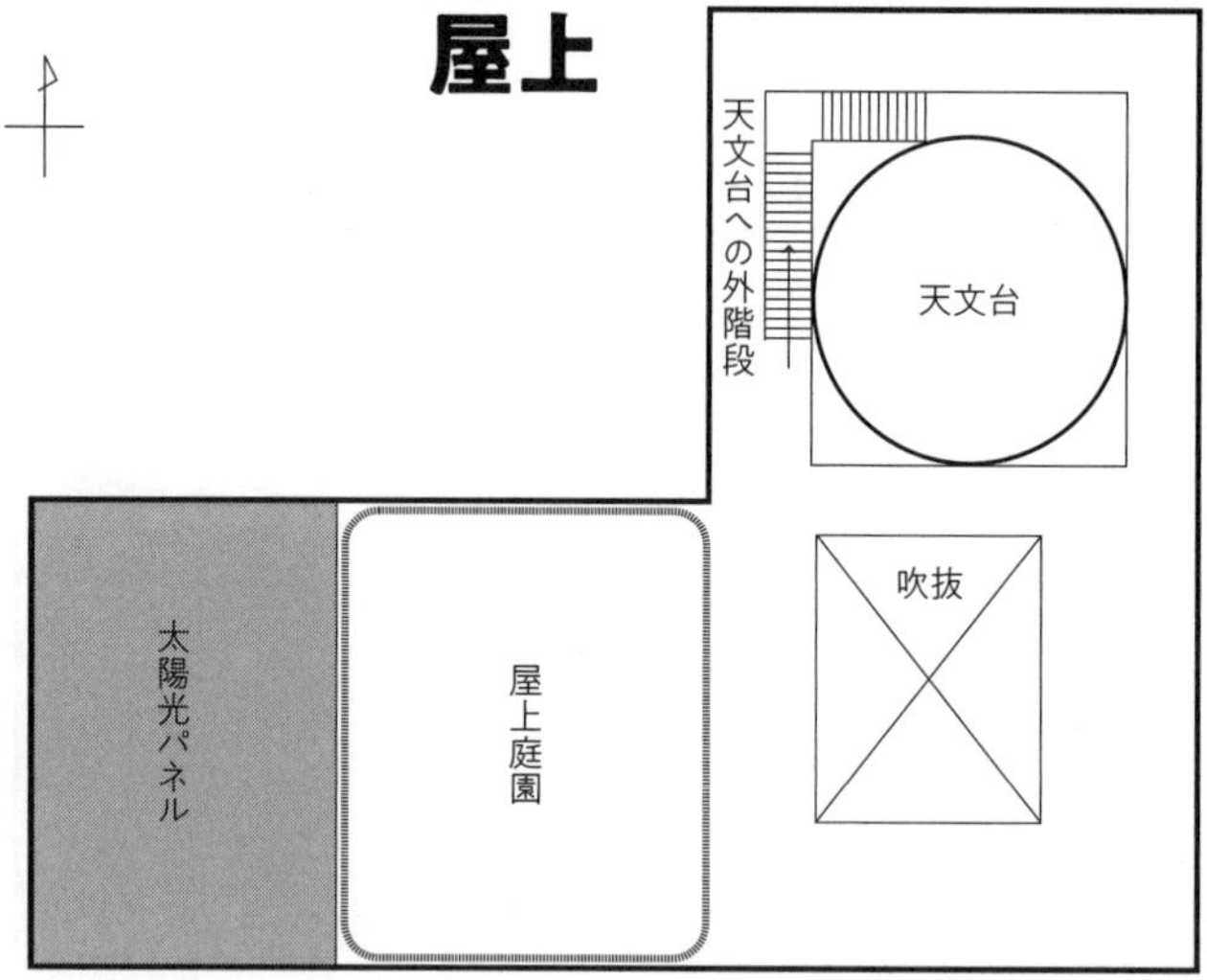
天文台への外階段
天文台
吹抜
太陽光パネル
屋上庭園

九十九ヶ丘高校　時程表

ホームルーム	8:00～8:10
休み時間　5分	
1時限目	8:15～9:05
休み時間　5分	
2時限目	9:10～10:00
中休み　10分	
3時限目	10:10～11:00
休み時間　5分	
4時限目	11:05～11:55
昼休み　65分(11:55～13:00)	
5時限目	13:00～13:50
休み時間　5分	
6時限目	13:55～14:45
ホームルーム	14:45～14:55
休み時間　5分	
7時限目(火・木のみ)	15:00～15:50
放課後	

第1話 RUN!ラーメンRUN!

1

今日の俺はすこぶる気分が良い。

妹に言わせれば、普段の朝の俺は『サイアク』だという。ちょっとしたことで怒るし、返事も無愛想だ。いわく、『話しかけるのも億劫《おっくう》なくらい』。

確かに、いつもの俺はそうかもしれない。

思い返すと、ひどいことばかりしていると思う。特に母さんに対して。インスタントコーヒーのお湯の量が多すぎて味が薄いと文句を垂れる（規定量で作りたいなら自分で台所に立てばいい）。お弁当を作ってくれたのに、今日は友達と食堂で食べるから、と邪険にする（そんなの前日から言っておけ）。折り畳み傘を持っているか聞いてくれたのに、そんなことを忘れて、帰宅してから傘がなかったと不平を言う（自分でちゃんと入れろ）。ちなみにカッコ内は、我が愛《いと》しの・舌鋒《ぜっぽう》鋭い・妹の発言である。

こういう細々《こまごま》したことを思い出すたび、俺はそれなりの自己嫌悪に襲われる。俺は反省出来る人間でありたい。

だが、その点今日の俺は完璧だ。

昨日のうちに、「明日の昼は友人と食べるよ」と伝達してある。自ら台所に立ってコーヒーを淹《い》れ、テレビの天気予報で降水確率をチェック。午後、にわか雨の可能性あり。それを見て、すかさず折り畳み傘をカバンの中に入れた。

妹が毎朝テレビの星座占いだけは欠かさずチェックすることを、俺は良く知っている。だからこそ、そのタイミングで洗面台に立ち、素早く朝食後の歯磨きを済ませる。家の中の動線まで、今日はくっきりと把握することが出来た。

カバンの中身を見て、今日の昼休みのための「道具」がしっかり揃《そろ》っていることも確認した。

完璧。

それを見ていた妹が、何やら引いた顔で言ってくる。

「どうしたの兄貴……なんか今日、いつもと違う。というか、ちょっとキモいよ」

フッ。

……完璧にしたらしたで、悪口を言われるのか。

「別に……いたって普通だが？」

俺は毛ほどの動揺も見せずに答える。妹の顔はますますひきつった。

「うえー。なんか朝から変なもん見た」

妹は舌を突き出して言った。

「じゃ、私行くから」

妹は木曜の朝に限って、俺より三十分早く出る。部活か何か、用事があるのだろう。

「俺も今日はこの時間に行こうかな」

妹はくるっと振り返って言った。

「い・や・だ」

そう言って、リビングの扉を叩《たた》きつけるように閉めた。

……。

フッ。

まあいい。

俺は完璧な朝のコーヒーに意識を集中させた。

今日の俺は、それくらいで機嫌を損ねたりしないのだ。

何せ今日は。

——ラーメンを食いに行くのだから。

2

自宅の最寄り駅から電車で三十分。都心に近く、駅ビルや外資や出版社のビルと、教会、神社などが奇妙に同居するような街に、俺の通う「九十九ヶ丘《つくもがおか》高校」はある。

駅から学校へ向かう道には、学生服姿の男女が点々としている。あと十分くらいすると、この道がびっしりと埋め尽くされるほどに生徒が増える。俺は朝から部活に精を出すほど真面目でもないが、かといって一番キツいラッシュに巻き込まれるのもごめんなので、いつも少し早めの時間に家を出ている。始業時間が八時なので、他の高校の生徒とはあまり被らないのだが、代わりに社会人の人はよく見かける。

九十九ヶ丘高校には、二つの最寄り駅がある。ＪＲの駅と、地下鉄の駅、それぞれが学校を挟んで正反対の位置にある。俺が行くのはＪＲの方からで、少しきつめの坂を上がらないといけないが、代わりに、通学路には書店や飲食店が立ち並び、賑やかな街並みを歩くことが出来る。地下鉄の方からだと、由緒正しい神社の近くを通ることが出来るが、この時期は道に大量の銀杏《ぎんなん》が落ちていて、悪臭に耐えなければならない。

道行く人全員がマスクをしているのも、当たり前の光景になってしまった。

今日は二〇二一年九月九日。木曜日。

昨年開催される予定だった東京オリンピック・パラリンピックが開催され、七月から新型コロナウイルスの感染拡大状況は「第五波」に突入した。デルタ株が怖いと専らの噂《うわさ》で、体が頑丈で、病気をあまりしたことがない俺も、やはりどうしても神経質になる。自分にはままならないことで生活や感情を左右されるのは、感染流行が開始して一年半以上経《た》ってもなお、慣れることがない。

しかし、新学期の九月、秋になって、気候が涼しくなってきたのはありがたかった。真夏にマスクをしていると息苦しく、汗で中が蒸れるから不快で仕方なかった。今日は曇り空なのも相まって、少し過ごしやすい気温だ。

後ろから肩を叩かれた。

「おはよう、ユーキ」

同級生の日下部《くさかべ》顕《あきら》だ。肩にかかる程度の長さの髪に、少しウェーブがかかっている。男子生徒の中ではかなり長い方で、本人いわく「校則のギリギリを攻めている」という。

俺の名前の音は「ユウキ」なのだが、アキラの呼び方は「ユーキ」だ。なんとなくゆるい感じ。マスクで下半分が覆われているのに、表情が心なしかいつもより晴れやかに見えた。彼の機嫌が良いのも、俺と同じ理由だ。

「よう、アキラ。昨日はよく眠れたか？」

「お前よー、遠足前の小学生じゃねえんだから」

アキラはクックッと笑った。

「そういうお前はどうなんだよ？　え？」

「俺か？　俺はな……昨日『準備』を終えてぐっすり眠って……すごく爽やかな気分だよ。今日の朝は空が少し高く見えたね」

「いや、曇りだけどな……」

そういうツッコミを入れてくるが、俺の度が過ぎたノリにはノータッチだ。

足元を見ると、指示通り、きっちりスニーカーを履いていた。黒系のスニーカーなので、黙っていれば学校指定の靴らしく見える。学校の指定はローファーなどの革靴なのだが、今日は午前中、二限から三限までブチ抜きで体力テストがある。そういう日は朝からスニーカーを履いてくるものぐさもいて、あまりに数が多いので、半ば黙認されているのだ。

「今日、妹さんは一緒じゃないのな」

「文化祭まであと二週間だろ。部活が忙しくて、朝の時間も有効利用しているんじゃないか」

二〇二一年、まだまだ情勢的には予断を許さない状況とはいえ、わが校では二年ぶりに文化祭が開催される運びとなった。九月二十四から二十六日の週末である。去年はコロナのせいで文化祭自体の開催が取りやめられたから、俺の属する二年生と、その上の三年生は特に乗り気だ。思い出を作りたくて必死なのだろう。本当にこの情勢で開催していていいのか、悩む気持ちもあるが、今ほどデルタ株の感染が拡大していなかった六月頃に決定され、そこから三か月間、勤勉な部やクラスは着々と準備を続けてきたので、今更止めるわけにはいかないと思っているところも多いそうだ。今年は一般来場者の人数を絞るなど、感染対策が入念に行われるとのこと。

「妹の部は、去年文化祭がなかったせいで、ノウハウが継承されていなくて、三年の先輩からせっせと聞き出しているみたいで、それも大変なんだと」

「うへー、コロナの弊害ここにもあり、ってことか。てんてこまいだな、どこもかしこも。俺たち囲碁・将棋部は、体験コーナーを置いとくくらいだから楽だけど」

囲碁・将棋部の体験コーナーは、常に閑古鳥が鳴いているという。いわんやコロナ禍をおいてをや。ただ先輩曰《いわ》く、「ガチで強いおじいちゃんがたまに出没するから、ボロ負けする心の準備だけはしておけ」ということだった。

「聞いた話じゃ」アキラが言う。「文芸部は数年ぶりに部誌の手売りするんだとよ。気合入れて作ってるらしいぜ」

「へー。いつも印刷室で折り込んで作ってるやつじゃないの？」

一冊五十円で図書室の一隅に置かれているのを、俺も見たことがある。缶の中にお金を入れておけばいいという代物で、野菜の無人販売所に似ている。

「ちげえよ。もっと立派なの作るんだとよ」

「はー。どこの部活も頑張ってるんだなあ」

文化祭は二週間後。

どこのクラスも部活も、浮き足立っている時期だ。出し物に。展示に。あるいは恋に。

アキラは自販機の前で足を止める。

「なんか買うの？」

「缶コーヒーでも飲もうかなって思ってよ」

「俺は朝起きて自分で淹れたぜ。完璧な朝だった」

「なんだよそれ。お前のそのノリ、いつまで続くんだ？」

アキラは笑いながら言い、財布を開いた。「うわー」と彼の口から声が漏れる。

「全然ねえや」

「バイトとかしてないのか？」

「してるけどよー、今月はカラオケにも行ったしなあ……ほら、店が開いたのも久々だったし」

「ふうん」

「悪いけど貸して」

そう言われても、俺の財布にも持ち合わせがない。自販機を見る限り、大抵のＩＣカードや電子決済も有効なようだが、それらもことごとくチャージが切れている。家からここまでは定期券だったので、今タッチしてみるまで、ＩＣカードのチャージ切れにも気付かなかった始末だ。まさか、水すら買えないとは。

「悪い……全然ダメだわ」

「マジかよー。俺ら金欠すぎだわ。金欠馬鹿コンビ」

「おい、お前と同じ枠に入れるな」

「いいじゃねえかよー。だって俺ら同じ部活だし、それにこれから――」

その時、背後から声をかけられる。

「おはよう、結城《ゆうき》君、日下部君」

俺は体ごと跳ねそうになった。

隣のクラスに在籍する、我らが生徒会長だ。歩く姿勢からしてすらっとしている。文武両道、眉目秀麗《びもくしゅうれい》を地で行くようなスーパーマンだ。俺たちとは住む世界が違う。

俺は不用意に『あのこと』を口にしようとしたアキラに目線だけで非難を向ける。アキラは少し首をすぼめた。

「会長、おはよーっす」

アキラが軽い口調で答える。

「会長、今日はこの時間なんだな。いつももっと早いイメージだったよ」

俺が言うと、会長は頷《うなず》いた。

「ああ、うん。今日は駅の近くの喫茶店で、その……ちょっと、勉強をしてきてね」

「はー。それが学年一位の秘訣《ひけつ》、ですか?」

アキラがなんら嫌味を感じさせない、冗談めいた口調で言う。会長は肩をすくめてみせた。

「さあね。最近は文化祭の準備で忙しくて、放課後はなかなか時間が取れないから。部活にも顔を出さないといけないし……」

「それで、朝に勉強を?」

俺は半ば呆《あき》れて言う。

会長は自動販売機でホットのブラックコーヒーを買っていた。

「朝も喫茶店で飲んだんだけど、いくら飲んでも足りなくてさ」

「大丈夫っすか」俺は心配になって言う。「体、壊さないでくださいね」

学生による自治、というスローガンが、ただの標語にとどまらず、きちんと実効力を持っているのが九十九ヶ丘高校の特色だ。事実、生徒会の動議によって、多くの校則が改正され、教師と生徒の歩み寄りが進んできた歴史を持つという。生徒会は、意見がまるで違う生徒たちを束ねる最強の司令塔でなければいけないため、おのずとその責任も重くなる。

その長《おさ》ともなれば、多忙のほどは推して知るべし、というものだ。それでも生徒会の仕事をして、こうして勉強までして、部活までこなすというのだから、けだし大したものである。

「おはよっす」

後ろから合流した、クラスメート、岩倉《いわくら》に肩を叩かれる。

「おはよう」

「今日もハンカチはちゃんと持って来ているか?」

俺はマスクの中で苦笑しながら、「もちろんさ!」と口調だけはおどけてみせて、ポケットから取り出したハンカチで額を拭ってみせる。岩倉はハハッと声を立てて笑った。

「岩倉君」会長が険しい声で言った。「いつまでもそのネタでイジるのは、どうかと思うけどな」

「ひーっ、会長厳しい」岩倉は肩をすくめた。俺とアキラに目をやりながら言った。「俺、素早く退散するわ」

彼は脱兎のごとく駆けて行った。

俺の「ユウキ」という名前は、スポーツ選手に引っ掛けてイジられることがある。俺ら世代がまだ三歳ぐらいの時期に流行ったネタらしいが、正直俺は、スポーツを見ないので元ネタが分からない。それで微妙な思いもしているが、自分の持ちネタが一つあるというのは、男子高校生にとって決して悪いことではない。

だから、生徒会長が庇《かば》ってくれたのは新鮮だった。確かに、人を名前でイジるなんて、褒められたもんじゃない。こういうところが、みんなから好かれているんだろうな。

「会長、ありがとうな」

「別に、お礼を言われるようなことじゃないよ。じゃあ、俺は始業前に生徒会室に寄らないといけないから」

「おーっす。また学校でー」

アキラが手をひらひら振るのに応えて、会長は足早に歩いて行った。

……眩《まぶ》しい。

何か打ち込むことがあるやつは眩しく見える。こちらの目が潰れそうなほどに。フレッシュな一年生なんて見ると、一歳しか違わないのにこっちが老けたように思える。

今だって、会長は別に、俺を助けてくれたつもりはないはずだ。俺の心のささくれを取ってくれたとは知るよしもないだろう。彼には押しつけがましいところがない。ただ受け取る側が、勝手に元気になる。

朝の時間の使い方もそうだが、俺の一時間と、生徒会長の一時間では、時間の密度が全然違うんだろうな、と思う。彼には、動画サイトを見てボーッとする時間なんて存在しないんじゃないだろうか。俺なんかは、動画サイトを見るだけで家で休日を丸一日潰してしまい、一日友達と遊んできた妹に馬鹿にされるような「灰色の青春」を送っているというのに——。

もちろん、俺たちにだって情熱がないわけじゃない。

むしろ、それはありあまるほど、ある。行き場を失うほどに。誰だって多かれ少なかれそうじゃないだろうか。

ただ、俺たちの情熱の使い方は、彼らからすると違う方向に向いているだけだ。大人に褒められない方向、誰にも理解されない、馬鹿馬鹿しい方向に。生徒会長からしたら、理解に苦しむのではないだろうか。何一つ益のないことに、どうしてそれほど情熱を傾けられるのか、と。

しかし、俺らにも異論がある。

何一つ益がないからこそ、情熱を注げるのだと。

馬鹿げたことにも全力で打ち込む——時間も情熱もあり余っている俺たちだからこそ、それが出来る。

たとえば、ラーメンを食らうことに。

アキラの顔を見る。

「じゃあ、手筈《てはず》通りに」

「心得た」

そんなやり取りも、映画で見たスパイのようで妙に興奮してくる。

俺のクラスは2-B、アキラは2-C。俺たちは昼休みに突入したら、「手筈通りに」一階の小教室で落ち合うことになっている。

俺とアキラは今日、昼休みにラーメンを食いに行く。

誰にも知られないように。

3

昼休みにラーメンを食いに行く——と言っても、簡単なことではない。

何せ、九十九ヶ丘高校の校則では、私用で昼休みに校外に出ることを禁じているからだ。

正確にはこういうことだ。わが校では始業から放課後までの時間、授業や体調不良等の非常時以外の用事で生徒が校外に出ることは許されない。冬季に近所のランニングコースまで出るとき、コンビニに立ち寄って叱られる奴が必ず出てくるのは、普段そうやって縛られているからだ。まして、昼休みに外に出るなんて、出来るわけもない。

まあもちろん、わが校の設備は充実している。五階建て校舎の五階には、豊富なメニューを誇る学食と購買部があり（カレーライスと、校名を冠した九十九定食、そしてとんかつ定食はかなり美味《うま》い）、都会の街並みを眺めながら雑談と食事に興じられるスカイラウンジという名前の施設まである。金のかかった私学ならではの設備だ。さながら私立大学並みの充実ぶりである。ラウンジには自動販売機も完備、一階のロビーでは、昼休みに購買部が出張して美味《おい》しいパンやサンドイッチを売っている。仮に弁当を持って来るのを忘れたとしても、食いっぱぐれる心配はない。

だから実際のところ、外出禁止は決して厳しい校則ではない。生徒会を通して色んな校則を変えてきた歴史を持つ我が校だが、この校則はさほど叩かれたことがないそうだ。

つまり、昼に外に出てラーメン店に行くことは、校内の誰にも知られてはいけない。あまつさえ、校外の人間にも、「あれ、あいつら九十九の生徒じゃね？」とバレるわけにはいかないのだ。九十九ヶ丘高校はそこそこの名門で、最近は旧七帝大への進学率の高さで注目され始めていることもあって、地域の監視の目は意外と強い。都会なのに。制服を着たまま放課後に買い食いをしただけでも、地域の人にチクられて、合同HR《ホームルーム》での先生の小言のネタになる。あいうのって、本当誰が通報しているんだろう。

閑話休題。ともあれ、俺たちはこれから、ある種の完全犯罪を成し遂げなければいけない……ということだ。言い過ぎと思うだろうか？　たかだかラーメンを食うためだけに、俺たちは人を殺すほどの緊張を強いられることになる。たかがラーメン、されどラーメンだ。

いや、ラーメンだからこそ、これほどのリスクと俺の青春を捧《ささ》げる理由がある！

ラーメンは俺たちの青春だ！

誰が、なんと言おうとも！

四時限目終了のチャイムが鳴る。昼休みの始まりを告げる音。

わが校の昼休みは十一時五十五分から十三時。つまり六十五分間。

やや変わった時間設定だが、その分、始業時間が少し早い。最初は朝起きるのがしんどく、こんな時間設定にした過去の何者かを恨んだものだが、慣れてくると、昼食の時間がたっぷり取れるし、遊びの時間も増えるので決して悪くはない。それに、職員の立場からすると、周囲の会社の職員たちに比べ、五分早く人気の店に行くことが出来るので、結構重宝しているらしい。

とはいえ、それは昼も自由に外に出られる職員たちだけの特権だった。今日までは。

今日、俺とアキラも、その恩恵に与《あずか》る、というわけだ。

十三時のチャイムが鳴る時、何食わぬ顔で２－Ｂのこの座席に戻って来ていなかったら、ジ・エンドだ。

……行動開始！

「よーし、じゃあお昼食べたら、集まれる人で大道具作ろう！」

クラスの委員長が声をかける。おーっ、という元気な声がクラスのあちこちから上がった。

ちなみに２－Ｂの出し物は、ベタにお化け屋敷である。

委員長に「部活の手伝いがあって！　ゴメン！」と謝りに行く者もいれば、そそくさと教室から消えてしまう者もいる。皆、自分の所属する部活の準備もあって多忙なのだ。委員長もそのあたりはしっかり心得ていて、来るもの拒まず、去るもの追わずの精神で準備を進めている。委員長自身も吹奏楽部の活動があったはずだし、本当、よくやるものだ、と感心する。

逆に言うと、この昼休み、個々のクラスメイトに対する監視の目は著しく薄い——と言える。みんな、自分の出し物や仕事に必死なのだ。あいついなかったよね、と陰口を叩いている暇さえない。

だからこそ、俺たちの計画が成立する。

「お前さー、あのアプリのアレ、試したか？」

「あれ？　十日は明日だろ。まだ入れてねえけど、あれ心配なんだよな」

「アプリ自体は一年前にリリースされてるし、新機能は今日から使えるんだ。スタンプ押せるんだぜ。ほら見ろよ、このニュース記事」

「うわっ、馬鹿なこと考える奴《やつ》もいるなー、ほんと。ケチ臭いバグ技だよ」

同級生の男子たちの会話を聞き流しながら、俺はトートバッグを持ってサッとクラスから消える。

一階に降りた。

今日は囲碁・将棋部の定例活動曜日だ。そのために、106の小教室を押さえてある。本来は放課後だけなのだが、今日はしれっと「出し物の準備に必要」という理由で昼休みも押さえておいた。

九十九ヶ丘高校では積極的な部活動を奨励しており、部活のために使う小教室の予約システムもオンライン化されている。生徒証の学生番号で校内サイトにログインし、希望の教室をタップ、使用目的や時間などを入力するだけで一丁上がりだ。しかも今回は、元々あった予約を昼に延ばすだけだったので、すんなり承認された。

一階のロビーでは、購買部のワゴンが出て、恐ろしい勢いでパンが売れていっている。「コロッケパンくれ！」「こっちに焼きそばパン一っ！」「メロンパン取ったどー！」などなど怒声が飛び交っていた。チャイムからまだ二分と経っていないのに、ご苦労なことだ。

俺はワゴンの前の人ごみに紛れるようにして、106小教室の戸を開けた。

中には、既にアキラがいた。

学ランとYシャツを脱いで、Tシャツ一枚に着替えている。下も紺のサルエルパンツに着替えていた。

「遅いじゃねえか」

「お前のクラスの方が階段に若干近い」

「無駄口は後だ。さっさと着替えろ」

トートバッグの中には、二・三時限目の体力テストで使った体操着とジャージが入っているが、中に別のビニール袋も入れてある。中身は、灰色のワークパンツと薄手のカーディガンだった。

俺の着替えを待つ間に、アキラは無駄口を叩き始める。

「体力テスト、しんどかったよな。A・B・C三組合同なのに、女子は体育館で、男子はグラウンドってなんだ？　上体起こしの測定なんて、絶対に地面に寝そべらないといけねえんだぜ？　体操着にも砂つくし、髪にはつけたくないから、頭はずっと浮かせてたし……俺はあれさえなけりゃ、あと十回は記録を伸ばしてたぜ。日を分けて、全員体育館で出来るように調整するべきだろ、あれは」

「百理ある。あとお前、生徒会長とペア組まされてたよな」

俺は笑いながら言う。

「そうなんだよ。そりゃ同級生なんだし肩肘張る必要もねーんだが、やっぱり変に気遣っちゃうよなあ。格が違うっていうかなんていうか」

「今朝も会ったし、今日は何かと縁があるな」

「確かに」

そう話している間にも、俺は学ランとYシャツを脱いで、中に着込んだTシャツ一枚になる。今日は風が強くて少し肌寒いし、校外に出たら、カーディガンを羽織るつもりだ。

下は穿《は》き替える。

これで二人とも、制服姿ではなくなった。

ただし靴だけは朝履いてきたスニーカーのままだった。これは体力テストの時もずっと履いている。九十九ヶ丘高校は土足OKで下駄箱がない。他の靴は体育館用のシューズがあるだけだ。もし下駄箱があるタイプの学校なら、その時点で「犯行」を断念していただろう。靴を履き替えるなんて怪しい行動を見られたらアウトだからだ。

アキラはパン、と両膝を叩いた。

「よし、準備は万端だぜ」

俺は頷いてから言う。

「念のため確認しておくが、俺たちはこれから、一年生の教室の前を堂々と横切り、体育館への渡り廊下を目指す。重要なのは、堂々と、だ」

「分かってるぜ。俺たちの格好は、今日は珍しいものじゃない……だったよな?」

「その通り」と俺は答えた。

俺とアキラは今、Tシャツ一枚にラフなズボン、という格好だが、これは今の校内で珍しいものではない。みな、昼休みの六十五分を有効利用するため、寸暇を惜しんで文化祭の出し物の練習に打ち込んでいる。ダンス部や演劇部は、昼休みも練習時間、稽古時間にあてているため、普通の授業も体操着で受けようとして、少しだけ注意をされていた。ダンス部なんかは、自前のTシャツやダボッとしたズボンなどを穿いていることも多い。注意される程度で済む、ということは、教師側も半ば黙認しているのだ。

これが大きい。校内にいても警戒されないうえ、Tシャツとズボンという服装なら、校外に出ても一般人のフリが出来る。俺たちは大学生として振る舞うつもりでいた。

106小教室の机の上に、俺とアキラのトートバッグを投げだしておく。アキラは小道具として弁当箱の入った風呂敷を持って来ていた。それを机の上に置いておけば、昼を食べようとして、ジュースか何かを買いに行ったように見えるだろう。仮に教室を少し覗《のぞ》かれたとしても問題はない。トートバッグの中には、アフターケアのための歯磨きセットも用意してある。

現在、十二時ジャスト。

ここまでわずか五分。

完璧。

俺たちは教室の外に出た。

まだまだ購買部の前は賑《にぎ》わっている。俺たちはさも「さあてダンス部の練習にでも行くか」という顔で、一年生の生徒の波の中を泳いで行った。俺とアキラがダンス部員には全く見えない二人組だということは、一切気にしない。気にしてはいけない。

目的地は体育館の裏、フェンスの下に穴が開いている場所だ。

1－Aの教室の前から渡り廊下に出ると、すぐさま左に曲がり、体育館の裏手、フェンスと体育館の間の狭い道に入った。アキラを先に行かせ、俺はさりげなく後ろを確認した。誰にも見られていない。

フェンスが破れて、校外に繋《つな》がっている部分があった。裏手には神社があり、木が生い茂っているので、フェンスを出る時には目立たない。

なぜ破れているのかはよく分からない。用務員にも気付かれずに放っておかれているようだ。

「よし、行くぞ」

アキラが言った。

「いいから早く行ってくれ」

俺はその背中をけしかけるようにして、フェンスをくぐらせた。

身を屈《かが》めて、フェンスの下をくぐる。結構大きな穴だ。ここまで大きいと、やはり誰かが侵入するために開けたのでは、と疑ってしまう。ともあれ今だけは、利用させてもらおう。

神社の敷地内に出る。周囲に誰もいないことを確かめてから、ゆっくり立ち上がった。服についた土を軽く払う。地面が乾いているので、目立つような汚れではない。

神社にはイチョウが数多くあり、地面には銀杏がパラパラと落ちている。それらを踏まないようにして神社を出る。銀杏を踏んで、悪臭が靴についたら、証拠を残すことになる。

俺とアキラは頷き合って、走り始めた。

＊　回想

俺たちが今目指しているのは、学校から歩いて十分の位置にある、「麺喰道楽《めんくいどうらく》」というチェーンのラーメン店である。チェーンと言っても、関西発祥の店なので、関東にはここを含めて二軒しか進出していない。1号店には、テレビにも取り上げられたほどのイケメン店員がいるのもあって、当時のラーメン雑誌には「麺喰の店員に〝面食い〟女子もメロメロ！」という、どうしようもない親父《おやじ》ギャグ見出しが躍っていた。

麺喰道楽の特徴は、スープによく絡むちぢれ麺と、食道でつかえてしまうのではというくらい、ねっとりこってりしたとんこつスープだ。キクラゲや、薄切りだがホロホロのチャーシューがトッピングされるのも特徴的で、こだわり抜いた素材の選択のおかげで、普通のラーメンでさえ千円近くするのが、高校生には痛いところだ。

麺喰道楽の特徴はまだある。それはラーメンそのものではない。名前に引っ掛けて、九月十日を「く（9）いどう（10）らくの日」と命名し、大きなキャンペーンをやるのだ。

この日に来店した客に、次回来店時のラーメンが一杯無料になるサービス券を抽選で配っている。抽選とはいえ、当選率は高めだし、悪くても半額券、運が良ければ、どんぶりやトッピング用のチャーシュー一キロパックなどの豪華賞品も当たる。ちなみに麺喰道楽のオーナーは、十月初旬に似たようなキャンペーンを行っている同業他社に対する対抗心を隠そうともしていない。

のだが。

そのせいで麺喰道楽を「天〇のパチモン」と呼ぶ向きも少なくない。あちらのベースは鶏ガラなのだが。

舌に濃厚にまとわりつき、彼女に別れ話を切り出された泣き上戸《じょうご》の男性くらいしつこくまとわりついてくるスープの味が、なぜか病みつきになると一部のマニアの間では評判である（ちなみに、これと全く同じ理由でアンチからは「〇一のパチモンに過ぎない」と酷評されている）。何を隠そう、俺とアキラもこの病にかかっているのだ。

そのせいで、こんなことまでして――麺喰道楽を食おうとしているのだから。


始まりは、サービス券を発掘したことだった。

二年前の九月十日。新型コロナウイルスなどまだ存在しなかった頃に行った「くいどうらくの日」のサービス券。俺はそれを昨日の放課後、中学生の頃の英単語帳から見つけた。本棚がパンパンになったので、いらないものを処分しようと思い立ち、掃除を始めた矢先の出来事だった。

二年前の秋はちょうど、九十九ヶ丘高校を受験するために頑張っていた時期だ。自分の学力では難しい学校だったので、志望校を変えようか迷った時に、ふと、九十九ヶ丘高校を見てみようと思ったのだ。それから二週間待てば文化祭が見られたのだが、あの時は視野が狭かったのだろう。

遠くからでも校舎や制服姿の男女を見て、ああ、やっぱりいいなあという思いを新たにした。その後、腹が減って寄ったのが、麺喰道楽だったのだ。

それ以来、俺はあの店の虜《とりこ》なのだ。

無料サービス券をもらったことは、すっかり忘れていた。受験の年はそれ以降、勉強に必死で、関東の二店舗のいずれにも行くことがなかったし、そうこうしているうちにコロナウイルスの影響で、外食自体がしづらくなった。時折、麵喰道楽がどうしようもなく食いたくなり、何度か食べに行ったことはあるが、その時もサービス券のことなど忘れ、普通に注文してしまった。

俺はそのサービス券の画像を、すぐさまアキラにＬＩＮＥで送った。

するとアキラは、

「俺もそれ、持ってるかも！」

と返信してきて、三十分後、昔の財布に入っていたというサービス券を見つけてきた。

サービス券は翌年の「くいどうらくの日」まで有効だが、昨年は新型コロナウイルスが猛威を振るっていて、イベントが開催されなかった。例年は抽選を求めて数多くのファンが行列を作るので、中止の判断も致し方ないところだ。

「でも去年ってなかったよな、イベント。この券はもう使えないのかな」

「あ、なんかそれツイッターで見たぞ」

二人で色々検索したら、ラーメンマニアとして有名な人のアカウントがヒットした。

「あ、これ見たんだ。イベントなかったから、券の有効期限が一年間延びたって、このツイートで知ってさ。この人は先週それに気付いて、使いに行ったんだと」

「一年延びた……ってことは、今年の九月九日までじゃん！」

「それって明日では⁉」

そこから、俺たちの作戦会議が始まった。

俺たちはすぐにＳＮＳでビデオ付き通話を始めた。

麺喰道楽のラーメンはデフォルトで一杯千円近く。たかが千円、されど千円だ。千円は男子高校生にとっては死活問題である。しかも、サービス券の券面は「お好きなラーメンを一杯無料」となっている。ルールの穴を突けば、千円以上の価値も出てきそうだ。

「放課後に時間合わせて行くか？」

「いや、無理だ」アキラは画面の中で首を振った。「明日の放課後、２－Ｃはクラス総出でカフェの準備なんだ。さすがにそろそろ顔出さないと怒られるよ」

「あー……俺のところのお化け屋敷もそうだ。だったら、それが終わってから夜に行こうか？」

「それもダメなんだ。明日は親父の誕生日でさ。夜に寿司《すし》をとるから、早く帰ってくるように言われてるんだ」

寿司だと！　と瞬間的に嫉妬の思いが込み上げる。

「お前、麺喰道楽より寿司を選ぶのかよ！」

「仕方ねえだろ！　だって寿司だぞ！　……それに、あんまり親父の機嫌損ねたくねえし」

「ま、それも大事だよなあ」

夕方も夜もダメ。最近は「朝ラーメン」なるものをウリにしているラーメン店もあるが、麺喰道楽の開店時刻は十一時だ。

つまり……。

「……昼に行くか？」

俺が言うと、アキラは目を見開いた。

「お前、マジで言ってるのか？　ヤバいぞ。昼休み中に私用で敷地の外に出るのは、校則で禁止されているんだぞ」

「知ってる」

「バレたら生徒指導室直行じゃねえか。いや、指導で済めばまだいいけど……反省文、自宅謹慎、下手したら停学とか……」

「考えすぎだろ。だけど、まあ、もちろんバレないようにやらないとダメだな」

俺は顎を撫《な》でた。何かうまい方法があるだろうか。

その時。アキラの喉が上下に動いた。

「……実は俺、体育館裏のフェンスに抜け穴があるの、知ってるんだけど」

「え？」

アキラがそう言った瞬間、俺たちの「犯罪計画」は大きく動き始めた。

＊　現在

時刻は十二時三分。

神社を抜けて駅に向かう通りへ。この時間に校外に出ているというだけで、無暗《むやみ》やたらと興奮が込み上げてくる。悪いことなんてついぞしたことがないから、これだけで心臓が破裂しそうだ。

空気がピリッとして、肌を刺してくるような感じがする。

俺が曲がり角を出ようとした時、アキラが突然、左肘を強く摑《つか》んできた。

「止まれ！」

俺はとりあえず言うことに従ってから、アキラに非難の目を向ける。

「痛いぞ」

「馬鹿、よく見ろ」

アキラが曲がり角の物陰に隠れて、向こうを顎で指した。

俺は恐る恐る、曲がり角から顔を覗かせる。

「げえッ……！」

道を折れたところの路地には、コンビニが一軒ある。九十九ヶ丘高校に一番近いコンビニだ。校則では私用外出を禁じているが、それは教職員には適用されない。昼飯を買いに、近所のコンビニや弁当屋まで出かける先生たちの姿を、俺たちも教室の窓からよく目にしている。

今ちょうど、そのコンビニからある男が出てくるところだった。

「森山《もりやま》だ……！」

体育教師で生徒指導担当の森山である。真っ赤に赤らんだ顔と、がっしりした体格が恐ろしく威圧感を与え、学校中の悪ガキを震え上がらせている。まるで熊のような体軀《たいく》だった。

彼はジャージ姿でコンビニまで出てきて、何やら買って帰るところだった。エコバッグを手に持っていて、バッグからは新聞が覗いている。

彼がじろっとこちらを見た気がしたので、急いで体を引っ込める。

「な？　迂闊《うかつ》に出て行ったら、一発退場だったろ」

「さっきの取り消すわ……マジでありがとう」

「いいってことよ」

アキラは得意げに鼻を鳴らした。

「しかし……森山がいたとすると、やっぱりまだこの道は危険だな。コンビニから誰が出てくるか分からない」

「こういう時のための、『プランB』だろ？」

アキラがすかさず言う。

「ああ。あっちの道を取ろう」

昨日の打ち合わせの時、俺たちはあらかじめ、コンビニや弁当屋の前を通る危険性について議論していた。そして、地図アプリを使って、別ルートの検討は綿密に行っておいた。それこそが、今アキラが言った『プランB』である。

一切の手抜かりはない。

俺たちは軽くジョグするような速度で、麺喰道楽へ向かう。

「しかし、麺喰道楽にはいないんだろうな、学校の関係者は」

「さあ、どうだか」

「おいおい、無責任だな」

「だって仕方ないだろ。俺たち、一回も昼休みに外出たことないんだぜ。ラーメンマニアの先生がいるかもしれない。ハッキリ言って、そこだけは賭けだ。危ないと思ったら引き返すしかない」

「こんだけ手間かけてるんだから、それは避けたいよなあ」

しかし、明日が「くいどうらくの日」であり、それも二年ぶりのイベントが開催される以上、麺喰道楽のマニアたちは明日に集まると考えていいはずだ。今日は逆に店が空《す》いているだろう。それなら、店内を外から見通して、危険人物がいないかどうかしっかり見定められるし、知り合いに見咎《みとが》められる可能性も限りなく低く出来る。

勝算はある。

人目を避けるルートを構築したため、どうしても、大回りにならざるを得ない。

麺喰道楽は学校から約七百メートル。JRの駅を挟んで向こう側にあるので、少し歩くことになる。

もちろん、オフィス街のお昼休みなので、人通りは多い。だが、近くに大学が多いおかげで、同じくらい、ラフな格好の若者も目立つ。堂々としていれば、俺とアキラが人目を引くことはない。

外の空気を吸っていると、段々と自信が湧いてきた。そうすると現金なもので、腹の虫が暴れ出す。

とにかく、麺喰道楽に辿《たど》り着き、昼飯を食らうのだ。

走る速度を少し早める。ラーメンを食いたければ、今は、とにかく走るのだ。

4

十二時十分。

予定より早く、俺たちは麺喰道楽までの道のりを走破した。

チェーン店らしい色鮮やかな看板と、シンプルな内装、そうした工夫では取り繕えないほど、油でギトギトになった店内。

うーん、これぞ麺喰道楽。

俺は久しぶりに店の前に立つだけで、何やら懐かしい思いに囚《とら》われた。

だが……。

「おい……ユーキ、どうやらお前の予想は外れだぞ。十分混んでいる」

そう、それはまさに俺が思っていたことだ。

店外にまで、人が並んでいる。
一、二……と頭の中で数を数える。店舗の横道の換気扇の下まで人が並んでいた。マスク姿の男たち、総勢八人。年齢層はまちまちだ。全員顔を俯《うつむ》けて、スマートフォンをいじっている。

これほど並んでいるとなると……。

「まずはチェックだ。知り合いはいないか?」

「さりげなく店内を見てくるよ」

アキラが何気なく前を通りかかった風を装って、店内をじろじろと眺めた。

戻って来て、「パッと見た限り、いないな。ほとんどが大学生っぽい人か、スーツを着た会社員だ」と言った。

うちの先生で律儀にスーツを着ている人はいない。教育実習の時期でもない。どうやら心配なさそうだ。

「だが、八人か……どうする?」

アキラに問われ、俺はすかさず言った。

「行こう」

「けどよー……」

「行こう」

「もし帰れなかったらどうすんだ?」

「行こう」

「……」

「……」

アキラはハッと目を見開いた。

「お前……」

「なんだ？」

「よっぽど……食いたいんだな」

……。

ものの見事に図星だった。

俺は情けない声を上げた。

「だって、しょうがないだろ！　このスープの匂いを嗅いだら、もう理性なんて飛んだわ！　マスク越しでもこんなに強烈なんだぞ……？」

そう。俺はもう、バレようがバレまいが、あのラーメンを食さずには帰れない気持ちになっていた。腹の中の虫が暴れている。とにかく、早くあのスープを啜《すす》らずにはいられない！

俺はアキラの両肩を摑んで揺さぶった。

「おい！　俺だけがおかしいみたいな空気はやめろ！　お前だってもう相当食いたいだろ⁉」

「食いたい！　食いたいが！　しかし！　お前が冷静さを失ってどうするんだ！　完璧な犯罪計画はどこにいったんだ！」

正論だ。グッと息が詰まる。

俺は咳払《せきばら》いをして、気を取り直した。

「いやいや、勝算ならあるんだって。この麵喰道楽の店内は、カウンターが十席に、二人掛けの席が二卓だ。八人なら、一回転……一ロット分よりも少ない。店内にさえ入れれば、そんなには待たないはずだ。食ってから学校に戻ることは十分に可能だ」

アキラは動きを止めた。その目に欲望の色が戻ったのを、俺は見逃さない。

「まあ、よ……そこまで言うんなら」

彼は頭を掻《か》いて、照れたような笑い声を立てた。

俺たちは列の後ろに並んだ。

ちらりと、前に並んでいる人たちを観察する。スーツ姿の会社員と、ラフな格好の男性。こちらは大学生に見える。どちらもイヤホンをしていて、こちらの話は聞かれていなさそうだ。

安心して、アキラに言った。

「いいか、帰り道は今のルートで帰る必要はない。ラーメンを食ってこの店を出る時には、おそらく十二時四十分から四十五分頃。その頃には、もう弁当屋の方には先生も用務員さんもいないはずだ。コンビニは、どうか分からないがな」

そう話す間にも、濃厚なとんこつスープの匂いが換気扇から漏れ出てきて、思考を寸断してくる。

クソッ、猛烈に腹が減ってきた……。

「だとすれば、少しはショートカット出来る。ここまで八分弱かかった道のりを、六分、もしくは五分……」

俺はアキラの目がギラギラと光っているのに気が付いた。

「おい、聞いてんのか」

「えっ……？　ごめん、聞いてなかった……」

「アキラお前、目がおかしくなってるぞ」

「だって、だってよお……こんな匂い嗅がされながら、頭なんて使えねえよ……」

「確かに」

すかさず同意した。参った。もう完全にラーメンを食う脳になった。今、目の前に刑事コロンボか古畑任三郎が現れたら、別れ際の「最後にもう一つだけ質問を」というお定まりのアレを食らう前に、全て自白してしまうだろう。オウンゴールである。今の俺たちはそれほどまでに、考える能力を失っていた。これほど腹の減った状態で、美味そうな匂いを嗅がされて、頭が働く人間がいたらお目にかかりたいものだ。

俺は首を振り、言った。

「ここまできたら、なるようになれ、だ……」

アキラは頷いた。

「ああ……謹慎食らう時は一緒だぜ……」

まあ、そうはならないと信じたいが。しかし、俺は綿密な計画を立てた昨日の自分のことを信じることにした。

ふと気が付いて向かいのビルの前を見ると、大学生らしき男の二人組が、こっちを見ながらスマートフォンを掲げ、笑っていた。もしかして、俺が大学生のふりをした高校生なのがバレたのか？　写真でも撮られていたら……と柄にもなく被害妄想が膨らんでしまう。

「おいおいほんとだぜ、店内にいることになってら」

「ガバガバシステムじゃねえかよ。俺、これなら毎日、大学来る時に店の前通るわ」

「一日一回なのが惜しいよな」

何かのゲームでもやっているのだろうか。俺は首を捻《ひね》りながら、いかんいかん、とラーメンに意識を戻した。あいつらが何を考えていようと、関係ないじゃないか。

十二時二十二分。並び始めてから十分後に、店内に入った。

途端に、先ほどまで店内から漏れていたとんこつスープの匂い――いや、いよいよここまで来ると臭いというべきか――が、強烈に鼻を襲ってきた。

「ツラッシャァセェ！」

「ツラッシャァセェ！」

威勢の良い挨拶が飛び交う。

二名であることを告げると、カウンターに別々でいいかを聞かれる。それでも構わない、と言った。

麵喰道楽は食券制ではない。なので、すぐに席に案内される。

別々に着席。L字型のカウンターの短い辺の方に俺が座り、長い辺の奥まった位置にアキラが座った。会話はもちろん出来ないが、顔はお互いに見える位置だ。

普段なら、じっくりとメニューを見て吟味するところだが、今日の注文はあらかじめ決めてある。メニューに一瞥《いちべつ》もくれず、店員が水のグラスを運んでくるのを待った。

「ご注文はお決まりですか？」

男性の店員がグラスを差し出しながら言う。

「これ使いたいんですけど」と財布から無料券を取り出した。

店員は券を受け取り、サッと内容を確認してから言った。

「いつもご利用ありがとうございます。お好きなラーメン一杯無料ですね。お会計の際にレジでご提示ください」

「はい」

無料券の適用条件については、事前に入念に確認しておいた。セットやランチの定食には使えない。ただ、ラーメンなら、何を頼んでも一杯無料なのだ。

麺喰道楽は黒チャーハンも美味いし、おつまみメニューの中の唐揚げもなかなかいかしているのだが、今日はそんな贅沢《ぜいたく》は出来ない。財布の中には小銭で数十円程度しか入っていないからだ。

だから、俺の選択は決まっている。

「スペシャル９１０楽《くいどおらく》ラーメンニンニク抜き高菜漬けもやし辛味噌《からみそ》こってりで」

呪文のような俺のコールにも、店員は一切怯《ひる》まない。

「スペシャル９１０楽ラーメンニンニク抜き高菜漬けもやし辛味噌こってりですね。かしこまりました～」

店員は爽やかに言った。復唱も完璧である。厨房《ちゅうぼう》の方を向くと、さっきまでの爽やかさはすっかりなりを潜め、野太い声を飛ばした。

「910楽入りまァす！」

「アッシタァ！」

「ッシャァ！」

ありがとうございます、とか、かしこまりました、とか言っているのだろう。そうに違いない。

正確には何と言っているかはもはや分からない。

店員はこっちを振り向くと、また妙に聞き取りやすい声でテーブルに貼られた小さい掲示を指し示した。

「よろしかったらアプリ始めました！　どうぞォ！」

「ドゾォ！」

「アァッ！」

最後のはもはや叫び声ではないか？

目の前の掲示はハガキくらいのサイズのもので、「麺喰道楽アプリ始めました！」というゴテゴテした字と、読み取り用の二次元バーコードが印字されている。ただ、随分前から貼られているものなのか、油汚れが染みついて、アプリをインストールするとどんな特典があるのか、ろくに読み取れない。二つ隣の席には「アプリに新機能追加！」と書かれた新しい広告が貼られているが、遠くてよく見えない。広告の貼り替えが間に合っていないのだろうか、と目の前の薄汚い広告を見やる。

俺が来なかったこの一年ぐらいの間に、始まったのだろう。注文の品が届くまでは手持無沙汰なので、なんとなくインストールした。味玉一個無料くらいの役には立つのだろう。

俺が頼んだスペシャル910楽ラーメンとは、店名を冠していることからも分かる通り、麵喰道楽でつけられるトッピングをこれでもかと盛り付けた、究極のラーメンである。ちなみに「910楽」という名前は、うずらの卵が9個、麵喰道楽自慢の生ハムのような薄切りのホロホロチャーシューが10枚トッピングされていることからきている。

高菜はランチ時間限定のトッピング一品無料でつけた。漬けもやしと辛味噌は、コロナ前の麵喰道楽では小壺《こつぼ》でテーブルに置かれ、ご自由に取っていいことになっていたが（それをいいことに、もやしを壺一つ分平らげていく客の姿が見られた）、コロナ以後は、オーダー時に店員に声をかけ、小皿でもらう形になっていた。俺としては、嗜《たしな》む程度の量が手元にあればいいので、今の方式の方が気に入っている。

ニンニク抜きの意味は、言わずもがなである。

俺とアキラが今日の「計画」を議論した時、一番の障壁となったのが、この「臭い問題」だ。これを怠っては、校内に戻ってから一発でバレる。

口内ケア用品は二人とも仕入れている。もう一つの対策は、服ごと取り換えてしまう、という作戦だ。体育館裏からグラウンドを抜け、中央の玄関口から校内に帰る。そこから106小教室に戻り、即座に服を着替え、ビニール袋にしまい、制服に着替え直す。まるごと着替える、という作戦は、自分たちの身分を偽るという目的にも合致していたので、即座に採用された。

もちろん、バッグの中に入れてある歯磨きセットも、この口臭対策のためだ。

極めつけに、二人とも制汗剤を持って来ている。時によってはワックスより匂いがきついくらいなのだが、今日は学年全体で体力テストをやった後なので、全員が当然のように使っている。木は森の中へ、臭いは制汗剤の海に隠せ。

こうして行き着いた答えが、さっきのオーダーだ。

無料でつけられるものはつけられるだけつけ、無料券で食べられる最上級を取る……これこそが、一晩考えて編み出した、俺の「最適解」だった。

ちなみに、オーダーについては各自の自由にしようと、アキラとは示し合わせていない。

漬けもやしと辛味噌の小皿が目の前に運ばれてくる。俺は腹の中で暴れそうになっている猛獣を、ひとまずもやしでいなしていく。

醤油《しょうゆ》の味がじわっと口中に広がっていく。シャキシャキとした食感を楽しむ。

「910楽入りまァす！」

アキラの目の前にいた店員が叫ぶ。次いで、その店員が漬けもやしと辛味噌の小皿を運んでいた。

フッ。

どうやら奴も、この「最適解」に辿り着いたらしい。さすが、俺の親友である。

注文から八分。十二時半ジャスト。

厨房の店員が鍋から「てぼ」を上げる。麺を湯切りするための、取っ手がついたあのザルだ。

天高く挙げたザルを叩きつけるように下に振り、勢いよく湯を切っていく。

一度、二度。

この湯切りの音がたまらない。

麺を茹《ゆ》でる鍋の蒸気を当てられ、どんぶりはすっかり温まっている。どんぶりを返し、大鍋でぐつぐつ煮え立ったとんこつスープを注ぐ。そこに、湯切りされた麺が投入される。

麺の上に、手際よくトッピングが載せられていく。

十二時三十一分。

つつがなくラーメンが運ばれてくる。

「オマタセシァヤッシタァ！」

着丼。

見ると、向こうでアキラのところにも似たようなものが着丼していた。

マスクを外す。

割り箸を割る。

カウンターの上には紙エプロンと黒いヘアゴムが置かれ、自由に使えることになっている。どうせ着替えるのだからいいかとも思ったが、念のため紙エプロンはつけておく。紙エプロンの紐《ひも》を首の後ろで結んで、臨戦態勢を整えた。

それにしても、自分でオーダーしたものとはいえ、圧倒されるような光景だった。

ありとあらゆるトッピングを載せられ、まるで小山のようになっている。チャーシュー、うずらの卵、白髪ねぎ、高菜、キクラゲ……隣には漬けもやしと辛味噌の小皿。

すごいことになってしまったな……。

だが、とにかくこれを食べに来たのだ。理性などはとうに飛んでいる。後先考えず、今はただ喰らうべし。

俺とアキラはこれを喰うことに青春の一日を——青春の昼休みを捧げているのだ！

トッピングの山の下に箸をつっこみ、麺を引きずり出す。

まずは麺を一口。

ズルルルルッ。

そしてレンゲにこってりスープを一口分。

ゴクッ。

こ……。

これだ……。

俺は天を仰いで、この世に生を享《う》けたことを感謝した。

俺は、この一杯のために生きている……。

顔を正面に戻すと、アキラが俯き気味に、かみしめるようにして口を動かしているのが見えた。

俺は天を見て、お前は地を見る。俺の脳裏に倫理・公民の資料集で見たイラストが蘇《よみがえ》って、今の俺たち、まるでソクラテスとプラトンみたいだな……と内心で言ってみるが、ツッコミが入らないので少し虚《むな》しくなった。

アキラが黒いヘアゴムを使い、後頭部で長髪を束ねているので、余計に哲学者っぽく見えるのかもしれない。アキラは普段、髪を結んだりしないので、珍しい光景だ。

ちぢれ麺にねっとりと絡みついた特濃スープが、ガツンと口中に襲い掛かってくる。小麦の味なんて分からなくなるほどのスープだが、シコシコとした麺の食感は十全に引き出している。レンゲで一口啜れば、凝縮した旨味《うまみ》がぐわっと広がる。

水を飲んで口の中の脂を落とす。

麺喰道楽は水も美味い。スープの味が水も美味く感じさせるのか。あるいは、本当に水が美味いのか。本当のところは良く知らない。ただ、目の前の水はとにかく美味い。

続いてトッピング。

チャーシューは口に入れた瞬間ほろりと崩れ、口の中で溶けていくように思える。俺が高齢になって歯がなくなっても、ここのチャーシューだけは喰えるだろう。

まだスープに浸りきっていない白髪ねぎを喰らい、シャキシャキとした食感とみずみずしさを味わった後、二口目はずぶりとスープの中に押し込む。スープが絡み、得意のみずみずしさを無残に失ってしまった白髪ねぎは、人間の営みの惨《むご》さを象徴しているが、これはこれで不健康な味がして美味しい。なにより、麺と食感が違うのが楽しい。

麺、うずらの卵、スープ、麺、スープ、うずらの卵、チャーシュー、不健康な白髪ねぎ。順調に丼の中身を平らげていく。

高菜を一口。ここで登場させるのが辛味噌だ。高菜と辛味噌を合わせることで、ここからは博《は》多《か》ラーメン風の味を楽しむことが出来る。紅ショウガがないのは残念ではあるが、今は高菜だけでも十分に美味い。

水を一口。

「ッラッシャァセェ！」

「ッラッシャァセェ！」

暑苦しい店員の声も、次第に良いアクセントになってくる。こちとら暑苦しいもん喰ってんだ、暑苦しくて何が悪い？

半分以上は喰っただろうか。段々腹が苦しくなってきた。だが、出されたものを残すのは俺の主義に反する。

十二時三十六分。

悪くはないペースだ。

麺。スープ。不健康白髪ねぎ。麺。不健康漬けもやし。歯のいらないチャーシュー。博多ラーメン風高菜。辛味噌麺。うずらの卵。不健康チャーシュー。不健康麺。不健康スープ。不健康麺。不健康麺。不健康麺。不健康水。

だんだんと、水を飲んでも、口の中の脂を洗い落とせなくなってくる。昼からこんなものを食っちまったら、今日はもう授業なんてまともに聞けやしない。頭がぐるぐるしてきた。これだよこれこれ、と俺の頭はトリップする。このドン詰まった味わいが麺喰道楽だ。ヤワなラーメンは道を空けよ。

もうアキラを気に掛ける余裕もなくなっていた。いつの間にか、暑苦しい店員の言葉も聞こえなくなっていく。この世から俺とスペシャル９１０楽以外の存在が消える。世界にはラーメンと俺しか存在しない。

最後のチャーシューを舌の上で溶かす。

最後の麺を勢いよく啜る。

スープを飲み干す。

完璧だった。

完璧な配分。トッピング、麺、スープの三点を手際よく攻略し、綺麗《きれい》に平らげた。快感めいたものが全身を這《は》いまわる。

まさしく、混沌そのものを喰らった、ような謎の充足感。

十二時四十分。

頃合いだ。

アキラの方を見ると、未練がましくレンゲを口に運んでいた。もう麺とトッピングは完食しているらしい。あれはラーメンの快楽から離れがたく、スープを一口、また一口と啜ってしまう、ラーメン好きの病的習性だ。健康に悪いと分かっていてもやめられないのである。

もう少し好きにさせておいてやりたい気もしたが、帰る時間や着替えなどの「後始末」の時間を考えると、そうも言っていられない。

俺はマスクをつけ、席を立ち上がった。

アキラはすぐさまそれに気付き、慌てて立ち上がる。水を最後に一口、ごくりと飲んだ。

「ごちそうさまです！」

「ごちそうさまでした！」

一声かけると、「アッザァッシタァ！」「アッザァッシタァ！」とまた暑苦しい挨拶が飛ぶ。

俺が先に会計を済ませる。

とはいっても、無料券を差し出すだけだ。

無料だからと言って、随分豪遊してしまった。次に来たときは、ちゃんと食べて、ちゃんと店にお金を落とそう……。

そう、恍惚《こうこつ》に浸っていた時だった。

「よろしかったら、こちら次回お使いください！」

異様なほどしっかり聞き取ることが出来た。

見ると、レジの店員が何かを差し出している。

サービス券だ。

味玉一個無料！　という文字が躍っている。

なんと。無料でラーメンを食べたのに、またサービス券がもらえるのか……麵喰道楽は本当に良い店だなあ……。

そう思って、俺は何気なく手を伸ばした。

肘《ひじ》のあたりを後ろからつねられる。

「痛っ」

後ろをちらりと振り返ると、アキラが無言で首を振っていた。

「うっ……」

それだけで、彼の意図が理解できた。

クーポン券は「物証」になる。

よく見ると、クーポン券の右下に、利用期限：「２０２１・10・８」までとスタンプで押されている。つまり、今日から一か月が利用期限、ということだ。裏を返せば、利用期限の日付から、麺喰道楽を利用した日付が分かる、ということだ。

俺の脳は、一瞬で「完全犯罪」モードに引き戻された。

一方で、先ほどまで幸福にとんこつスープの風呂に浸《つ》かっていた心の中の俺は、「サービス券くらい、もらっちゃいなよ」「店の厚意を受け取らないなんて、失礼だよ」「これくらいでバレやしないって」とぬるま湯に浸かったようなことを囁《ささや》いてくる。

俺は――。

「アッ……ケッコウデス」

券を受け取らずに店内を出た。

クソッ……！

放課後に来ていれば……！

*

「あの時はマジで冷や冷やしたぜ」

九十九ヶ丘高校へ戻る道を早足で歩きながら、アキラが言う。

「いや、お前が冷静でいてくれて助かったよ。ラーメンを食ったらもうウットリとして、夢見心地で、正直ダメだった」

「あー、分かるぜ。俺も実際、先に会計していたらダメだったと思うわ。客観的に後ろから見ていたから、気付けたっていうか」

俺はふと、アキラの首筋を見た。

「あっ」

「え、どうした?」

「お前……首のところに紙エプロンの切れ端、張り付いてるぞ」

アキラのうなじから、汗でしわくちゃになった紙エプロンの切れ端をつまむ。ティッシュにくるみ、後でどこかに捨てることにした。これもまた、立派な物証である。

「結構これ、汗で張り付くんだよな」

「ああ、悪い悪い。ラーメン食うと、どうしても汗かくもんな。助かったよ」

「辛味噌もつけてるから、ある程度はしょうがないさ。痕跡は着替えて消せるし……」

半ば将棋の感想戦のような雰囲気が漂い始めていた。それもそのはずだ。後は校舎に戻るだけ。ここまでくると、俺もアキラも、すっかり緊張が緩んでいた。ついでに、ベルトの穴も二つ分くらい緩んでいそうだ。

あとで制服のズボン穿く時、大変かもな……。

すれ違うサラリーマンの、スーツの肩が濡《ぬ》れていた。

「なんだよ、もう降ってねーじゃねえかよ」

外回りの途中らしく、小脇にジャケットを抱えた別のサラリーマンが、同僚と思《おぼ》しき隣の女性に愚痴るように言う。「すぐ止《や》んじゃいましたねえ」と女性は笑っていた。サラリーマンの手には、真新しいビニール傘が握られていた。

「雨でも降ったのかな」

「そういえば、朝に予報で言っていたな」俺は言った。「忘れてたよ。朝に折り畳み傘をカバンに入れておいたけど、結局教室に残したままだ。今も雨が降っていたら、髪とか体が濡れて、バレていたかもな」

「ああ、確かに」アキラが頷いた。「そう思うと、俺たち、結構運が良いのかもしれないぜ」

俺は笑った。

雲間から太陽が覗いている。その光が、まるで俺たちの勝利を祝福しているように見えた。

十二時四十八分。予定より早く、神社の裏手に辿り着く。しゃがみこんでフェンスの下をくぐり、校内へ。

俺たちは素早く動いた。文化祭の練習を切り上げる汗臭い同級生たちの集団からなるべく離れるようにして、サッとグラウンドを横切り、１０６小教室に飛び込む。

あとは急いで着替え。

ラーメンの臭いが染みついた服はビニール袋に入れて縛り、室内にも消臭剤を振りまいておく。軽いジョグのおかげで体が汗ばんでいる。汗の臭い消しも兼ねて制汗剤をたくさん使い、制服に着替え直した。

十二時五十一分。

完全犯罪、達成！

最後の仕上げとばかり、俺とアキラは二階へ上がり、トイレへ。歯磨きセットを取り出し、入念に歯を磨く。

洗面台は二つだけなので、素早く歯を磨くことにする。

ちょうど俺が歯を磨き終え、口をゆすいだところで、トイレに誰かが入って来た。

見ると、我らが生徒会長の姿だった。

「あれ、律儀に歯磨き？　うちのクラスの男子連中も、全然昼に歯を磨いてる様子ないから、男子高校生なんてそんなもんかと思ってたけど」

自分も男子高校生のくせに、会長はそんなことを言う。

まあ、念のためではあったが、こう聞かれた時のための言い訳も用意してあった。

「ほら、マスクしながら生活するようになるとさ、どうしても口臭が気になるだろ」

「確かにね。でも、お二人が今日、きちんと歯を磨いているのには、別の理由があるんじゃないか？」

そして、次の一言で、会長は俺たちを恐怖のどん底に突き落とした。

「麺喰道楽のラーメンは美味しかったかい？」

5

十二時五十四分。

午後の授業開始まで六分――まったくもって時間はないのだが、俺たちはトイレで生徒会長を問い詰めた。歯磨きを終えて、マスクは着け直している。

外を見て、誰も来る様子がないことを確認してから、アキラが言った。

「ど、どどどどど、どうして……」

「言っとくけど、授業開始まであんまり時間もないんだよ」

生徒会長は右手首に嵌めた腕時計を見ながら言った。

「要するに、俺が君たちの悪事を見抜いた根拠を聞きたいんだろう？」

俺は頷いた。

生徒会長は困ったように、うーん、と唸《うな》った。

「じゃあ、一つずつ行くとするか。君たちはそれに反駁《はんばく》する形で意見を言ってもらえればいい。

時間がないから手短に行くぞ。

じゃあ、軽くジャブから。結城君、日下部君。君たち二人が念入りに歯を磨いていたのは、口臭対策をしっかり行うためだ。それは昼間にラーメンを食べたからじゃないか？」

「そ、そうとは限らない」俺は反論した。「実は俺、今朝コンビニで弁当を買って、それを食べたんだよ。買い弁だったんだ。そしたらその弁当が、ニンニクきつくてな。それで歯磨きを――」

「へえ。そうすると、日下部君も全く同じ弁当を買って、しかも二人とも、朝からそれを見越していたかのように、普段は持参しない歯磨きセットを持ってきたことになるなあ。でも、それってちょっと不自然じゃないか。

むしろ、今回の昼食は、君たちにとって計画的な行動だったように思える」

ぐう、と俺は呻《うめ》いた。彼はまるで、殺人犯を追い詰めるような口ぶりでいたぶってくる。

「もちろん、歯磨きをしていた事実からは、昼に何か食べたんだろう、ぐらいのことしか分からない。校内で何か食べたとしても歯は磨くものだ。

でも、君たちが校外に出たことについては、はっきりとした証拠があるんだよね」

時間がないからか、それとも性格か、会長は凄《すさ》まじく早口だった。

「つ、つまり、俺たちが出て行くのを見て――？」

「勘違いだ。時間がないって言っただろ？　さっき君たちの姿をここで見た、その瞬間に気付いたんだよ。具体的には、靴を見た時」

「靴？」

神社の境内に落ちていた銀杏のことだろうか？　いや、一つも踏まないように、足元には注意を払っていた。近くを歩いただけでも臭いはついてしまうのか？　しかし――。

俺は靴を見下ろした。

その瞬間、雷に打たれたようになった。

「気付いたな？」会長が呆れたように首を振った。「そう――泥が跳ねているだろう」

俺とアキラのスニーカーには、泥が点々とついていた。

あらゆることが高速で頭を駆け巡る。

こうなった原因は分かっている。

雨だ。

朝の天気予報で見た通り、今日はにわか雨が降る可能性があった。そして、麺喰道楽を出た時、買ったばかりのビニール傘を持っていたり、スーツの肩口が濡れていたりするサラリーマンを見かけた。つまり、俺たちが麺喰道楽に入店していた二十分ほどの間に、通り雨が降ったのだ。

その結果、どうなったか。

俺たちはサラリーマンたちの様子に気付いた時も、自分たちはラッキーだったという評価を下していた。運よく濡れずに済み、証拠を残さずに済んだのだと。

しかし、違った――。

十二時五十五分。

昼休み終了五分前の予鈴が鳴った。

「だ、だが、泥汚れが今日の昼付いたものだと、どうして分かるんだ。以前から付いていたものかもしれないじゃないか」

アキラが言うと、会長はやれやれというように首を振った。

「日下部君、もう忘れたのかい？　哀《かな》しいよ。合同の体力テストで、俺たちはペアになったじゃないか。上体起こしの測定をする時、俺は君の足を抱えて、回数を数えた……」

うっ、とアキラが呻き声を漏らす。

俺は、アキラが会長とペアになったことをぼやいていたのを思い出した。

つまり、会長にはアキラの靴を間近で観察する機会があったのだ。

こんな落とし穴があったとは、と俺は内心天を仰ぎたくなった。ラーメンを食った時とは、別の意味で。

ラーメンの臭いを気にして、上下の服は全て取り換えることにしていたが、まさか靴が落とし穴になるとは。土足ＯＫのルールを生かして朝からスニーカーで過ごしたわけだし、靴まで取り替える発想はなかった。かさばることだし。体力テストのため、朝からスニーカーを履いて、ずっとそのまま履き替えていないのも痛かった。

「九十九ヶ丘高校は都心の真ん中にある。この周辺はほとんどがアスファルトの路面だ。グラウンドだって粒度が細かい砂だから、雨が降ってもそんな風に跳ねたりはしない。とすれば、どこで泥がついたか？　この周辺で泥が跳ねる可能性のある唯一の場所、それは――」

俺はため息をついた。

「神社、か」

「その通り。出入りに使ったのは、体育館裏のフェンスの穴だろう？　用務員さんが気付いて校舎管理に申し入れはしているんだけどね。直すのに時間がかかるんだそうだ。参ったねえ」

　そりゃそうだ。秘密の抜け穴のように思っていたが、学校側や生徒会、学校の全体に目配りしている人間なら、当然知っていてもおかしくはない。

　しかし、解せないのはそこから先だ。

「だが、そこまで読めたとしても、俺たちがどこに行ったかまでは分からない。もしかしたら、どうしても昼までに出さないといけない荷物があって、それを出してきただけかもしれない。飯は校内で食ったと考えてもいいじゃないか」

　アキラは激しい口調で言った。昼休みに無断で校外に出たことがバレている時点で詰んでいるのだが、そんなことも分からなくなるぐらい混乱しているらしい。

　会長は頷いた。そこには突っ込まず、付き合ってくれるようだ。

　五十六分。

「もちろん、まだ手掛かりはある。全部で三つ。まず一つ目は、君らの財布事情だ。

　朝、君たちと会った時、君らは自販機の前で何を買おうか迷っていた。そして、金がないという理由で購入をやめていた。あの自販機は現金だけじゃなくて、交通系ＩＣカード、各種決済アプリまで使える。それら全てが使えないとなると、これは相当な金欠だ。ＩＣカードについては、一度機械に当てて、残高不足だと突っぱねられていた」

まさしくその通りで反論も出来ない。あまりにも決定的な場面を見られてしまった。

「しかし、君らはどこかで食事をしてきた。一銭も持たずに飲食出来るというのはどういうことか？　君たちの知り合いの店が近くにある？　例えば、俺のクラスに羽根田《はねだ》という男がいて、彼の父親がここから数駅離れた場所で経営している中華料理屋がなかなか絶品で、よく行っている奴もいるみたいだが……昼間の外出は、校則で禁止されているんだから、もちろん昼間には誰も行ったことはない。行ったとしても、息子の学校なんだからすぐにバレるし、ましてやツケなんて絶対に無理だろう」

どこに向かうのか分からない生徒会長の長広舌《ちょうこうぜつ》を聞きながら、俺は身構えている。

「だとしたら、何が考えられるか。無料で食べられるキャンペーンか何かがあると考えるしかない。これが手掛かりの一つ目。行って帰ってこられる範囲でせいぜい半径一キロ圏内と考えると、ここはオフィス街だから飲食店は数多い。もちろん、それだけで麺喰道楽に絞り込めるわけではないが——」

しかし、かなり肉薄している。そう認めざるを得なかった。

そこで、急に会長が、フフッと笑い始めた。

「どうした？」

「いや、まだ気付かないんだなー、と思ってさ」

「え？」

「手掛かりの二つ目は、君たちがまだ身に着けているんだよ。ハッキリと、な」

「え……」

アキラと顔を見合わせる。アキラの目が俺の頭のてっぺんからつま先まで行き来する。

その瞬間、俺は気が付いた。

「アキラ……お前……」

アキラは、後頭部で髪を結んでいた。

俺が頭の後ろを示すと、アキラはゴムに手をやって、あっ、と声を漏らした。

五十七分。

「だろ？　後頭部で髪を結んでいた。だけど、日下部君が髪を結んでいるのを、俺は見たことがない。かなり珍しい事態だ。今日の体力テストのような場面でも結んでいなかったし。とすると、常にヘアゴムを持っているとは考えづらい。

だとすれば、今日昼間に行った場所で、ヘアゴムを使い、そのまま着けてきた、と考えられる。つまり、君たちが食事をしたのは、店にヘアゴムが備え付けてあるような飲食店……まあもちろん、女性に人気のダイニングカフェなんかにも置いてあるかもしれないが、一番蓋然性《がいぜんせい》が高いのはラーメン店、ということになる」

ヘアゴムが置いてあり、かつ、無料サービスをやっている飲食店。ここまでくれば、ほぼ確定だ。

それにしても、ゴムのことには気付くべきだった。俺は店を出てすぐに、アキラのうなじに張り付いていた紙エプロンのゴミに気付いた。肩口まで髪があるアキラのうなじが見えたのだから、アキラは髪を上げていた、ということだ。セットで気が付くべきだった。

　だが、アキラは諦めなかった。

「ま、まだだ。それでもまだ、不確実じゃないか。無料サービスをやっている店は他にもあるかもしれない。麺喰道楽とは限らない！　証拠がないぞ！」

　どうも、アキラはまだ納得出来ないらしい。俺ときたらもう早々に負けを認めているのに、負けず嫌いなこと。

「それなら、最後に決定的な証拠を突きつけようか。いや、持っているのは君たち、なんだけどね」

「え？」

　五十八分。

「スマートフォンを出してくれないか。あ、もちろん、ロックは解除してね」

「え……？」

　俺は言われるままにスマートフォンを取り出した。

「ああ、意外だね。アプリ、今日インストールしたの？　一番端っこにあるじゃない」

「今日、紹介されて入れたばっかりで……まだ使い方も……」

　半ば自白したようなものだが、俺はそれ以上に、何かうすら寒い感覚に囚われていた。

「実は、今日の昼頃から、あるネットニュースが話題になっているんだよ。この麺喰道楽のアプリの不具合を利用したバグ技が流行《はや》っていると。まあ、この話自体、俺もさっきクラスのやつから聞いたことだがな……」

バグ技。今日、聞いた。昼休みのクラスで男子生徒二人が話していた。

「明日……麺喰道楽の日が本番だけど、アプリの『新機能』が今日から始まったんだよ。今日は朝から麺喰道楽の周りに人が集まっている」

「な、なんなんだよ、その機能っていうのは」

アキラが急《せ》いた声で聞く。

俺の脳裏に、今日聞いた言葉が蘇る。

——あのアプリのアレ、試したか？

——おいおいほんとだぜ、店内にいることになってら。

——ガバガバシステムじゃねえかよ。俺、これなら毎日、大学来る時に店の前通るわ。

「位置情報……」

俺がそう言うと、会長は頷いた。

五十九分。

「その通り。麺喰道楽では、位置情報サービスと連動して、来店した客のアプリに自動的にスタンプが押される、そんなスタンプカードのシステムを導入したんだ。明日のイベント合わせで、今日から追加された新機能だよ。スタンプ十個集めると、次の来店でラーメンが一杯無料になる。ただ、位置情報にはやっぱり誤差があって、店の近くにいるだけでもスタンプが押されてしまう不具合が今日は出ているらしい。それで、無料でスタンプを押したい輩《やから》が、店の周りに集まっている、ってわけさ」

会長が俺のスマートフォンの画面を見せる。

画面には、麵喰道楽のスタンプカードの表示があり――一番左上に今日の日付と来店時刻のスタンプが押されていた。

チェックメイト。

「証拠はこれで全てだ。以上の証拠により、結城君、日下部君、君たち二人は、麵喰道楽にラーメンを食べに行ったと思われる。

もちろん、今日の麵喰道楽のサービスはかなり危なっかしくて、店内に入らなくてもスタンプが押される。あくまで近くに行っただけ、という言い訳はまだ立つけど、まだ続けるかい?」

「いや……」アキラが首を振った。「お金を持っていなかったことと、俺のヘアゴムの件もある。もう降参するよ」

はあ、と俺とアキラは深いため息をついた。

いくら動機が不真面目とはいえ、俺たちなりに考えて遺漏《いろう》のないようにやってきた。それが蓋を開けてみれば、見るも無残な有り様だ。

それにしても、手掛かりは三つあるというようなことを言いながら、最後の一つは俺らに提出させたのだから、かまをかけられたのである。あの瞬間まで、会長も位置情報のスタンプをしかとは見ていなかったのだから。すっかり、してやられた。

とすると、俺たち二人は、会った瞬間から怪しまれていた、と思うしかないだろう。結論ありきで高速の思考を進め、俺たちを追い詰めた。何が理由で、彼は俺たちを怪しんでいたんだろう。俺たちの挙動が不審だったのだろうか。

そもそもの初めから、この計画を実行することに、浮き足立ってしまっていたのかもしれない。

――どうしたの兄貴……なんか今日、いつもと違う。というか、ちょっとキモいよ。

朝の妹の言葉を思い出す。あの時、ちょっとは気を引き締めるべきだったかもしれない。

それにしても、あの爽やかな生徒会長に、こうまで追い詰められるとは。どんなに気安い同級生でも、やはり体制側の人間ということか……なんてちょっと大袈裟《げさ》か。

敗北感に打たれながら、はあ、と俺はため息をついた。

「それで、俺たちの処遇はどうなるんだ？」

「え？」

「反省文か？　謹慎か？　それとも……」

「ちょっと待ってくれ。君らは勘違いしている。俺はただ、『ラーメンは美味しかったかい？』と普通に聞いただけじゃないか。ただの世間話だよ。そんなつもりは微塵《みじん》もないさ。もうあと数十秒で鐘が鳴る。教室に戻ろう」

俺はあんぐりと口を開けた。アキラも目を丸くしていた。

「ハハッ。なんだよ、その意外そうな顔は。俺が君たちを生徒指導の森山あたりに突き出すとでも思っていたのかい？」

「い、いや……だって……」

「こりゃケッサクだ。しかし、そうだなあ、まあ、強《し》いて言うなら――」

会長は、キザったらしくウィンクをした。

「結城君。日下部君。次は、俺も混ぜてくれるかい」

俺たちはますます開いた口が塞がらなくなった。

「それに、こういうのって、誰かにバレるまでが一番緊張するだろう？　さっきまで、二人ともガチガチだったぞ。あのままじゃ最悪先生にバレてた」

そう言われると、俺もアキラも、かなりリラックス出来ていた。

「……会長ってさ」

「ん？」

「動画サイト見てたら休日終わった、みたいなこと、ある？」

会長はフフッと笑い声を立てた。

「もちろん、あるよ。ボーッとしたい時にはうってつけだしね」

俺は途端におかしくなって、笑い出した。生徒会長を、勝手に遠い存在だと決めつけて、自分を卑下していたのが馬鹿みたいだった。

そりゃあ、生徒会長はすごい。何せ、俺たちを見た瞬間に、俺たちの企みを見破ったのだから。

だけど、彼だって俺と同じ、高校生なのだ。

彼と喰いに行く麺喰道楽は、そりゃあ美味いだろう。

十三時ジャスト。

チャイムが鳴る。

「さ、二人とも、昼休みの終わりだ。聞き分けの良い生徒に戻ろう」

会長の皮肉めかしたユーモアに、俺の顔はますます綻んだ。

「しかし、結局予鈴までには席に着けなかったな」と俺は笑う。

「トイレにでも行っていたふりをして、教室に駆け込めば大丈夫だろ」とアキラが言った。

「そういえば二人とも、まだ答えをもらってないぞ」

会長がそう言うと、アキラは「明日一緒に行こうか。『くいどうらくの日』は明日だから」と調子づいて言う。会長がなぜかそれに乗って頷いた。「金欠の癖に馬鹿言ってんな」と俺はアキラを小突いた。「ていうか二日連続って。どんだけ情熱注いでんだよ」と笑う。「そういえば会長、なんでユーキのことは下の名前で呼ぶの。二人、クラスも同じになったことないよな」とアキラが言うと、「ああ、それは――」と会長は頭を掻いた。

俺の思考はもう、明日、本当に麺食道楽に行ってやろうかな、という空想に飛んでいる。行き場を知らない情熱。世界に向けて輝かないだけで、俺たちにも確かにあるもの。

どいつもこいつも、馬鹿ばっかりだ。

俺たちは笑い合いながら、A、B、C、それぞれのクラスに帰っていく。

聞き分けの良い生徒に戻るために。

第2話 いつになったら入稿完了？

＊

秋のグラウンドで人が消えた。

私の目の前で起きたことを説明すると、こうなる。

「アマリリス先輩ッ！」

私の声が引き金になったのか、その人影は突然、L字型の角を折れて、足早に歩いて行ってしまう。

「待って、ねえ、逃げないで！」

私はそう追いすがっていった。アマリリス先輩にどうしても聞きたいことがあったからだ。責めたいわけではない。原稿が出来ていないならそれでいい。みんな同じなんだ、苦しんだのだ。そのことを伝えられれば、先輩の気持ちも軽くなるかもしれないと思ったから。

私は走った。

曲がり角に辿り着き、向こう側を見た時。

「え……」

その姿は、もうなかった。

北側の道をさらに走ると、グラウンドに出る。出口の近くでは、どこかのクラスの人が、文化祭の模擬店用の看板を壁に立てかけて、ペンキを塗っていた。

さっき見たあの姿はどこにもない。

消えてしまった——。

どうしていいか分からないまま、私はその場に立ち尽くしていた。

1　あと十二時間

意識が吹っ飛びかけた瞬間、私の脳裏には、富士の樹海を闊歩《かっぽ》する殺人鬼の姿が見えた。奥地まで自殺しに来た人間を一人一人追い回し、殺《あや》めていく殺人鬼の姿。自ら命を絶とうとした人間を襲う理不尽な恐怖。被害者は、彼から逃れたいにもかかわらず、樹海の中で迷ってしまい、抜け出すことが出来ない。しかし、彼は全ての道を知悉《ちしつ》しているというようにしつこく追いかけてくる。彼は命の尊さを説きながら、命を粗末に扱う人間たちに粛清を加えていく。彼はどうしても、実りある生を捨てる人間を許すことが出来ない。彼の行動は一見矛盾している、しかし——。

「——はぁうああっ！」

私はこの数時間、いや、この数週間、すっかり絶えて久しかった霊感を得たことで、思わず気色悪い奇声を発してしまった。しかも、文芸部員たちが集まった、１０１小教室の中で。

しかし、誰も私の声を気にするものはいない。なぜなら、大なり小なり、みんな似たような状況だからだ。

自分の小説のめどがつくと――まあ、シーンを思い付いたという程度だが、こういうシーンが一つ思い付けばそれが突破口になってくれる――現金なもので、周りの様子が気になってくる。

時刻は深夜一時。

１０１小教室における、「文芸部徹夜原稿合宿」が始まってから、既に五時間が経過していた。

１０１小教室の中には、文芸部員たちの、亡者《もうじゃ》の呻《うめ》きのような声が飛び交っている。

「アイデアが……アイデアが湧かない……」

「おい、この原稿いくら赤入れても終わらないぞ！」

「書けるんだ……今にもトリックが降りてくる……」

肉体的にも精神的にも追い詰められた部員たちは、口々にそう呟《つぶや》いている。彼らの机には、エナジードリンクの空き缶が死屍累々《ししるいるい》と積み上がっている。エナジードリンク――今の私たちに活力を与える代わりに、未来の何かを刈り取る……そんな魔性の飲み物……。これは命の前借りなのではないか、と口にするたび思ってしまうが、今頑張るためにはやめられない。

ここは地獄八景の一つ、締切地獄と呼ばれている。締め切りを破った亡者たちが囚われ、閻魔《えんま》大王の許しが出るまで原稿に追われ続ける……。

と、まあ、そんなわけもなく。

文芸部の部員は私を含めて九名。もう原稿を上げている部長と、「人のいるところでは集中できない」と参加を断ったイラストレーター、アマリリス先輩の二名のみが不参加で、この合宿に参加したのは七名だ。その誰もが、今回の原稿を落としかねない状況で合宿に参加している。

１０１小教室の戸が開いた。反応したのは私だけだった。

「よっす、ジェイソン先生。どう、原稿は?」

入って来たのは、川原聡《かわはらさとし》。彼が言った「ジェイソン」というのは、私、楢沢芽以《ならさわめい》のペンネームである。文芸部の中では、互いのペンネームをあだ名として呼び合うのが、半ば普通のことになっていた。

彼は自分の原稿は日付が変わる前に書き終えて、コンビニに買い出しに行っていたのだ。

「さとしか……」

私はぼそっと呟く。川原聡は「川原さとし」というペンネームで、部誌に詩を書いていた。本名をひらがなにしただけなのでややこしいが、覚えやすいのは確かだ。

ちなみに私のペンネームは、言うまでもなく、史上最も有名なスプラッター映画に登場する殺人鬼の名前から頂戴している。私はホラーの中でも、とりわけスプラッターが好きだった。ダリオ・アルジェント「サスペリア」の極彩色の鮮血、ルチオ・フルチ「サンゲリア」のゾンビと殺戮、ゲームによって人が次々死んでいく「ソウ」シリーズの残酷さにも私は惹《ひ》かれた。殺人シーンそのものを美しく撮ることに耽溺《たんでき》しながら、しかし、決してリアルではなく、作り物の美しさを追求しているところに、強く惹かれた（だから私は、本物となると全然ダメだ。ネットでグロい画像を見てしまうと、半日は具合が悪くなる）。文芸部にも理解してくれる同好の士はいない。たまにさとしにはおすすめ映画のブルーレイを貸しているが、私ほどハマりはしない代わりに、毎回感想だけはくれるからありがたい存在だ。

さとしは私の顔を見て、ムッとしたように眉根を寄せる。

「なんだよその顔は」さとしは手に持っていたビニール袋を持ち上げた。「買い出し行ってやったんだから、ありがたく思えよな。ほれ、お前のリクエスト」

そう言って、彼は私のパソコンの横に、ツナマヨのおにぎりと、キムチクッパスープ、「睡眠打破」という眠気覚ましドリンクを二本置いた。

「おお、ありがとう。お金は後で精算すればいい？」

「いいぞ。俺が携帯のメモに入れて管理しているから。にしてもお前、その睡眠打破ってやつ、苦くないの？」

「苦いよ。苦いからいいんじゃないの。目が冴える」

さとしは呆れたように笑った。

「体、壊さないようにな」

「余計なお世話。あんた、もう自分の原稿上がったんだから、帰れば良かったのに。あの時間、まだ終電あったでしょ？　こんなの付き合わないで……」

自分の口調がつっけんどんになっているのを感じて、軽い自己嫌悪に陥る。

「遊軍ってやつだよ。原稿チェックとか、人手はいくらでもいるだろ？　それに買い出しもパッと行けるし」

さとしはこうやって他人のために何かするのを厭《いと》わない。私はその気質を、大変そうだなあと思うこともあるが、本人が飄々《ひょうひょう》としているのを見ると羨ましくなる。

「ありがたいよ。マジ感謝してる。神様仏様さとし様……あ、スープ飲むから、ポットにお湯入れといてくれない、神様？」

「随分軽口が叩けるようになってきたな。光明が見えてきたか？」

さとしはこういうところの察しが良い。私はふっふっ、と不敵な笑い声を立てて、返事の代わりにした。さとしは肩をすくめて、ポットを手に部屋を出た。

深夜一時十分だ。窓の外は暗い。

人によっては、プロでもないのに、睡眠時間や体力を削ってまで、そんなに思い詰めなくても、と思うだろう。まして、こんな体に悪そうなものを飲んで、生活リズムも崩しているとなれば、なおさらだ。だけど、今この時この場所で、プロだとかアマだとかなんて一つも関係ない。

——楢沢さんってあれなんでしょ？　賞とか応募していて、デビュー間近なんでしょ？

私が小説を書いていると聞くと、こんな風に、興味本位で聞いてくる同級生もいる。小説を書くなんて自分には想像もつかないから、金になると考えないと理解出来ないんだろう。そもそも今引き合いに出した同級生は、「賞に応募して作家はデビューする」というプロセスをおぼろげに理解している分、救いがある。酷《ひど》い奴は「直木賞とか取れんの？」とか聞いてくる。デビューもしてないのに取れるかそんなもん。

このように、学校で「小説を書いている」とカミングアウトするメリットは一切ない。中学の頃は文化祭演劇の脚本を雑に投げられ、迷惑をかけられたくらいだ。殺人鬼が教室の生徒全員を血祭りに上げるスプラッター演劇を書いて提出してやったら、ものの見事にボツになり、無事にお払い箱になった。おかげで友達はいなくなったが。

と、まあ、それは置いといて。

実際のところ、賞やデビューに、興味がないと言ったら嘘《うそ》になる。そりゃあそうだ、いやしくも小説を書いているやつで、「夢の印税生活」という言葉に一度でも心を躍らせなかったやつはいない。どこかで現実を思い知るか、尊敬する作家に夢を壊されるか、作家の指南本に書かれたお金の話に心が折れて本を壁に叩きつけるかする。

しかし、今はそんなの、興味ない。

書きたいから書く。

書くことでしか、心にぐつぐつ煮え立つマグマを鎮めることが出来ない。書くことでしか、長すぎる夜を越えることが出来ない。そういう人間だっている。そこに理屈も損得勘定もない。

第一、損得勘定が出来る人間は、こんな地獄にはやってこない。

——さて、運動部の朝練連中がやって来ると、段々騒がしくなってきて、ホームルームが始まる朝八時が、私たちにとってのデッドラインだ。真の締め切りは十三時だが、さすがに授業に出なければいけない。

私はパソコンに向き直った。

頭の中に浮かんだシーンをとにかく打ち込んでいく——。

2　あと八時間

目が覚める。

重い頭を押さえながら、机から身を起こす。うーん、と背伸びした。

時計を見る。早朝五時だ。

四時半に一万二千字の短編を書き上げて、編集長に提出した。彼に「少し仮眠を取っておけ」と言われたが、仮眠室に移動するのも億劫《おっくう》で、そのまま机に突っ伏して眠ってしまった。スマートフォンのインカメラで自分の顔を見ると、クマが出来ていたし、頬に机の痕がついている。酷い顔だが、原稿を仕上げた朝は大体こんなものだった。

机の上に、もう原稿が戻って来ていた。編集長のエンピツ入れが済んだ状態だ。「エンピツ入れ」とは、編集長が入稿前に作品をより良くするために疑問や提案を書き込むことである。プリントアウトされた原稿に各種校正記号が踊り、編集長の提案が飛び交っていた。原稿の一ページ目には、付箋が貼られていた。

「今回も怖かった。樹海の中で追われるシーンが良い。　二階堂七生子《にかいどうなおこ》」

編集長のコメントだ。彼はこういう時、嘘はつかない。お世辞もおべっかも彼の辞書にはないのだ。私はその付箋を指で撫でている間に、心の中に巣食っていた不安が、少しずつ小さくなっていくのを感じる。私に文章を書く才能があるのかは、良く分からない。ただ、さとしといい編集長といい、人に恵まれたことだけは確かだと思っている。

二階堂七生子という御大層な名前はもちろんペンネームで、実態は鈴木《すずき》一郎《いちろう》という名前の高校三年生男子である。私は二年なので、先輩にあたる。ひょろっとした眼鏡の男で、編集技術にかけては部の中で最も秀でており、信頼を置かれている。

——よしっ、気合、入れ直すか。

私はエンピツに従う部分は従い、反抗する部分は反抗しながら修正を進めていく。編集長がエンピツで提案して来た表現よりも、良い表現を思い付いてやる、とギリギリまで格闘するのだ。作業中に、窓の向こうで空が白んできたのを意識する。南向きの窓だからまだ日は差し込まないが、朝の光の気配だけでも、頭が冴え渡るのを感じる。冴え渡ってなお、編集長の提案を超える表現を思い付くことが出来ない。私は自分の才能のなさを痛感しながら、その箇所については、編集長の提案を全面的に受け入れる。

それにしても、先ほどから部屋に編集長の姿がない。どうしたのだろうか。

——編集長、大丈夫かな？

編集長は私の小説を読んで、怖がって震えあがり、殺人鬼の恐怖に骨の髄まで囚われ、一人でトイレにも行けなくなっているかもしれない。彼は徹夜明けのしんどい状況下で、私の小説による精神攻撃を受けているのだ……。

と、まあ、そんなわけもなく。

「目覚めたか、ジェイソン先生。俺も今しがた、少し寝てきたところだ」

教室に入って来たのは、二階堂編集長だった。良く見ると、髪に少しクセがついていた。マスクの上の眼鏡を押し上げ、クールな目で私を見つめている。もちろん、恐怖に囚われているようには見えない。

あ、と私は思い至る。

「原稿出したの、もしかして私が最後でしたか」

私が原稿を出さなかったから、編集長は睡眠時間もろくに取れなかったのだ。そう思うと、胸がキュッと締め付けられる思いだった。

「違う」

編集長は平坦な声で言う。

「最後は一年の部員だ。俺が眠っている間にメールで出してきている。俺が近くに居たから、プレッシャーを感じていたんじゃないか？　気を回して離席してやった途端にこれだ。ジェイソンも見るか？　書き出しがなかなか良いぞ」

編集長はもうパソコンの画面に集中していて、私は苦笑する。結局、この人の興味関心は原稿にしかないのだ。ひどく安心した。

「原稿チェック、ありがとうございました。今確認を進めているところです」

うむ、とパソコンから視線を切らずに、彼は頷いた。


六時半には、原稿を直して、二階堂編集長に渡した。あとは編集長による突貫作業だ。

「お……お疲れさまでしたぁぁ……ジェイソン先輩……」

そう言って私に後ろから引っ付いてきたのは、「三毛猫」というペンネームで私小説風の短編を書いている人見澪《ひとみみお》だった。本当に前世は猫だったのではないかというくらい、人の体温を求めて引っ付いてくる。もちろん女子限定だし、特に私にはよく懐いている。私はこれを「特権」と呼んでいる。

「お疲れ、ミケ」

私は彼女の頭をポンポンと撫でる。ミケというのは、三毛猫というペンネームをさらに略したものだ。

そんな彼女の様子を見て、さとしがため息をつく。

「ミケ、お前あんまりジェイソンに引っ付くなよ。コロナのこともあるんだし」

「こんな合宿を開いた時点で、もう一緒ですよーだ」

「それはそうだが……」

私たち文芸部が発刊する部誌「九十九文学《つくもぶんがく》」は来たる文化祭に特別号を刊行する方針を打ち出していた。普段、「九十九文学」は学校のプリンターで印刷して、折り込み方式で作っている。

造りの粗い折り本で、一冊五十円なのだが、今回は文化祭特別号と題して、オフセット印刷の特別なものにする予定でいた。締め切りも余裕をもって設定し、テーマ小説のお題は「富士」とすることも、満場一致で決まった。この八月に文芸部は夏合宿で山梨県に旅行に行き、みんな新鮮な気持ちで書けそうだったからだ。

そう、順調なのはそこまでだった。

――みんな、初めてのオフセット本に緊張し、原稿を上げられなくなったのである。

いつもの折り本ではない。もっと立派なものを、印刷所に頼んで刷ってもらうのだ……書店で並んでいるものとはまた違うが、コミックマーケットなどで大人が作っているような同人誌を、自分たちも刷る。今までのクオリティーとは、まるで違うものを。

同人小説を集めるのが趣味の女子部員が（健全なものであると、あえて彼女の名誉のために言っておこう）、夏休みの部室に「オフセット本ってこういうのだよ」と持ってきたのをみんなで見た時、言葉だけで妄想していた私たちは現実に殴られた。値段をちゃんと調べてさらに胃がキュウッとなった。私の小説は、私たちの作品は、こんな風にちゃんと刷ってもらえるほど立派なものか？　今まで趣味に没頭するあまり、気にしたこともないことを考えた途端、私は一文字も書けなくなってしまった。他の部員たちの状況も似たり寄ったりだった。

そして、その特別号の締め切りが、今日の十三時なのだ。編集長の親が印刷所の社員と友人なので、どうにかねじ込んで、今日の十四時までに印刷所にデータを送信すればＯＫにしてもらったという。それを少しでも過ぎると、印刷はしてもらえるが、「急ぎ印刷」として追加料金が発生することになる。部費が限られており、小遣いから捻出するのも厳しい私たち高校生にとって、この追加料金はあまりに手痛い。そう思っていながら、私たちの筆は停滞していた。

窮状に晒《さら》された文芸部員を救うべく、二階堂編集長は今回の徹夜合宿を打ち出した。二階堂編集長自身は、自分のＳＦの原稿を上げているのだが、部員のため、強制的に書くための環境を用意したのだ。

合宿をすると発表した時、編集長はこう言った。

——無論、楽しい合宿になるとは思わない。徹夜で作業するなど、「ブラック部活」と罵《のの》しられても仕方がないと思う。だが、良いものを思い出に残したいと思っていて、一人では立ち向かえないと悩んでいるなら、ぜひ合宿に参加して欲しい。俺は全力でサポートする。

このように、頼りない体つきをしていても、編集長は情に篤《あつ》くて、頼れる男なのだ。

編集長のこの思いに応え、部長はありとあらゆる手段を尽くし、学校に徹夜合宿の場所提供を認めさせた。夜はセキュリティーシステムのスイッチが入るので、立ち入りが出来る場所を制限した。執筆する場所である１０１小教室と、女子の寝室とした四階の和室、男子の寝室とした１０２小教室（ただしこれは建前で誰もろくに寝ていない）、一階と四階のトイレが立ち入り可能で、後は禁止とした。また、さとしが行ったように校外に買い出しに出るのは、顧問の先生の同伴を必須とした。部長、編集長、そして先生たちに守られて、私たちは創作の炎を燃やしたのである。

ミケが私の顔の横でため息をつく。

「あーもー、引っ付くなとかなんとか、さとし先輩はうるさいです。せっかく書き上げたんだから、少しは褒めてください。今は先輩成分の補給が必要なんです。精神のガソリンスタンド」

そう言ってミケはますます私にくっついてくる。女子同士のじゃれ合いの一環だが、それにしたってミケは距離が近い。あと、今日に限ってはこの合宿のせいで風呂に入ってないから、あんまり近付かないでほしい。

「それにしても、まさかミケまでこの合宿に参加するとはな。いつもエッセイ風の私小説というか、軽みが味になっているのに。追い詰められて書くってタイプじゃないと思っていた」

「うーん、本当はすんなり書きたかったんですけどね。忍野八海《おしのはっかい》と富士の湧水を題材に選んだんですけど、写真を見ているうちに、自分の言葉が全然景色に追いついていない気がして……」

ミケは真面目な性格で、作風とは裏腹に、細かいこだわりが強い。いつもは早くから原稿に取り掛かることで締め切りを守っているが、凝り始めるとドツボにハマるのを、私はよく知っていた。

「そりゃ、お疲れ様だったな」

「そういうさとし先輩はどうだったんですか。買い出しとか原稿チェックの手伝いとか、忙しそうでしたけど」

「俺はさっさと提出したよ。富士山を詠んだ詩と、最近読んだ小説のレビューを三本」

さすがきっちり仕事はしている。詩なので私やミケよりも文字数は少ないが、さとしも言葉の吟味を入念に行うタチで、かなりの凝り性だ。私は詩の心得はないが、さとしの文章を部誌で読むと、ほうっ、とため息が漏れることがある。そうさとしに伝えるたび、「それはお前が、本当の詩を読んでないからだよ」と謙遜《けんそん》される。さとしは占い研究会も兼部していて、そちらでは、ビブリオマンシーという、対象者に本を渡し、偶然開いたページから運勢を見出す占いをやっている。私も一度やってもらったことがあるが、占いそのものよりも、彼が選んだ詩集を開いて、彼がその詩を自分の解釈で語ってくれるのが好きだった。

「そういえば、占い研の方の文化祭準備は大丈夫なの？」

「あー。今日の放課後の活動が、ちょっとしんどそうだ。でも、今日のは行っとかないとなあ」

さとしは、ふわ、とあくびを一つした。

「九十九文学」には部員の好みを反映した様々な文章が並ぶ。

編集長が書くＳＦ。

ミケが書く私小説。

私が書くホラー小説。

さとしが書く詩や書評。

部長が書くミステリー小説。

他に、恋愛小説や、ファンタジーを書く部員もいる。この三名は今、ホームルームまで少しでも英気を養っておくため、女子一名が和室、男子二名が１０２小教室で仮眠を取っている。寝ているのは全員一年生で、二年生組である私・さとしと、三年生の編集長が最後の作業をするため残ったのだ（ミケは私が残るので、一緒に残ってくれたらしい）。

ジャンルこそ違えど、全てテーマに沿った創作をすることになっている。今回は「富士」だから、編集長のＳＦにも何かしらの形で富士が関わっていることになる。編集長の原稿チェックはさとしが担当していたはずなので、後で聞いてみよう。

小説以外には、部員が語りたい本のレビューや、読書会をやった時はその書き起こしやレポ、たまに評論に挑戦したい部員もいて、そのための誌面も用意している。さとしはこの方面にも熱心だ。

さて、そうした文字の原稿も重要だが、各小説の扉絵や、部誌全体の表紙を描いてくれる部員がいる。イラストレーター担当のペンネーム「アマリリス」、本名司麗美《つかされみ》である。

アマリリス先輩の描く絵はいつも優しさのようなものに溢《あふ》れている。人物画がメインになっているのだが、扉絵の時は作品に登場する人物を独特のタッチでイラストにしてくれるし、表紙もテーマに沿った良いものを出してくれる。私も締切より早く原稿を上げた時には、いつもアマリリス先輩に扉絵を頼んでいた。

「楽しみですよね、アマリリス先輩の絵」

ミケが言い、私は頷いた。

「うん、色遣いにも一つ一つこだわっていて、見た瞬間にその世界に引き込まれるような絵なんだよね。あの人が富士を描いたら、ステキだろうな……」

「そうだな」さとしが頷いた。「前にジェイソン先生の山荘ホラーの扉絵を描いた時は驚いたけどな。タッチそのものも変わった気がして。一皮むけたってことかな。あの号は、編集長の宇宙開発ＳＦの絵も、今までにない壮大さだったし」

「私たちが一年生の頃は、少女漫画風の男装の麗人とか、よく描いていたけど、また作風が広がったよね」

創作に打ち込んでいると、たまに、才能の差に打ちのめされる時がある。アマリリス先輩の絵を見て、ガン、と頭を殴られるような衝撃を感じたのは、まさしくそれだった。

一年前、私が書いたホラー小説に先輩が扉絵を描いてくれた。描いてもらえたのはその時が初めてだった。私が書いた、哀しい過去を持つ作中の「怪物」の姿を、先輩は見事に捉えていた。その絵の、恐ろしくも優しい佇まいは、誰にも理解されない孤独な怪物を、温かく救っているように見えた。

私が言葉で表現しようと思っても出来なかったことを、彼女は一枚のイラストでやってみせたのだ。

私はスプラッターを愛しているが、中でも、殺人鬼側に悲哀があるような話に、強く惹かれてしまう。怪物の方に感情移入するのだ。変なことかもしれない。悪はすんなり悪であった方が、話としては分かりやすい。だけど、「バスケットケース」で捨てられたあの殺人鬼の方に、少しだけ同情してしまう私がいる。「サンタ・サングレ」も同じ理由で愛している。全ての根源は、メアリー・シェリーの『フランケンシュタイン』だ。フランケンシュタインによって造られた、あの孤独な怪物。孤独を癒すための伴侶を求め、創造主にも忌《い》まれてしまう、あの怪物。女性が書いたと知られては公正な評価が受けられないと、著者名さえ載らなかったメアリーの無念に、そして彼女が生み出した怪物に、何よりも私は惹かれた。あれは私の原体験だった。

だから悔しかったのだ。私はこのままでは、生涯、この一枚の絵に勝てない。そう思ったら、その絵の作者が妬《ねた》ましくさえ思った。

創作をしていると、嫉妬と羨望は常に表裏一体だ。アマリリス先輩その人と話している時には、気の良い人だな、と思うし、先輩はホラーこそあまり読まないが、本は好きなので話は合う。面白い本も薦めてくれる。常日頃から、バチバチと対抗意識を燃やしているわけではない。

だが、ふとした時に、あのイラストを思い出す。彼女が憎くてたまらなくなる。

面倒な性格だと、自分でも思う。

アマリリス先輩は今、高校三年生だ。他の三年生が続々と引退を決める中、彼女は「描くのが受験の息抜きにもなるから」という理由で、イラストを引き受けてくれていた（三年の残留組といえば、編集長もだけど）。

今回の合宿、アマリリス先輩は、先にも述べたように「人前では集中できない」という理由で不参加になっていた。今回の特別号には、彼女もプレッシャーを感じているらしく、扉絵の担当は引き受けず、表紙一本でイラストを用意するつもりだという。

アマリリス先輩は「みんなの合宿明けには、私もデータで持って来るようにするよ」と編集長に告げていたらしい。

七時五十分。

私たちも、それぞれのクラスに「登校」した方が良さそうだ。

私も2－Bの教室に向かおう。本当は、この充足感を抱えたまま眠ってしまいたいけど。

きっと、アマリリス先輩も、表紙を完成させて学校に来てくれるだろう。

アマリリス先輩のイラストのファンである私は、その絵を見る瞬間を楽しみにしていた。

3　あと二時間

グロッキー。

一限から四限までの私の状況を一言で表せば、そうなる。

徹夜明け、それも合宿明けの身体はもうバキバキで、今すぐにでも布団にくるまりたかった。身体を、縦にするだけでしんどい。横になりたい。横に。よほど保健室に行ってやろうかと思ったが、文芸部合宿をした翌日に、そのまま保健室で眠っているようでは、次回以降の開催に差し障る。ここは意地でも、眠るわけにはいかなかった。私がここで踏ん張ることで、文芸部の未来を守るのだ。いやむしろ、後輩たちがこの地獄を味わえるようにしてやるのだ。わはは。

混濁する意識の片隅でそんなことを考えながら、一限の世界史から何度も寝落ちした。そのたびに先生に怒られていたが、五回目くらいから先生も諦めたらしく、完全に放っておかれた。

二限から四限までは正直記憶がない。二限・三限は体育だったのだが、仲の良い友達に介抱されながら、息も絶え絶えに内容をこなした。体育館の中を走ったり、横に跳んだり、腹筋運動をしたり、淡々と今日のノルマをこなしていきながら、ああ、今学期の成績は散々だろうなと内心悲嘆に暮れた。

だが、そんなことはどうでもいい。だって原稿が完成したんだぞ？　それだけで、今日の私は無敵である。

四限前の休み時間を狙って、三年のクラスの編集長に声をかけに行った。編集長の席には、さとしもいた。

「編集長、表紙、入稿ありました？」

ひらひらと手を振りながら近づくと、彼は神妙に首を振った。

「アマリリスのクラスを覗きに行った。残念ながら、アマリリスはまだ学校に来ていないとのことだ」

「え……」

「聞いた話じゃ」さとしが言う。「担任には朝のうちに電話があって、登校が遅れると連絡があったらしい。だからギリギリまで原稿を描いているんだろうが……」

「心配だなぁ」

私は唸《うな》った。アマリリス先輩は責任感が強いので、思い詰めていなければいいけど。

「ＬＩＮＥとかは？　進捗伺い的な……」

「既に試した」編集長はため息を吐く。「だが、反応がない。あまり何度も連絡して、彼女のプレッシャーになるのは避けたいところだ。よほど集中しているんだろう……そう思いたいが」

確かに、返事までないとなると不安になってくる。

不安はやがて、具体的な疑惑に変わる。

――アマリリス先輩は、スランプに陥っているのではないか？

私の目を見て、さとしが肩をすくめた。さとしは勘が良い。私の内心を読んだのかもしれない。

確かに、これを口に出すのは、今必死に描いてくれているであろうアマリリス先輩に失礼だ。

「編集長」さとしが身を乗り出した。「万が一――もちろん、万が一の話ですが、表紙の入稿がなかった場合、特別号はどうなりますか？」

「さとし……」

私は咎《とが》めそうになるが、思い直す。さとしは部の会計を務めている。締め切りが守れず、印刷費用が上がった場合の備えをしようとしているのだろう。どう転んでもいいように。それが本当の意味で、アマリリス先輩のことを尊重するということなのかもしれない。

編集長はゆっくり息を吐いた。

「……富士合宿で撮った写真を利用して、仮の表紙を組んでおいた。今日の締め切りまでにアマリリスの表紙が来なければ、そちらで入稿する手筈だ」

「分かりました」

「――だが」

編集長はそう言い、眼鏡を押し上げた。

「俺は……彼女の絵が良い」

それを聞いて、私とさとしは顔を見合わせ、同時にプッと笑い出した。

この通り、我らが編集長は熱い男なのだ。

「何が可笑《おか》しい、お前ら」

「いえ」私はマスクの下でなおもニヤニヤしてしまう。「今は信じて待ちましょう。私も、アマリリス先輩の表紙が良いです」

うむ、と編集長は頷いた。

「座して待つ。今や、俺に出来るのはそれだけだ」

4　あと一時間五分

昼休みのチャイムが鳴った。

タイムリミットは十三時。

「まだアマリリス先輩は来ていないのか?」

さとしは不安そうな顔で言った。

私、さとし、ミケ、編集長の四人は、昼休みになると101小教室に戻って来ていた。室内にはエナジードリンクの甘ったるい匂いと汗の臭いが充満している。この世の終わりみたいな異臭だ。101小教室は昨晩からずっと予約で取ってあるから、こうして拠点として使うことが出来る。

ちなみに、他の一年生の部員三人は、この昼休みは教室の机で少しでも寝たいと話していたとミケは言う。ミケは一年生代表として、この場に来てくれたようだ。

ミケがうーん、と唸った。

「実は隣のクラスに、アマリリス先輩の弟君がいるんですよ。小柄で可愛《かわい》い男の子なんですけど」

風の噂で弟が一年生にいるのは知っていたが、アマリリス先輩自身があまり語りたがらないので、突っ込んで聞いたことがなかった。私自身、弟の方と話したことはない。

「おお」さとしが目を輝かせる。「弟なら、姉の様子を知っているかもしれないな」

「それで」編集長は言った。「大樹《たいき》はなんと?」

「二限と三限の間の中休みで聞いてみたんですけど、『部屋の中に籠って様子は分からなかった』って……」

進展なし、か。

よし、とさとしが言う。

「強行突破だな」

「え?」

「体育館裏のフェンスに、穴が開いているのを知らないか? あそこを潜《くぐ》り抜ければ、昼休みでも校外に出られる。アマリリス先輩の家は、ここから電車で十分、駅から徒歩で十分程と聞いたことがある。今から出れば、どうにか往復して帰ってくることが——」

「先輩」ミケがツッコむ。「そんなの、バレたらまずいですって」

「バレないようにやればいいさ。それに、少しでも出来ることがあるなら、やっておくべきだ」

「やめておけ」編集長が言った。「無駄足になるだけだ」

無駄足？

私はカチンときた。アマリリス先輩の絵が良い、だなんてアツいことを言いながら、随分冷たいじゃないか。

私は立ち上がった。

「やらないよりはいいんじゃないですか」

編集長は何も言わない。

「さとし、私も行くよ。二人組の方が何かと動きやすいでしょ？　悪いけど、ミケは編集長と一緒に留守番を頼める？」

「え……ええ……」

ミケはしぶしぶといった体で頷いた。

5　あと五十五分

十二時五分。

制服姿のまま、体育館裏にやって来た。体育館裏のL字型の道、そのLの一辺の途中に、問題の穴はあった。穴の周りは少し地面が乱れているように見えた。

穴の前で、しばし逡巡《しゅんじゅん》する。

「ねえ、この格好のまま外に出たら、近隣の人に色々言われない？　制服だからうちの生徒ってバレバレだし、昼休みの校外外出は禁止でしょ？」

さとしは、今初めて気が付いたというように目を瞬いた。

「……確かに。見咎められたらそれまで、と考えるしかないか」

「そんな殺生な。さとしだけで行きなさいよ！」

「うわ、押しつけやがって！　お前だって編集長の前ではあんなに乗り気だっただろ！」

「う……」

痛いところを突かれた。

「……さっきのは、編集長の様子が、なんか変だったから」

「ああ。妙に達観していたよな。あの人が一番、アマリリス先輩の絵が好きなくせに」

「え？　そうなの？」

「知らないか？」さとしが言った。「俺たちの小説や詩にくれる感想メモは大抵小さな付箋一枚だが、アマリリス先輩の絵には大判の付箋を貼っている」

「知らなかった。感想格差だ」

「編集長だって人間だからな。でも最近は忙しいのか、俺たちと同じ小さな付箋だけになってる」

ふと不安に襲われた。

「ちょっと……こんなところ、誰かに見られてないよね……？」

そう言いながら、あたりを見回した。

その時だった。

太陽が雲間から差し込み、体育館裏の通路――その奥を白く照らしたのだ。体育館の壁は上が茶色、下が白に塗られていて、その白い部分がギラッと光ったように見えたので、私は思わず目を細めた。

その、細めた視界の中に――。

「アマリリス先輩？」

何をもってそう思ったかと言われれば、直感で――としか答えようがない。

L字型の道の角に当たる部分、そこに、アマリリス先輩と思《おぼ》しき背中が見えた。

L字型の角は奥まった箇所で、陽《ひ》の光が陰っているから、上半身のみがハッキリ見える程度だった。女子のスカートは黒なので、見えづらくても不思議はない。だが、肩口から上だけでも、私にとっては十分すぎた。

（ベリーショートの髪に、形の良い福耳。間違いない、部室で何度も見かけた、先輩の背中だ！）

「アマリリス先輩ッ！」

私の声が引き金になったのか、その人影は突然、L字型の角を折れて、足早に歩いて行ってしまう。

「待って、ねえ、逃げないで！」

私はそう追いすがっていった。アマリリス先輩にどうしても聞きたいことがあったからだ。責めたいわけではない。原稿が出来ていないならそれでいい。みんな同じなんだ、苦しんだのだ。そのことを伝えられれば、先輩の気持ちも軽くなるかもしれないと思ったから。

私は走った。

曲がり角に辿り着き、向こう側を見た時。

「え……」

その姿は、もうなかった。

北側の道をさらに走ると、グラウンドに出る。出口の近くでは、どこかのクラスの人が、文化祭の模擬店用の看板を壁に立てかけ、ペンキを塗っていた。

さっき見たあの姿はどこにもない。

消えてしまった――。

どうしていいか分からないまま、私はその場に立ち尽くしていた。

グラウンドにいるのは、ダンスの練習をしている練習着姿のダンス部員たちや、制服姿の男子が何人か。女子の制服を着ているのは、校舎からグラウンドへの入り口近くの何人かで、ここからあそこまでは全速力でも十秒はかかる。私が角を曲がってここに辿り着くより、長くかかるはずだ。

「おい、どうしたっていうんだ、突然駆け出して」

後ろから、さとしが走って追いかけてきた。

「今、アマリリス先輩がいたの」

「先輩が？」さとしはグラウンドを見回した。「どこに？」

そう、消えてしまった——それが問題なのだ。

「ちょっと、そこの君、聞いてもいい？」

私は看板にペンキを塗っていた男子に話しかけた。彼は体操服姿で、腰にはジャージの袖を巻き付けている。看板には「１－Ｃ」と大きく描いてあったので、一年生らしい。

「はい？　なんでしょう。あ、ここのスペース、何かの練習に使いますか？　参ったな、穴場だと思ったのに」

「ううん、そうじゃないの。たった今のことなんだけど、女子生徒が通りかからなかった？　髪が短い、小柄な女の人なんだけど」

そう質問すると、彼は怪訝《けげん》そうに首を振った。

「いえ……来ませんでしたけど」

６　あと五十分

あり得ない。不可能だ。

あの男子、１－Ｃの佐藤《さとう》というらしいが、佐藤の証言と私の目を信じるなら、アマリリス先輩はＬ字型の北側の辺、あの他にどこにも逃げ場のない空間から、忽然《こつぜん》と消えてしまったことにな

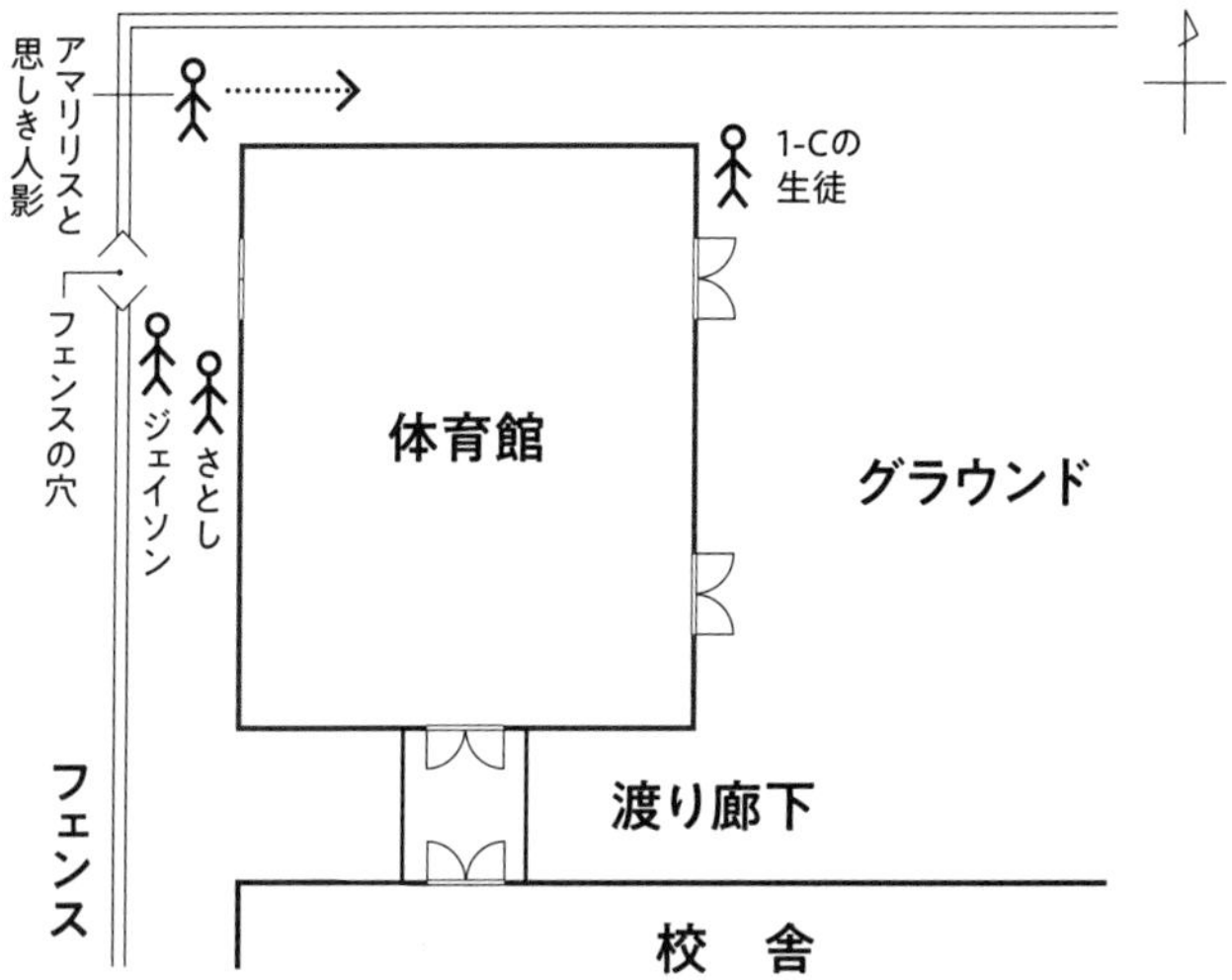

る。

十二時十分。

私とさとしは、１０１小教室に戻って来ていた。

私たちの知らせを聞いて、編集長は眉をひそめ、ミケは目を丸くした。

「急に戻って来たから何かと思えば……アマリリスが校内にいただと？　あまつさえ、目の前で消えただと？」

「そうとしか言いようがないんです」

編集長は、はあっと呆れたようなため息をついた。

「信じろというには無理がある話だ。見間違いということはないのか？」

「そんな！」私は机を叩いて抗議する。「あの姿は間違いなくアマリリス先輩でした」

編集長はさとしを見た。

「念のため聞くが、お前もその姿を見たのか？」

「いや。気付いたのはジェイソン先生だけでした」

「さとし！」

あの場にいたのに、味方してくれないなんて。私はさとしを睨《にら》みつけるが、さとしの方は俯きがちに口元を押さえ、何やら考え込んでいるように見える。

「でもでも」ミケが言った。「もしジェイソン先輩の言う通りなら、アマリリス先輩は学校内にいることになるんじゃないですか。それなら、学校の中を探した方が……」

「いや、俺が言っているのは、そもそもその話が……」

編集長が言いかけた時、１０１小教室の扉が開いた。

「おーっ、やっているではないか、皆の衆。どうだい？　もう原稿は上がったかね？」

あーっ、とミケが叫ぶ。

「部長！　もう！　この一大事にどこに行ってたんですか！」

教室の戸口に立っていたのは、部長の姿――「青龍亜嵐《せいりゅうあらん》」のペンネームでミステリー小説を部誌に載せている、すらりとした男の姿だった。

編集長は部長を睨みつけた。

「亜嵐……お前はいつもお気楽でいいことだな」

「いやはや」部長は芝居がかった身振りを交えながら言った。「言いがかりも大概ですね。文句の付けようがない原稿だから、合宿に参加しなくてよいと言ったのは、編集長の方ではなかったですか？　大判の付箋いっぱいに感想をくださったではないですか」

編集長が歯ぎしりする。やはりここにも存在していた、感想格差。

それにしても、部長は元々あんな喋《しゃべ》り方ではなかったはずなのだが……まあ、理屈っぽい編集長の喋り方にあてられて、ここではこんな感じになっているのだろう。どことなく居丈高で、劇の登場人物みたいだ。部長は二年生、編集長は三年生なのだが、小さい頃からずっと一緒だったのではないかというくらいノリが合っている。

「おい、ジェイソン先生」さとしが言った。「ミステリー小説好きの部長なら、何か知恵をくれるんじゃないのか」

「それ名案」私は指を鳴らした。「あんたもたまにはいいこと言うじゃん」

私はこれまでの状況を部長に伝えた。

ふむ、と彼は何度か頷く。

「密室状況からの消失劇か！　何やら運命めいたものを感じるね」

「は？」

「いや、こちらの話だ。しかし、真相は明々白々ではないかね？」

私は唖然《あぜん》とした。

今この人は、なんと言ったのだ？

「この事件を表すのにぴったりの言葉がある。『こんなことに気づいたことはありませんかな？つまり、他人というものは、こちらの言ったことに答えようとしないということに？』」

「はい？」

「G・K・チェスタトンという古典ミステリー作家の作品の一節だよ」

「あの、それがこの事件になんの関係が?」

「どのみち、推理に意味はない。この事件は、時が来れば解決する――あるいは、解決しない。どちらの道に至るにも、時が来なければ意味がない」

部長には時々イライラさせられる。普段はもっとはっきりした人なのに、文芸部の空間に居る時だけ、編集長の引力に引きずられて不思議な言い回しをしてくる――。こんな風にこちらを煙《けむ》に巻いてくることもしばしばだ。

今は、それが一番煩わしい時だというのに。

なんのヒントも与えてくれないどころか、部長は、自分のスマートフォンの通知音に反応して、何やら画面を見ている。どんな相手なのか知らないが、興味深そうに鼻を鳴らしながら、顎の下あたりを撫でていた。

「あの、部長、何を見ているんですか」

自分の声が険しくなるのを自覚しながら、私は聞いた。

「いや、今日は退屈しないな、と思ってね」

フフッ、と部長は鼻を鳴らす。その音が、随分満足そうに聞こえて、それにますます腹が立ってしまう。

「だったら、その『時』っていうのは?」さとしが言った。「具体的にいつなんだ」

「昼休みが終わる時」

「でも、それじゃあ意味がありません！」

ミケが言うが、部長は首を振るばかりだ。彼は左手の人差し指で、腕時計の文字盤をトン、トン、と叩く。

「それでも、信じてその時を待つほかはない。俺たちに許されているのは、それ以外ないのだから」

部長はスマートフォンを仕舞う。

「すまないが、もう行かせてもらうよ。次の約束があるんだ」

「……相変わらず忙しいことだ」

編集長がため息をついた。

「ですが」部長が言った。「編集長も存外、面倒な人ですなぁ」

「……どういう意味だ？」

「いえ、別に。ただ、もう少し腹を割って話した方がいいんじゃないかと思っただけですよ。あるいは、そうですね——軍師になりたいならもっと腹を括《くく》ってくださいよ」

ハッ、と編集長は笑った。

「つまらない託宣は以上か？　ミステリーマニアの亜嵐先生。お前のメッセージは要約すればただ一つ……待て、ということだな」

「編集長」私は言った。「しかしそれでは」

「そうです、編集長。待てば海路の日和あり、というわけです。あとは健闘を祈ります」

「……ッ！」

徹夜明け。ボーッとする頭。迫りくるタイムリミット。訳の分からない言葉を交わし合う二人――。私の堪忍袋の緒はとっくに切れていた。

「……何ですか！　部長も編集長も！　信じてくれないなら別にいいです！　私一人で勝手に探しますから！」

「あ！　おい待てって！」

さとしの制止を振りほどいて、私は教室を出た。

7　あと四十五分

そう遠くへは行っていないはずだ。

ホラー映画で突然人が消える時は、失踪するか殺されるものと相場が決まっているが、これはホラー映画ではない。あくまでも現実だ。第一、想像の中とはいえアマリリス先輩を殺したりしたくない！

私が先輩らしき人影を見てから、まだ十分も経っていない。昼休みに校外への外出は禁じられているから、基本的には校内にいるはずだ。

この時間なら昼食をとっているかもしれない。私はひとまず、五階の食堂に向かった。

ガラス張りの空間から都心の眺望も一望できる開放的な食堂で、この学校の人気スポットだ。

先生も生徒も利用するため、席を確保するのは結構大変だが、安いのがとにかくありがたい。人でごった返す食堂をかき分けて、アマリリス先輩の姿を探す。大した収穫もないまま、食堂を西から東へ抜け、スカイラウンジへ辿り着く。

スカイラウンジは机と椅子が置かれた歓談コーナーで、授業にも使えるし、昼休みにはお弁当を食べに来る生徒が集まってくる。ここも眺めが良い。やはりここにも、先輩の姿はない。

一応屋上にも上がってみるが、鍵がかかっている。ここは普段、生徒の立ち入りが禁じられている。

四階は音楽室や美術室など、特別教室と職員室がある。四階の印刷室に立ち寄った。ここには、もちろんプリンターの類や折り機の類が揃っていて、文芸部でもお世話になっているが、部屋の半分ほどが新聞部の資料室になっているのだ。

「あらあらあら。芽以ちゃんじゃん。どしたの」

クラスメートにして新聞部部員、北村愛梨《きたむらあいり》のくりくりとした目が見つめて来る。彼女は目だけでなく、体全体が丸っこくて、それがなんとも癒し系だ。彼女自身も体型のことを卑下せず、自信満々に振る舞っているから、それが明るい魅力になっている。

「今日はお客さんが来るねえ。いつもはここ、閑古鳥が鳴いているのに」

「お客さん⁉　誰が来たの？　それって、三年の司麗美先輩じゃなかった？」

私の剣幕に押されて、彼女は少し跳ねた。

「いや、違ったよ。事務職員の三森《みもり》さんっていう女性の人。プリンターを使って、すぐに出て行ったけど。お客さんは、芽以ちゃんで二人目」

「なんだ……」

「あー……なんか、期待させちゃった？」

実はかくかくしかじかで、と告げると、彼女はほうほう、と小さく頷いた。

「先輩が目の前で消えた……か。結構な状況だね」

「何か知らない？　新聞部って耳が早いでしょ？」

新聞部は「ツクモ新報」という名前の学生新聞を、創部当時から月に三回発行している。その内容は、卒業生の著名人インタビューから、陰謀論めいたキワモノ記事まで、およそ同じ媒体に載っているとは思えないほどの多彩さだ。記事の書き手の個性も出て、それが面白い。目の前の愛梨は、校内グルメのレビューが大の得意で、彼女が自動販売機のメロンソーダと購買部のメロンパンの組み合わせをレビューしたところ、飛ぶように売れたとか売れていないとか。

うーん、と彼女は唸った。

「さすがに今日の昼間に起きた事件じゃねえ。まだ何の情報もないよ。芽以から聞いたのが初めて。それって書いてもいいの？」

「あー、いや、待って。文芸部の文化祭号に関わることだからさ。もしちゃんと見つかって、文化祭号も無事に出るってなったら、書いてもいいかもしれないけど……」

「おっけ、分かった。安心して、スクープよりも友情が優先だから」

彼女は小気味の良い笑い声を立てた。彼女は温厚なので信頼してもいいだろうが、他の新聞部員は生き馬の目を抜くような奴らばかりらしいから、私は運が良かった。

「それにしても、突然消えるってなると、あれを思い出すね」

「あれ？」

「ほら。屋上の天文台から消えた、女子生徒の話」

「えっ、それって怪談じゃないの。学園七不思議の一つ」

「うん。それは後年の話。当初は、天文台から女子生徒が消えたっていう謎めいた事件だったんだよね。それが後から尾ひれがついて、学園七不思議になった」

彼女は印刷室のラックから、フォルダを一冊持って来る。新聞部は今までに発行した「ツクモ新報」を全てファイリングして保管しており、一年ごとにフォルダに綴じられているのだ。彼女が持ってきたのは「二〇〇四年」のフォルダだった。

「あった、これこれ」

彼女が指さしたのは、九月二十日号の記事だった。

『天文台より、女子生徒消える
——学校による隠蔽工作か』

「いやいや、隠蔽工作、て」

私が思わず苦笑すると、愛梨もそれに追従した。

「この論調のせいで、みんな逆に醒《さ》めちゃったって話。それが数年かけて、学園七不思議に進化したんだよね」

「この消失事件って、解決しているの？」

「解決していたら、七不思議にはならない」

ダメかあ、と私は声を上げる。謎が解けているなら、今回の事件にもそのトリックがあてはめられるかもしれないのに。

私は愛梨に礼を言って、印刷室を出た。


四階の調査において、私の本命は美術室だった。アマリリス先輩は美術部と兼部していた。

美術部の扉を開けると、美術部員と思しき男女たちが、文化祭の催し物で展示する作品の追い込みにかかっている様子だった。どこもかしこも状況は変わらない。

「あの……」

手近にいた同じクラスの女子に声をかける。

「あ、メイちゃんじゃん。どったの」

キャンバスに向けていた真剣な目がなりを潜めて、途端に彼女の目が優しくなる。彼女はマスクの口元をぐいと引き上げた。

「今日ここにアマリ……ううん、司先輩、こなかった？」

「司先輩って、三年の麗美先輩？　今、弟の大樹君も美術部だからややこしいんだよね」

「そうなんだ」

そういえば、ミケも弟がいると話していたっけ。

「まあ、司姉にせよ司弟にせよ、今日は全然見ていないね。姉の方はもう美術部は引退してるし。弟の方には早く来てほしいんだけどねー。彼の絵もまだ仕上がってなかったはずだし。どこで何してるんだか」

「そう、弟も来てない……か」

アマリリス先輩の弟には、同学年のミケが接触してくれたようだが、何かを知っているかもしれない。直接話は聞いておきたいところだった。

「そうそう。なんか最近、クラスの方の出し物でも忙しいらしくて。前に自分のスマートフォンを深刻そうに覗き込みながら、熱心にLINEでメッセージ送ってるから、誰と話してるのって聞いたら、『男なのに女みたいな……』って答えて、ハッと気づいたように口を噤《つぐ》んじゃって。あれ、もしかして文化祭の女装コンテストに出るつもりなんじゃないかな」

「女装コンテスト？」

「そう。あるらしいじゃん、恒例行事で」

去年の文化祭は中止になったので、生で見たことはないが、三年の先輩に写真で見せてもらったことがある。

「弟君、結構小柄で可愛らしい顔してるから、クラスの子に祭り上げられたんじゃないかな。髪も肩ぐらいまで伸ばしていて、男にしては長いし。でも、私に話しかけられた時の反応を見るに、あれは相当、嫌なんじゃないかなー」

「そう、ですか」

アマリリス先輩だけでなく、弟の司大樹も何か悩んでいたようだが、今はそれどころではない。

私は礼を言い、美術室を後にした。


三階に降りると、三年生の教室と四つの小教室、家庭科室などがある。家庭科室は料理部の活動に使われていた。

怪しかったのは３０４小教室だ。

男子生徒が一人、見張りのように前に立っていて、絶えず廊下に目を光らせている。

「おい、何をじろじろ見ているんだ」

私は怯《ひる》みかけたが、やはり次第に腹が立ってきた。なんでこんな奴に因縁をつけられないといけないんだ。実際、徹夜のせいで気も立っていた。

「じろじろですって？　ただちょっと見てただけでしょうが。それを『じろじろ』だなんて、そっちが神経過敏なだけじゃないの？」

まくしたてると、男子は急に黙り込んだ。

「その部屋の中で何やってんの」

「……答えられない」

「見せなさい」

まさかこんなところにアマリリス先輩がいるとも思えなかったが、私は半ばムキになっていた。

「……女人禁制《にょにん》だ」

「はぁ？　前時代のボケはやめてくれる？」

その時、教室の扉がガラッと開いた。

「おい、ちょっとお前、五階の自販機で水買って……」

顔を覗かせてそう言った男子生徒は、私の顔を見て青ざめた。

男子生徒はすぐに扉を閉めたが、一瞬中が見えた。中には男子生徒のみで、机を囲んで何やらやっている。女子の姿はない。どうやらただの馬鹿の集まりのようだ。

「ははぁん、なるほどね。女人禁制って、もしかして見せられない本でも読んでたの？」

「……………そういうことにしておこうか」

一つ秘密を暴いてやったが、大した手掛かりにはなりそうもない。胸がすくわけでもなかった。

チラッと廊下の端を見た時に、そこに生徒指導の森山がいた気がした。

森山は体育教師で、生徒指導もしているので、男子からは特に怖がられている。女子の中では、熊みたいな体で可愛いと一部の層に人気があるが、私は、体の大きな男性というだけで怖がってしまう。根は優しい人だと知っているのだけど。それにしても、なぜこんなところに。生徒指導の一環で、あの怪しい男子たちの監視でもしているのだろうか？

足早に教室を離れると、隣のクラスの男子二人とすれ違って、ぶつかりかけた。謝ろうと思ったが、焦燥《しょうそう》の感情が強すぎて、逃げるようにその場を去った。

三年生の教室——アマリリス先輩のクラスに顔を出してみる。

クラス演劇の準備の真っ最中のようだ。小道具作りを進める人や、集まって台本の読み合わせをしている人などで活気づいていた。

教室を覗くなり、入り口の近くにいた、紙吹雪を作っていた女の先輩二人に声をかけられる。

「お。後輩ちゃんだ。若いねー」

「わかるわ～。なんか一年しか変わらんのに、おばあちゃんになった気分になるよね」

あっはは、とマスク越しにも分かるほど大げさに笑う二人を眺めていると、片方が手をひらひらさせながら言った。

「ごめんごめん。誰かに用事？　呼んできてあげよっか」

「あ、いえ……司先輩……司麗美先輩を探してるんですけど」

「お、じゃあ美術部？」

「いえ、文芸部です。イラストを描いてもらっていて」

「あ、そーなの。レミレミそんなこともしてたんだ。水臭いなあ」

「ね、文芸部の本ってさ、文化祭でも出すんでしょ。買うよ。いくら？」

「今回、印刷所に頼むので、値段は未定なんです」

「すっご！　印刷所なんて本格的じゃん」

先輩はまたも快活に笑う。途端に我に返ったように、

「ああ、そうだ、最初の質問だけどね。今日レミレミ遅刻なんだよ。朝から学校に来てなくてさ」

「それは私も知っているんですが……ついさっき、登校してきたんじゃ」

「え？　そうなの？　私たち、ずっと教室にいるけど、全然見ていないよ」

私は首を振った。

「そんなはずはありません。だって私、確かに――」

その時、肩を叩かれた。

振り返ると、さとしがいた。マスクをしているせいもあってか、かなり息が上がっていた。

「ったく……探したぞ、このホラー馬鹿が」

8　あと三十分

私はさとしに連れられて五階のスカイラウンジに向かった。自動販売機で買ったオレンジジュースを差し出された。

私は顔を上げずに言った。

「私、メロンソーダが良いって言った」

「売り切れだ。これで我慢してくれよ」

私がメロンソーダの次にオレンジジュースが好きなのを知っているのは、さすがさとしと言ってもいいだろう。まこと、気配りの男である。

「いくら?」

「合宿の『代理買い出し』帳簿にツケとくよ。とにかく今は喉を潤せ」

そう言いながら、しれっとこの請求は忘れたふりをするんだろう。こいつはそういうやつだ。

私はすっかり不機嫌に振れてしまった自分の機嫌の直し方が分からなくなっていた。ありがとう、の言葉も上手《うま》く出てこない。

無言でペットボトルの蓋を開け、ジュースを口に流し込んだ。

「……少しは冷静になったかよ」

さとしが静かな口調で言う。

「この昼休みは悪夢のように長い」

「だな」さとしが頷く。「いつもなら、飯食って、トイレ行って、少し駄弁《だべ》っていたら、すぐ授業が始まるのに」

「分かる。校内中駆けずり回ってると時間感覚が麻痺してくるし、アマリリス先輩の謎が解けなくて、出口が見えないのも、それに拍車をかけている気がする。もういっそ、こんな昼休み早く終わってくれないかな」

愚痴をさとしに向かって吐き出すと、少し楽になった。

「まあまあ。俺も付き合うから」

「……あれから、みんなは?」

「あの後、部長と少し話して……編集長は今も101小教室でアマリリス先輩を待っている。ミケも校舎内を探してくれているよ。部長は、どうかな。俺が教室を出た時にはまだいたから、編集長には何か伝言くらい残しているかもしれないけど、次の用事があるって言ってたし……」

「あの人、勝手すぎない？」

「俺たちの部長様はいつだって勝手だよ。まあ、忙しいのは事実だしな。文化祭前なんて、あの人が一番忙しい時期だろ」

まあね、と私はため息をついた。

「……アマリリス先輩、今日は学校に来ていないって」

「どうもそうらしいな。だとしたら、お前が目撃した事実と、辻褄《つじつま》が合わない」

「信じてくれるの」

「信じないなんて一言も言ってないぞ、俺は。先輩の姿をお前は見たが、俺は見てない。事実を言っただけだ」

私はさとしを誤解してしまった自分が恥ずかしくて、思わず舌打ちする。

「回りくどいんだよ、あんたは」

「すまなかった」

——なんでそう、あっさり謝れるんだ。

私はまた自分を嫌いになりそうだった。

窓の外では、弱い雨が降っていた。

「ジェイソン先生は、なんでホラーが好きなんだ?」

「それ、今聞くこと?」

「突然気になったんだよ。徹夜明けでいつもと頭の状態が違うからかもな。普段気にならないことが気になる」

「何それ」

　私はフフッと笑った。

「……理不尽に人が死ぬから」

「どういうことだ?」

「部長の書くミステリーってさ、面白いじゃん。私は普段ミステリー読まないから、プロに比べてどうかは分からないけど、伏線がパズルのピースみたいにハマるところとか、全部に理屈がつくのとかさ、ああいうのって気持ちいいでしょ。カタルシス、っていうのかな。あんなの作れるなんて、部長の頭の中ってどうなってるんだろうって、いつも思うよ」

「それは分かる。俺にはとても真似《まね》できない」

「でも、あれは全部が理屈で出来すぎていて、息苦しく感じる時があるの。そういう時に、だから私はホラーが好きなのかなって思う。殺人鬼にも呪いにも因果やルールがあるけど、どこかで不合理に落ちたり、そもそもそれに巻き込まれるのが理不尽だったりするでしょう。死ぬことそのものだって」

「そういう理不尽が好きだったんだな」

「そう。でも、今回の一件でよく分かった――私は物語の中の理不尽を愛している。だけど、自分の身に降りかかるのは許せない」

さとしが声を立てて笑った。

「自分勝手で傲慢だな。それでこそジェイソン先生だ」

「うっさい」

私は髪を掻きながら、ため息をつく。今日は髪のケアもしてないから触り心地が最悪だ。枝毛も見つけた。雨が降っているせいか、湿度も不快に感じる。

「ジェイソン先生って面倒くさいよな」

「何それ。悪口？」

「悪口。俺と先生の間柄で、直接言っているんだから勘弁してくれよな」

「確かに、陰口を叩かれるより百倍良い」

さとしがそんなことをしないのは知っているが。

「先生は怖がりのくせに繊細で、いつもは気が大きいくせにたまに小さくなる」

「……それは、ろくに眠っていないから」

「アマリリス先輩のこと、本当はどう思っているんだ？」

息が詰まった。

「知ってるぞ」さとしは腕を組んだ。「ジェイソン先生の小説に、初めて先輩がイラストをくれた時……先生、愕然《がくぜん》としてただろ」

「そんなに顔に出ていた？」

「あの頃はもうマスク生活だよ。顔というか、目に出ていた」

ああもう、やめてくれ。そんなに私の心を読むのは。

「考えてみれば先生はいつもそうだったよな。俺に貸してくれたホラー映画も、先生はいつも悪役の話ばかりする。悪役の悲哀が大好きなんだな。だから、理不尽っていうのも、被害者の理不尽っていうより、そういう境遇に落とされた悪役の側に立った言い方だ」

顔が熱くなってくる。マスクをしているのが息苦しい。

「何が、言いたいの」

「本心を言えよ」さとしが言った。「俺には」

私はさとしの顔を見上げた。グッと眉に力を籠める。

「勝ち逃げなんて許さない！」私は叫んだ。「とっとと姿を現せ！」

さとしは一度マスクを下げて、にんまりと笑った。

「そうこなくちゃ」

その満足そうな顔を見て、私は舌打ちした。

だが、口に出してようやくすっきりした気がした。もちろん、これがアマリリス先輩との今生《こんじょう》の別れになると思っているわけではない。神出鬼没の感があるのは、部長もあの人も同じだ。どうせ午後のチャイムが鳴れば、そのうちどこかに現れるだろう。

それでも、私があの背中を呼び止めて、相手が立ち止まってくれなかった時、私は拒絶されたと感じた。あんなに才能溢れる先輩が、締め切りを守れないかもという私と共通の悩みを抱えているると知って、少しでもその気持ちを分かち合えると、思った、のに。

全部一方的な感情なのは分かっている。だが、それでも承服しかねる。

あんなに才能のあるあんたが逃げるんだったら、才能もないのにここで泥臭く七転八倒している私は、どうすりゃいいんだ！

私はもう一度さとしの顔を見た。彼のマスクの上の目が瞬いた。

「……あんた、放課後空いてる？」

「放課後？　放課後は、占い研の方に顔出さないと――」

「断って」

少し口調がきつくなったかも。不安になったが、さとしはふうっと息を吐いてから、「しゃーない、いいよ。あとで占い研には伝えとく。自分で練習すればいいだけだしな」と笑った。

「……ありがとう」

「それで、放課後、何するの」

「ラーメンを食べに行く。付き合って」

「ラーメン？」

「麺喰道楽《めんくいどうらく》って店。駅からもう少し向こうに行ったところにあるでしょ」

「いいね。乗った」

「条件も付けちゃおう」私はすっかり機嫌が良くなって、付け加えた。「アマリリス先輩の行方を解き明かしたら、相手に奢《おご》ってもらえる――これで、どう?」

「そりゃいいな。だったら、賭けは俺の勝ちだ」

ポカンとする私の前で、さとしは立ち上がった。

「一息つけたなら行くぞ。『先輩』が消えた現場に向かう」

彼はまたしてもマスクをずり下げて、歯を見せて笑いかけてきた。

「俺に考えがある」

「――待って! 今のなし!」


さとしは一階へ降りて、例の現場へ向かった。

弱い雨はもう止んでいて、グラウンドを少し湿らせている程度だった。

体育館裏へ進むと、さとしは角のところで立ち止まる。

「ここでお前はアマリリス先輩の背中を見た。その人影は角の向こうへ消えたんだったな」

「うん」

頷きながら、周囲を見渡す。両側を、体育館の壁とフェンスに囲まれた空間で、逃げ場はない。体育館のステージ裏に入る扉と、フェンスの穴がある程度だが、扉には鍵がかかっているし、穴はあの時、私たちとあの人影との間にあった。

「ねえ、やっぱり見間違いだったのかな」

「お前が弱気になってどうする」

さとしが首を振る。

「実は、お前のところに行く前に、ミケにアマリリス先輩の弟――司大樹のことを聞き出していたんだ」

「なんでまた？」

「まあ、おいおい分かる。ともかく俺が聞いたのは、大樹が小柄な男子で、顔もつるんとしていること。喉仏もろくに出ていないらしい」

「……まさか」

「その通り」

さとしは鼻を鳴らした。

「文化祭のステージイベントで、女装コンテストがあるのを知っているか？」

「体育館でやるやつだよね。上手くても上手くなくても結構盛り上がるやつ。生で見たことはないけど……」

その話なら、美術部でも聞いた。

「クラスでは、司弟にこのイベントに出てもらおうと、かなり盛り上がっていたらしい」さとしは頷いた。「逆に言うと、司弟はかなり女装が似合いそうな体格と顔立ちだったと見える」

そして、とさとしは続けた。

「実はさっき、部長が言っていた言葉……チェスタトンという小説家のミステリーの一節だが、あれは部長に薦められて読んだことがあってな。要するに――真相を突き止めたければ、正しい質問をしろ、ということだ」

「正しい質問？」

「そうだ」

　さとしはL字型の角を折れて、さっき私たちが歩いた道をなぞる。

　道の先に、看板にペンキを塗っていた例の男子がいた。看板にはブルーシートがかかっている。

「突然の雨で大変だったね」

　さとしが声をかけると、男子は目を見開いた。

「あれ？　あなたたち、さっきもいましたよね」

「ああ。君に一つ質問があってね」

「なんでしょうか」

「さっきここにいる彼女が」とさとしは私を指さす。「『女子生徒が通りかからなかった？』と聞いたね。君は見なかった、と答えたが、それは当然だった。君はあの時、目の前を通った人物を正確に観察して、それが『女子生徒』ではないと見抜いたんだ。文化祭を控えた浮かれた空気のせいで、女装男子が校内を歩いているのも珍しくはない」

　私は息を呑《の》んだ。そういうことだったのか。それならすべて辻褄《つじつま》が合う。

「そうか。アマリリス先輩の弟君が、姉の制服を借りて女装した。その理由は明白。アマリリス先輩は、絵を描く時間を確保するために、弟を代わりに登校させた！　時間稼ぎのために。彼女は三年生だから、成績に少しでも傷をつけないために、出席点が惜しかった……そんなところだろう」

「その通りだ、ジェイソン先生。頭が働いてきたな！　締め切りの十三時まで、アマリリス先輩は家で作業を進めたかったんだ。なぜ彼女は弟が女装すれば自分に似ていると知っていたか？　それは多分、クラスで『女装コンテストに出てくれ』と言われて、姉に相談してメイクの仕方なりなんなり教えてもらったんだろう。その時、姉が自分の服を着せてメイクを施してみたら、自分そっくりになることに気付いた……そんなところじゃないか」

そして、その事実をちょっとした悪巧みに利用した。そういうことだったのか。

部長の謎めいた言葉も繋がって来た。推理に意味はない——その通りだった！　締め切りの十三時が来れば、どのみち全てが明らかになる。アマリリス先輩が絵を描き上げて登校してくるか否か、結果はその二択だけなのだから。

すごい！　すごいぞ！　私は内心興奮していた。さとしのやつ、名探偵みたいじゃないか！

私は酸欠気味の徹夜明け脳みそで、そう絶賛する気持ちだった。

「あの……」

置き去りにされた男子生徒がおずおずと言う。

「ああ、すまなかった。それじゃあ、最後の仕上げに『正しい質問』をしようか。

『あの時、ここを誰か通らなかったかい？』」

男子生徒はきょとんとした顔で言った。

「あの……あなたたち二人の前に、確かに一人、人が出てきました」

「じゃあ、やっぱり」

「でも」

その言葉を聞いた瞬間、私たちは凍り付いた。

「そもそも女子じゃありませんでした。だって、あの人は男子の制服を着ていましたよ」

私はマスクの下であんぐりと口を開けた。

さとしは頭を掻きむしり、グラウンドに転がっていたサッカーボールを蹴り飛ばした。

全て振り出しに戻った。

理不尽だ。

9　あと十八分

もう時間がない。

しかし手掛かりは全て指の隙間《すきま》から零《こぼ》れ落ちた。

あの男子生徒は、その人物が男子の制服を着ているのはしっかり見ていたが、顔はよく見ていなかったという。

先ほど、念のため、司弟の教室に行き、今日の出席状況を聞き込みしてきた。

自分で調査した時に三年の先輩に聞いていた、アマリリスの出席状況と並べて、結果を簡単にまとめると——次の通りだ。

アマリリス（司麗美）：一限目から欠席、遅れて来ると連絡あり
司大樹（司弟）：一限目から四限目まで出席、昼休みは教室で姿を見ていない（同級生曰く「食堂でお昼を食べることが多い気がするから、そこかも」）

これではあべこべだった。

「そもそも、さっきの推理をした時、弟が姉のフリをしていたなら、姉は朝から三年のクラスに登校しているように偽装したはずだと気付くべきだった。ハッキリ言って、あの子に質問する前に、考えを整理しておく必要があったな……」

「徹夜明けの頭に」私は慰めるつもりで言った。「入れ替わりトリックはややこしいよ」

しかしまあ、余計な恥をかいたのは間違いない。

私たちは問題の曲がり角に戻って来ていた。

「それにしても、男の制服を着ていた、っていうのは……どういうことだ、ジェイソン先生。お前はアマリリス先輩の後ろ姿を見たと言った。ということは、その人物は女子の制服を着ていたんじゃないのか？」

私はあの時の記憶を頭の中で懸命に探る。

「……光。光の加減かもしれない。体育館の壁は、下半分が白く、上が茶色に塗られているけど、白い壁に太陽光が反射して、その人の下半身は逆光で見えにくくなっていた……かもしれない」

さとしが眉根を揉《も》む。

「あり得るか。女子の制服の上衣はスクールシャツ、男子の制服はワイシャツ、学校指定はどち

らも白の長袖で、見間違える可能性はある。今の時期は衣替え期で、学ランを着ずに、冬用のワイシャツとズボンを合わせることもある」

「だけど、そんなこと検証したってなんの意味もないじゃない！」私は叫んだ。「男子の制服を着ていたなら、アマリリス先輩に見えたのは、単に私の見間違いだったんでしょう。だったら先輩の件とは無関係で……」

さとしはしばらく黙り込んで、私を見ていた。

「……本当にそう思うんだな？」

「え？」

彼の口調が怒ったように聞こえたので、私の心臓は跳ねた。いつも気遣い屋で、優しくしてくれるさとしなのに、彼の声音が険しい。

「そう思うなら、編集長のところに戻ろうか」

さとしが背を向けて歩き出す。

その背中が、私を拒絶しているように見えて、胸が締め付けられた。

「よくよく考えたら、弟が姉のふりをして登校する意味なんてどこにもないだろ？　どうしてそこまでして、姉に協力してやらなきゃいけない？　よっぽどの弱みでも握られていたか……いや、そんなのはアマリリス先輩の性格に合わないな。

それにだ。アマリリス先輩はベリーショート、司大樹は肩口までの、男にしては長い髪だったらしいな。大樹が女装するには、かなり手間がかかるはずなんだ。そこまでして姉の計画に協力するか？　この二点から考えても、俺の説は土台無理だったんだよ。……ほら、さっさと行くぞ」

彼は投げやりな口調で言った。私はその背中についていこうとして、立ち止まる。

——アマリリス先輩ッ！

あの時見た背中を思い出す。アマリリス先輩のものだと思った背中。確かに見間違いだったのかもしれない。だが、だが……。

「——違う」

さとしが立ち止まり、振り返った。その目はまだ険しく、私は査問でもされているような気分になった。

「あれは、確かにアマリリス先輩だった！」

彼は黙り込んでいる。

「アマリリス先輩だったの。なんでそう言えるかなんて分かんない」

「まるで駄々っ子だな」

「あんただってあるでしょ、街の人混みの中で、知り合いの背中を見つけること。あれって多分無意識に、たくさんの特徴を見つけてるんだよ。歩き方とかリズムとか頭の形とか背中の雰囲気とか。だから、だからあれは——」

あの人は、足早に去って行った。

名前を呼ばれて逃げたのだ。

私に、私たちに会いたくなかったから。

そんな理由があるのは……。

私は確信を持って言った。

「あれは、アマリリス先輩だった」

さとしが私の肩を叩いた。その目つきはすっかり柔らかくなっていて、マスク越しでも、笑みを浮かべているのが雰囲気で伝わってくる。

「よく言った。お前がそう言ってくれなかったら、俺はもう諦めていたところだ」

「それって……」

「俺たちに残された手掛かりは、もうそれしかない。お前の直感だけなんだ。お前はあの時、アマリリス先輩の背中を見た。だが、曲がり角の先で目撃したあの男子は、『男子の制服を着た人物を見た』と言った。ここから導き出されることは？」

私は呆気《あっけ》に取られた。

確かにそれしか考えられない。だが、それは……。

「ア、ア、アマリリス先輩が、男装をしていた」

それはあり得ない解答に思えた。それだけに、すんなりとこの発想が出て来たことに、自分でも驚いた。

「そうだ」さとしは頷く。「先輩は男装の麗人をよくイラストにしていた。編集長の作品の影響だ。男らしい立ち居振る舞いを研究していたんだから、それを実践することも出来るはずだ。弟、が姉の女装をしていたんじゃない。姉が弟の男装をしていたんだ」

弟が女装コンテストに出ろと言われるほど小柄で女性的な顔立ちをしていたのだとすれば、その逆も出来る、ということか。

「だけど、髪の毛は？」

「ウィッグだ。弟は髪の毛を伸ばしていて、先輩はベリーショートだった。先輩がウィッグを着けて、弟のふりをしていたのだとすれば説明がつく」

「私はウィッグを外した瞬間を目撃した？」

「そう。それがアマリリス先輩の姿を見たという印象を強めたんだ。校舎裏に来てまでウィッグを外したんだ。涼もうとしたとか、そんなところだろう。ところが、その現場を、事もあろうに顔を知られている文芸部のお前に目撃された。先輩は足早に歩き、曲がり角を曲がった先でウィッグを着け直し、グラウンドに向かって逃げた。先輩は消失しようとしてトリックを仕掛けたんじゃない――むしろ、『出現』してしまったことの方が問題だった」

私はさとしの説明が頭に浸透するまで、しばらく黙り込んでいた。

辻褄が合っている。

合っているように、聞こえる。

だが――。

「さとし、それっておかしいよ」

「それなんだ。どうして先輩がそんなことをしたのか分からない」さとしが手を広げ、首を振った。「動機がない」

手詰まり、か。

ため息をつきかけた瞬間、私には全てが分かった。

どうしてアマリリス先輩は男装までして弟のふりをしたのか。

どうしてそうせざるを得なかったのか。

なぜ私たちには今まで、事件の構図がさかさまに見えていたのか。

その、根本的な錯誤。

でも、それって――。

私はボソッと呟いた。

「それって、とっても理不尽だ」

10　あと十分

私たちは101小教室に戻って来ていた。編集長は仏頂面をして腕を組み、ミケはおろおろとその周りを歩き回っている。

「あっ、二人とも……」

ミケは私に縋《すが》りつくように近付いてくる。落ち着かせてやりたいが、今はそれどころではない。

さとしはこの半年の間に刊行した文芸部誌を、編集長の前にザッと広げてみせた。どれも、

『アマリリス先輩』のイラストが表紙になっているものだ。

「編集長、俺たち……」

編集長は片目でチラッと、私を見た。

「……気付いたのか？」

やはりそうなのか。知っていたのか。

私は内心悔しい気持ちを堪《こら》えながら——なぜ話してくれなかったのだと内心で編集長を罵りながら——それでも、頷いた。

「ある仮説を持ってこの表紙を見直してみたら……一目瞭然でした」

「ど、どういうことですかジェイソン先輩。何か分かったんですか。分かったなら教えてくださいよ」

ミケが右の袖を引っ張ってくる。私は頭の中で沸騰する思いを抑えつけていた。編集長が全て知っていたのに黙っていた理由も痛いほど分かるから。今まで気付かなかった自分の鈍さにも腹が立ったから。怒りのやり場がどこにもなくて、だから抑えつけている。

「ミケ。今日、どんなに待ってもアマリリス先輩の絵は届かない」

「どうして？　どうしてそんなこと言うんですか？　先輩だってあんなにアマリリス先輩の絵が好きなのに」

「描けなくなっているからだよ」

ミケの手から力が抜けた。

「手掛かりの指す方向が逆なら……アマリリス先輩が弟のふりをして男装していたと考えるしかないなら、動機はこう当てはめるしかない。姉が弟の登校を偽装し、絵を描くための時間を捻出していたのだから――

文芸部誌のイラストを描いていたのは、司先輩の弟……司大樹だった」

「ええっ！」

ミケが新鮮な驚きを表明する。

編集長は、やはり反応を示さない。最初から全て知っていたのだ。

「今、文芸部誌を持ってきたのは、その証拠を示すためだ」

さとしは主にミケに向かって話し始めた。

「このイラスト……今年の五月からの分は、全て右下の方に、「T．T．」……司大樹というサインが入っているんだ。背景の模様の中に巧《うま》く隠しているけどね」

「えっ……！」

ミケが、私が三分前にした作業をなぞっていた。

編集長が口を開く。

「――アマリリスの名誉のために言えば、彼女が二年生まで……今年三月までの絵は、全て彼女が描いていた。イラストが弟のものに変わったのは、この半年のことだった」

「そんな」ミケは唖然《あぜん》として言う。「じゃあ私は、本物のアマリリス先輩の絵を見たことがないってことになるんですか？」

編集長の言葉通りなら、確かに今の一年生は、一度も彼女の絵に触れる機会がなかったことになる。二年生は一年間アマリリス先輩の絵を見ているから、私やさとしはタッチの変化を感じたのだろう。もちろん、私が衝撃を受けた、自分の作品への怪物のイラストは、正真正銘、アマリリス先輩の手によるものだ。

「編集長は」私は編集長を見つめた。「直接、アマリリス先輩に聞いたんですか？」

「五月号の時に絵のタッチの変化と、絵の右下に小さく入れられていたそのサインに気付いて、聞いた。触れない方がいいのではないかとも思ったのだが、聞かずにはいられなかった」

編集長は首を振った。

「きっかけは、弟さんが美術部に入ったことだった。弟さんの絵を見たアマリリスは……彼女の言葉を借りるなら、『彼我《ひが》の才能の差に打ちひしがれてしまった』のだという」

私は思わず唾を呑みこんだ。私たちの日常はそんなことばかりだ。私も部長の書いた小説を読むたびに、いつもそんなことを想《おも》う。どうしてもっとうまく書けないんだろう。どうして私には出来ないんだろう。私とあの人で何が違うんだろう？

それを理不尽と言わずしてなんと言うのだろう。

おまけに、それが自分の近しい存在、きょうだいであったなら。

そうやってもがく人に、何が出来るだろう。

「それで」さとしが言った。「描けなくなってしまった、ってことですか」

編集長が頷いた。

「その代わりに、弟に頼んでイラストを描いてもらったから、それで提出したと言って来た。部員には黙っていて欲しいと言われてね。私はアマリリスの絵が欲しいと何度も伝えた。でも、それがプレッシャーになってしまったのかもしれない」

「だから、編集長は一貫して待ち続けたんですね」

「そうだ」編集長は時計を見た。「俺は最初からずっと言っている。あいつの絵が欲しいと」

十二時五十三分になっていた。

部長の言った通りだった。私たちには待つ以外の選択肢は残されていなかった。時間が来れば、全ての謎は解ける。そうならざるを得ない。

「……だけど、何もしないのは嫌です」

私は言った。

私は、アマリリス先輩を救いたい。

「この号が、文芸部にとって記念すべき号になるというなら、そこにアマリリス先輩の絵があってほしいです。アマリリス先輩が参加していない文芸部誌なんて、私は絶対に嫌なんです」

ハッキリ言って、私はアマリリス先輩の才能に嫉妬していた。さとしの前でも、「勝ち逃げなんて許さない」と口にした。今まで、ずっと彼女に負けたような気分で生きてきた。

だけど、こんな結末を望んでなんかいない。

私はアマリリス先輩に苦しんで欲しくて、あんな言葉を口にしたわけではないのだ。

ああ、自分の浅ましさに反吐《へど》が出る。十数分前の自分を殴りたい。

私は、それでもアマリリス先輩を救いたい。

だけど、どうやって救えるのだろう？

もう、時間はない。

「ああ、俺も嫌だ。だからな」

編集長が眼鏡を押し上げた。

「実は最初から、俺と司弟は繋がっている」

１０１小教室の扉が開いた。

11　あと七分

そこにいたのは、アマリリス先輩によく似た顔立ちの男と、彼に連れられた男装のアマリリス先輩だった。

「ちょっ、ちょっとやめてよ、どうしてみんなの前に連れて行くの」

「俺が頼んだからだ、アマリリス」

編集長が言った。

「弟君は最初から俺にシグナルを送ってくれていたよ。気付いてくれ、俺と一緒に、姉を救ってくれ、とね。だからこそあのサインを絵に残しておいた。あれがまさに隠されたメッセージだったんだ」

私はさとしの顔を見た。さとしと視線が合って、彼は慌てて首を振る。「分からん、俺にも全然」ミケが私の右腕を取って言う。「ちょ、ちょっとどういうことなんですか。繋がってたって？」三人の中では編集長といた時間が一番長かったはずのミケも、何も説明を受けていなかったらしい。

でも、そう考えてみると分かることがいくつもある。

編集長はミケから司弟の話を聞いた時、下の名前を聞いていないのに、「大樹」と呼んでいた。あれは、元々名前を知っていたからに他ならない。

司大樹が美術部にてＬＩＮＥで誰かとやり取りしていた時、誰と話しているか聞かれて、「男なのに女みたいな」と答えた。女装コンテストが念頭にあったから、その不満かと思ったが、今にして思えば、あれは「男なのに女みたいな名前の人とやり取りしている」という意味だったのでは？　たとえば、編集長のペンネーム、二階堂七生子のような。

「アマリリス！　お前に言いたいことがある！」

編集長が立ち上がり、アマリリス先輩に正対した。

「俺は——俺たちの部誌を飾るのは、お前の絵が良い！」

編集長は珍しく、顔を真っ赤にしながら言った。

「だいったいお前は、もう三年も一緒にいるのに、俺がどれだけお前の絵を欲してるか、全く分かっていない！　鈍いにも程がある！」

「や、やめてよみんなの前で」アマリリス先輩は顔の前で手を振る。よく見ると、その耳は赤く染まっていた。「どうしちゃったの、一体……」

「もう良いんだアマリリス。自分に嘘をつくな」

アマリリス先輩は動きを止め、自分の両腕を体の横に無造作に垂らした。

「彼我の才能の差に圧倒されただと？　みんなの求める絵を自分は描けないだと？　私には弟ほどの才能はないだと？　――全部ただの言い訳だ！」

編集長の強い口調に驚いた。アマリリス先輩は自分の肘のあたりを強く摑んで、じっと編集長を見つめている。

「アマリリス！　俺はよく知っているぞ！　お前がどれだけ言い訳を並べようとな、口では描きたくないと言おうとな――お前が、描かずにはいられない人間だってことを！」

「どうして――」

五分前の予鈴が鳴る。その音が、余計に焦燥感を搔き立てた。

ハッと司大樹が弾《はじ》けるように笑った。

「姉貴の考えることなんてお見通しなんだよ。結局、姉貴は遠慮しているだけなんだ。オフセット印刷で豪華に作る記念誌だから、『自分よりも良い』俺の絵で誌面を飾ってほしいとかなんとか言ってきてさ。俺、何度も言ったよな。絶対に姉貴の絵の方が良いって」

「でも……だって、あんたの方が……」

「だから俺、相談したんだ」司弟は編集長を指さした。

「そうだ。その瞬間から、俺と司弟は繋がっていた。お前の描いた『富士山』特集号のイラストがあることを弟に突き止めさせ、そのデータを確保させた。弟には今日の入稿締め切りギリギリまで『絵が完成していない』と嘘をつかせておいた。まさか、弟の作業時間を確保するために、お前自身が男装して弟になりかわり学校に来るとは予想外だったがな。おまけに校舎裏で『消える』なんて。あれこそ本当に想定外だった」

編集長は忌々しいというように唸り声を立てる。

私はくらくらするようだった。私は編集長に聞く。

「でもそんなこと……弟さんと手を組んで、この時間まで黙っていて……なんのために、そんなことを？」

「アマリリスから考える時間を奪うためだ」編集長はアマリリス先輩に向き直った。「回りくどい理屈で固める暇もないほど追い込んで、お前の本心を聞き出すためだ」

私は息を呑んだ。

そうだったのか……。

私は十三時の締め切りを、刻一刻と迫るデッドラインだと思っていた。来てはならない時間だと。その時間までに、アマリリス先輩を見つけ出さねばならないと。

だが、逆だったのだ。

編集長はむしろ、この時を待っていたのだ。

ずっと前から。

アマリリス先輩のことを想って、下準備を張り巡らせながら。

今にして思えば、部長の謎めいた言葉の意味も全て分かる。推理に意味はない。待てば海路の日和あり。あれは編集長へのエールだったのだ。

あの人もあの人で、超人じみている。私が話した瞬間に、私とさとしがあれだけ頭を捻って考えたアマリリスの消失トリックを、見破ったような口ぶりだったし。どんな人脈で情報を得ているのか知らないが、司大樹と編集長の繋がりを見抜いていたからこそ、即座に真相を言い当てることが出来たのだろう。

司弟は編集長の前にパソコンを置くと、素早く操作し、画面を二つ、スクリーン上に展開する。左には忍野八海の景色と富士山を描いた絵が、右には雄大な富士山と、それを見上げる人の姿が描き込まれている。

「片方が俺の描いた絵」司弟が言った。「もう片方が、姉貴の描いた絵だ」

「先輩、これ、どっちですかね」ミケが私に耳打ちする。

私は首を振った。分からない。どっちも上手くて、どっちも素敵に見える。それどころか、どちらも、一年生の頃に見慣れていた「本物のアマリリス先輩の絵」に見える。弟の方が、アマリリス先輩の絵のタッチを意図的に真似たのではないかとさえ思った。

「アマリリス、提案がある」

「……こんなことまでして、一体何？」

アマリリスは自分の肘のあたりを、心細そうに撫でていた。

「俺と弟君が示し合わせていたのはここまでだ。ここからは、全部俺に一任されている」

編集長はすう、と息を吸い込んだ。

「——今から、俺が本当に良いと思った絵を選んで指さす。それがお前の絵だったなら……お前の絵を部誌に使わせてくれないか」

「え⁉」と私。

「ちょ、ちょっと待ってくださいよ編集長！」ミケが言った。「正直、話についていくのが精一杯ですけど……それって、編集長が弟さんの絵を選んじゃったら、全て台無しってことですか？」

身も蓋もない言い草だが、その通りだと思う。

だが、さとしは声を立てて笑った。

「いいんじゃないか、それで」さとしが言った。「むしろ、編集長はそのくらいのことやってくれないと、嘘だろう」

編集長は頷いた。

「ちなみにだ、弟君」編集長は画面を一顧だにせず言った。「もし、君がいつも書いているサインを今回も書いているなら、消しておいてくれないか？　君のことだ、サインは絵と一体になっているんだろう。それならトリミングでも良い」

私は息を呑んだ。

司弟は目を丸くして、次いで呆れたように首を振った。

「姉貴の言った通りだよ」弟はため息をついた。「先輩、あなた、本当に無謀な人だ。俺たちの半年を無駄にするつもりですか？」

「俺の想いを信じてもらおう」

彼は渋々といった体でパソコンを持つと、右手を動かし、また編集長の机の上に置いた。

「消した」

「そうか。ありがとう」

一瞬だけ、最初の状態の絵を見ていた私たちには、どちらが正解か分かった。右の絵は、わずかにサイズが小さくなっている。右下のサインを消したからだ。幸い、全体の構図には影響の出ない形で、右下だけトリミング出来たようだ。

アマリリス先輩の絵は、左だ。忍野八海と富士山を描き込んだ絵。確かに深い青の描き方にアマリリス先輩のタッチを感じる。私が、一年生だった時、心を打たれた、あの彼女の絵だ。目頭がグッと熱くなる。

しかし、サイズが小さくなっているというのも、元の絵を見ていれば、の話だ。

正解を知っている私たちの顔や動きにも、編集長は目を向けない。

アマリリス先輩は口元を押さえ、固唾《かたず》を呑んで見守っていた。

彼女は、どちらを指してほしいと思っているのだろう。

選んでほしいと思っているのだろうか。

選ばれなければいいと思っているのだろうか。

その真意までは、マスク越しの表情からは分からない。

だけど——。

編集長の腕が上がった。

「俺が選んだのは——」

答えが出る。

口元を押さえていたアマリリス先輩の緊張が少しずつ緩んでいく。目の端も耳も真っ赤になっていて、おまけに男物の学生服まで着ているから、少年のように見えた。

アマリリス先輩は、はあ、と長いため息をついた。

「色校は出るんでしょうね？」

「出るに決まっている」編集長は言った。「出すために今日を締め切りにした」

「編集長がそこまで馬鹿じゃなくて良かった。確認のチャンスもなく自分の絵を世に出すなんて——ちょっと私は耐えられない」

わっ！　と101小教室に歓声が広がった。

その瞬間、十三時のチャイムが鳴る。

全員午後の授業には遅刻だが、そんなの誰も気にしていない。

馬鹿みたいに駆けずり回って、勝手に傷ついて、自分の才能のなさを嘆いて。

それでも今日、私たちの部誌が完成する。

「だけど」私はさとしに聞いた。「私たちがアマリリス先輩を追いかけて、校舎中駆けずり回ったのは、結局全部無駄足っていうか……徒労だったわけだよね？」

「そんなこともないぞ」

さとしがフフッ、と鼻を鳴らした。

「今日みたいな日に喰うラーメンは、最高に美味い」

「言えてる」

「なんですかなんですか、先輩たちラーメン食べにいくんですか？　私も連れてってくださいー、正直もうヘトヘトです」

ミケが私に泣きついてくるので、私とさとしは顔を見合わせて笑った。謎を解けた方が奢るという約束だったが、結局二人とも解けなかったわけだし、ミケの分を二人で出してやることにしよう。

「第一、全部分かっていたなら、傍《そば》にいたミケにはもう少し話すとか、しておいてくださいよ。おかげで俺とジェイソン先生は編集長のこと完全に冷血漢だと思ってたんですから。ほんっと、編集長といい部長といい、言葉足らずというか……」

「俺が冷血漢なら」編集長は首を振った。「ジェイソン先生も同じだろう。作品の中で大勢殺してる。今回の作品、死者数の自己ベストだったよな？」

「私が冷血なのは、紙の上で、だけです！」

そうツッコミながらも、自分でも意識していないことをサラッと拾ってくれる編集長の言葉が、なんだか嬉《うれ》しかった。

編集長は一心不乱に、印刷所へのデータ送信作業をしていた。

和気あいあいとした雰囲気が一瞬で戻ってくる。

「だから言ったろ、姉貴。俺の絵は俺の絵で最高だけど、姉貴の絵は姉貴の絵で最高なんだって。才能があるとかないとかじゃねえって」

アマリリス先輩が彼を見た瞬間、彼は、ふふん、と鼻を鳴らした。

「まあ、才能あるのは俺かもしれないけど」

「一言多いぞ馬鹿」

弟のことを小突きながらも、先輩も照れくさそうにして笑っている。

「まったくお前ら、そんなに騒ぐことでもないだろう」

編集長が呆れたように言った。

「ただ、うちのイラストレーターが、いつも通り最高のイラストを入稿しただけのことだ」

眼鏡を外して、そのレンズを拭いている編集長の耳が、少しだけ赤くなっていることを、私は指摘せずにおく。

第3話 賭博師は恋に舞う

＊　ある一幕《いちまく》

とある昼休みのこと。

「今日のうちのクラス、なんか変な雰囲気だと思わない？」

エミがジャムパンにかじりつきながら言った。彼女は小動物のような目つきで、じーっとクラス中を見渡している。

彼女は仲良しグループ三人で集まり、昼食をとっている。エミ、アリサ、そして茉莉《まり》の三人組だ。

エミはなおも、きょろきょろと2－Aの教室内を見渡している。

「文化祭が近いからじゃねえ？」

アリサがコンビニの野菜スティックをかじりながら、投げやりに応じる。傍らには冷凍食品の唐揚げだけを詰めた小さなタッパーが置いてあって、栄養バランスは崩壊している。アリサはこのところ、毎日のようにこれを食べているので、エミと茉莉はよく、昼食の時だけタイムリープ世界に巻き込まれたのではとアリサをからかい、笑い合っていた。

「うーん」エミが小首をかしげる。「そうじゃないよ。確かに慌ただしいけど、それだけじゃない感じ……あ、今の2－A、まるで女子校みたいじゃない？」

「ああ、なんだ、そんなことか」

アリサが呆れたように声を出す。

「何よう、興味なさそうな声出しちゃって」エミがぷくっと膨れた。「結構不思議じゃない？どうして男子だけが全員消えたのか……いつもは、自席で弁当食べている人だっているよね。文化祭前だから、みんな練習とか行っているのかな」

そう聞くと、アリサと茉莉は揃って、はあ、と深いため息をついた。

「エミさ、全然知らないの？」と茉莉は探りを入れた。

「え、え、何？　二人とも、わけを知っているの？」

エミは大きな目を見開いて、アリサと茉莉を交互に見た。

「知っているも何も……」アリサは首を傾げた。「そうだ。あんたさ、一学期の時、江田《えだ》がチェス盤没収されたの覚えてる？」

エミは話が飛んだことに驚いてか、目を瞬《しばた》かせる。

「ああ、生徒指導の森山《もりやま》先生に見つかったんだよね」

「そうそう」茉莉が笑いながら言う。「わざわざ学校に、駒まで一式揃えて、あえて持ち込まなくてもいいのにって思ったし、そんなにしてまでチェスしたかったの？　って笑っちゃったんだけど……なんでも、江田としては、『囲碁・将棋は部として認められているけど、チェスはそうではないから』っていうのが言い分だったらしいの」

「結局、チェス盤は生徒指導に見つかって、没収の憂き目にあった。チェスなんてあんだけ複雑なんだから、むしろ頭を良くしてくれそうなのに、うちの生徒指導はおカタいからなー」

アリサが身を乗り出し、エミに向けてダイコンのスティックを突き付けた。

「さあ、ここで問題です。その後、江田はどうしたと思う?」

「えーっと」エミが、ハイ、と手を挙げる。「先生に謝って、駒を返してもらった」

アリサと茉莉は盛大にずっこける。

「はー、ほんとあんたって癒し系だねえ。まあそりゃそうなんだけどさ、それから先、どうやってチェスに勤《いそ》しんだかってことだよ」

「どうって……先生の目を盗んでやるしかない、ってこと?」

「紙でチェス盤とチェスの駒を作って来て、それで休み時間に遊んでいたんだよ」

「ええ……?」

エミは困惑気味に眉をひそめる。彼女の飲んでいたパックジュースが、ズココ、と間抜けな音を立てた。

「それって、作るの何時間くらいかかるの?」

「知ったことかよ」アリサが呆れたように言った。「学校でたっぷり勉強した後、家で内職のようにそんなの作っているところ想像すると……泣けてくるよな」

「紙で作ったら、普通に持って来るより手間じゃない？」

「な？　そう思うだろ？」アリサが大きな声を出して、盛り上がる。「だけどさあ、むしろ江田は、これを躍起になってやってんの。駒って言っても、将棋みたいに平面だけどな。紙なら、遠目で見れば勉強しているように見えるし、いざという時に証拠を隠滅出来る、とか言って。生徒指導の目をかいくぐってやり合うことに、むしろ情熱を燃やしちゃっているわけ」

「男の子って」ジュースのパックを綺麗に折り畳みながらエミは言う。「変わってるよね」

「変わってるでしょー」茉莉がため息をつきながら言う。「で、今の話が、今日男子たちが揃いも揃っていない理由に繋がってくるんだよね」

「うんうん」

「私も彼氏に聞いたんだけどさ」

アリサは耳打ちするように言った。

「あいつら、今ね……」

1　開会宣言

さてもさても、決戦の幕は切って落とされる。

昼休み開始のチャイムと共に、まるで兵隊が一斉に動き始めるように、男子たちは立ち上がり、それぞれの足跡《そくせき》を誤魔化しながら（「部活で文化祭の練習があってさ」「今日は隣のクラスのやつと食堂で食うよ」「先生に呼び出されているんだ」）――一路、約束の場所へ集まる。

2－Aの一階上、三階の小教室である「304小教室」が、その場所である。

僕が辿り着いた時、部屋の中には既に熱気むんむんたる漢《おとこ》たちの闘志が立ち込めていた。誰もがぎらついた目で、互いの様子を窺《うかが》っている。

「参加証を出すんだな」

入口で声をかけられる。この部屋に入ったら、それぞれが持っている「参加証」を預ける決まりだ。

僕はポケットの中に入ったものを取り出した。

四個の消しゴムである。

消しゴムはそれぞれ、日ごろの授業や勉強で使用しているので、適度に磨《す》り減り、汚れが付き、角が折れ、それぞれの手垢《てあか》に塗《まみ》れている。

2－Aには、僕を含めて十三名の男子がいる。

一人が四個の消しゴムを管理し、ここで納める。

よって消しゴムの総数は、五十二個。

トランプの枚数と、同じ数になる。

「遅いぞ、芝《しば》。お前が最後だ」

僕は江田に名前を呼ばれ、肩をすくめる。

「悪い悪い」

「まあいい」

江田はこの場を取り仕切っている。むろん、この賭場の実質的支配者である「元締めのマサ」の指令を受けてのことだ。しかし、今日はいつになく態度がでかかった。この賭場の発起人の一人であることには間違いないが、僕はやや鼻白む。

だが、構わない。

勝負で勝てばいいだけのことだ。

「では、これにて十二名——遅れて到着するマサさんを除いた面子が集合したので、ゲームを開始する」

江田は304小教室の面々を見渡し、ゆっくり発声した。

「ここに、第二回消しゴムポーカー大会の開会を宣言する！」

2　大会沿革〜選手紹介

消しゴムポーカー会員規則

第一条　ルール、役の強弱は通常のポーカーに準ずる。
第二条　一人四個の消しゴムを持ち、日々、それを管理するものとする。この消しゴムがそのまま参加証となる。誰がどの消しゴムを管理しているかについては、「管理表」として一覧にしたものを全会員に配布する。
第三条　消しゴムの購入、買い替え費用は、会員個人の負担とする。
第四条　学期ごとに各人五十円の会費を徴収し、賞品等の購入にあてる。
第五条　試合の進行について。以下のように行う。
①卓は二つ用意する。一つには四人のプレーヤーが着き、もう一つには五十二個の消しゴムを、ケースを付けた状態で置く。前者をプレーテーブル、後者を選択テーブルと呼ぶ。
②一試合は十回のゲームで構成する。最初の親決めはサイコロで行い、以降の親は反時計回りに動く。
③試合開始時に全員にチップ各千点ずつ配られる。
④全員が場代として最低ベット、チップ五十点を払う。親から順に、選択テーブルに行き、自分の最初の手札、消しゴム五個を選択する。
⑤最初のベットタイムでは、親から反時計回りに、ベット、コール、チェック、レイズ、フォールドの選択を行う。それぞれ、
ベット：最初に賭ける点数の提示
コール：直前のプレーヤーと同じ点数をベットする
チェック：そのラウンドでまだ誰もベットしていない時、ベットをせずに次のプレーヤーに回す（パスする）

レイズ：賭ける点数を上げる
フォールド：場代とそれまでに賭けたチップを放棄する代わりに、そのゲームから降りると定義し、一般のポーカーの扱いに準ずる。レイズに応じて更に賭け点を上げる行為（リレイズ）も可能とする。
⑥ベット成立後、チェンジを行う。チェンジの際、捨てた消しゴムはプレーテーブルの上に捨て札として晒《さら》すこと。選択テーブルに行き、捨てたのと同じ個数の消しゴムを選択する。
⑦チェンジ後、二度目のベットタイムを行う。
⑧賭け成立後、手札を開示し、勝った者が場代を含め賭けられたチップを総取りする。引き分けとなった場合は山分けとなる。
⑨次のゲームに移行する。

＊ 当日

九月の第二木曜日。

我がクラスの男子たちは、毎週木曜日に昼休みの「お楽しみ」行事を開催している。だから、週の中でも木曜日だけは、みんな朝からそわそわしていることが多い。

だが、その日の朝は、２－Ａ教室の空気は異様だったと言っていい。

「おはよう……」

図1

消しゴムポーカー・1ゲームの流れ

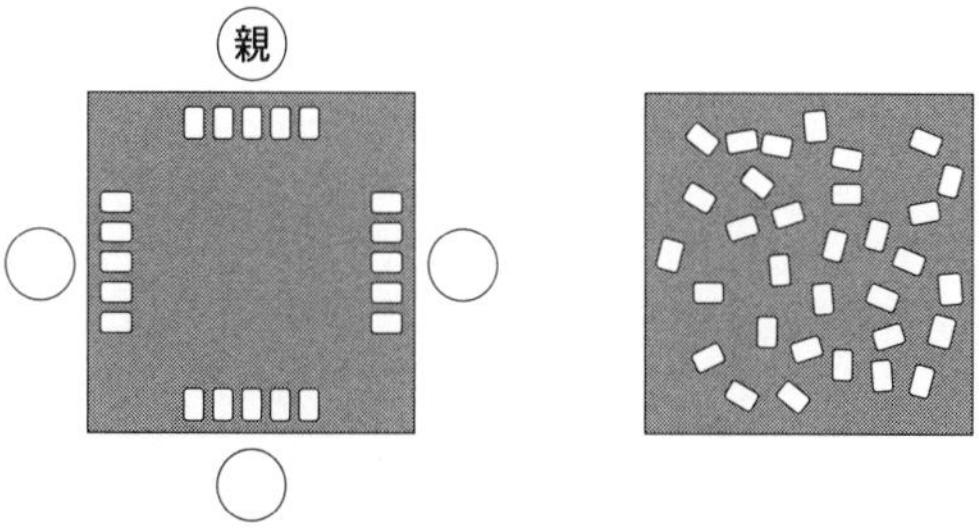

〈プレーテーブル〉　〈選択テーブル〉

①ドロータイム

全員が場代・チップ50点を支払う。
親から順に反時計回りに選択テーブルに行き、
最初の手札消しゴム5枚を選ぶ。

②第1ベットタイム

親から順に賭けるチップを決める。
ベット、コール、チェック、レイズ、フォールドの選択を行う。

③チェンジタイム

第1ベット成立後、プレーヤーは任意の枚数の手札を
捨てることで捨てた枚数分新たな消しゴムを引くことができる。
親から順に選択テーブルに行って消しゴムを選択する。

④第2ベットタイム

チェンジ後、2度目のベットタイムを行う。

⑤ショーダウン

第2ベット成立後、手札を開示し、
勝ったものがこのゲームで賭けられたチップを総取りする。

《勝利条件》

1ゲームの勝利条件……一番強い役を出した人がチップを総取り。
1試合(10ゲーム)の勝利条件……最終的に持っていたチップが一番多い人が勝ち。

図2

ポーカーの役9種

①が最も弱く、順に⑨が最も強い役となる

《数字の強さ》 A > K > Q > J > 10 > 9 > 8 > 7 > 6 > 5 > 4 > 3 > 2

①ワンペア

同じ数字のカードが2枚ある。

♡A ♣A ♢3 ♠6 ♡K

②ツーペア

2組のペアが成立している。

♢4 ♠4 ♡10 ♣10 ♢8

③スリーカード

同じ数字のカードが3枚ある。

♢7 ♠7 ♡7 ♣9 ♢Q

④ストレート

5枚のカードが連番になっている。ただし、K→A→2を含む並びは連番として認められずストレートは成立しない。

♡J ♡10 ♣9 ♢8 ♡7

⑤フラッシュ

同じスート（柄）のカードが5枚揃っている。

♡3 ♡5 ♡9 ♡J ♡K

⑥フルハウス

スリーカードとワンペアが同時に成立している。

♡3 ♠3 ♢3 ♠9 ♣9

⑦フォーカード

同じ数字のカードが4枚ある。

♡7 ♠7 ♢7 ♣7 ♠A

⑧ストレートフラッシュ

ストレートとフラッシュが同時に成立している

♢8 ♢7 ♢6 ♢5 ♢4

⑨ロイヤルストレートフラッシュ

ストレートとフラッシュが同時に成立し、A、K、Q、J、10の5枚で構成されている

♠A ♠K ♠Q ♠J ♠10

「……おう……」

男子たちは全員、一応挨拶こそ交わすものの、互いにバチバチとした視線を交わし合っている。数時間後には、あるものを賭けて、全力の試合に臨むことになっているからだ。

僕は背後から肩を叩かれた。

「おはよう芝」

同じクラスの青木《あおき》だ。僕はやや緊張しながら、「おはよう」と頷く。

「硬くなるなって。いつも通りの挨拶だろ?」青木は僕の耳元に顔を寄せ、途端に声を潜める。

「……これくらいで、気付かれたりしねえって」

僕は冷や汗をかいた。青木は大げさな手振りで体を離し、

「いやー、それにしてもこの部屋、銀杏《ぎんなん》臭くないか?」

「え、そうか?」

九十九ヶ丘高校には二つの最寄り駅があり、JRの駅から坂を上るルートと、地下鉄の駅から神社の傍を通るルートがある。後者には、イチョウの木が道沿いに大量にあって、この季節には道中に銀杏が落ちているのだ。たまに、靴の裏に潰れた銀杏がこびりついていることもある。ポケットに入っているのは、大抵、同級生のイタズラだ。

「今日は結構、控えめだと思うけど……」

「えー、そうか? 鼻先に来るくらい強烈なんだけどな」

青木は鼻が良いので、とくにそう感じるのかもしれない。僕の鼻には、いつも通りの、埃《ほこり》っぽ

い教室のにおいに思える。

カバンの外ポケットを探ってみると、銀杏が一つ入っていた。帰り際にイチョウのところへ返しに行こうと思って、ティッシュに包んでポケットにしまった。ゴミ箱に捨てるとゴミ箱が臭くなるし、窓から外に捨てるのは、通行人にぶつかる恐れがあると前に問題になった。

——これくらいで、気付かれたりしねえって。

僕は、さっきの青木の言葉を反芻《はんすう》する。

そう、僕と青木は、実は裏で手を組んでいる。今回のゲームでイカサマをして、試合に勝つために。

＊　回想

そもそもの話から始めなければいけない。

ことの発端は四か月前。五月病の季節に起きた、「ある事件」がキッカケだった。

江田が、紙だけで作ったチェス盤と駒を持ち込んで、昼休みに遊んでいたのである。

「何、それ」

羽根田《はねだ》に聞かれた江田は、ふふん、とマスクの下の鼻を鳴らして答えた。

「いいだろう？　これなら、生徒指導の森山《もりやま》の目も欺《あざむ》けるってわけさ。ポータブル版の盤と駒はこの前持ち去られてしまったが、紙ならすぐ隠せるし、遠目からは分からない」

チェスの駒はさすがに平面だが、画用紙をナイトやクイーンの形に切り抜いていて、さながら、ネット対局の画面を机の上に広げているように見えた。

「えっ、マジで」羽根田は呆れたように言う。「何時間かかったの、それ。第一、ネットで良くない？」

「時間など問題ではない」江田の目はぎらついていた。「戦うことが重要なのだ。どうせ、コロナのせいで、家で過ごす時間も長いしな」

「まあ、俺はチェスが出来ればなんでもいいけどね」江田の対面に座り、ゲームに付き合っていた土間《どま》は言う。「ほい、チェックメイト」

「ぐっ……」

悔しさのあまりか、江田がぶるぶる震えた。どうやら、あまり強くないらしい。

「面白そうだね、それ」青木が彼らの会話に参加する。「俺もなんかやろうかな」

「おっ、青木も作んのか」羽根田が言う。「だったら、麻雀《マージャン》がいいよ」

「羽根田、高校生なのに麻雀とかやってんの。タバコとか賭けとかしてないよな？」

青木がからかうように言うと、羽根田は「馬鹿、アプリだよ」と不服そうに答える。

「でも」僕は言った。「麻雀は百三十六牌《パイ》必要だろ？　紙で作ったら、大変だし、立体にすると遠目でもバレる」

「なら、トランプは？」土間が言った。「俺、ポーカー好きなんだよね。あ、これももちろんアプリだけど」

「トランプなんて元が紙なんだし、ちゃちな紙でやってもむなしいだけだろ」

羽根田が不満気に言う。よほど麻雀がいいらしい。

その時、隣の席から声がした。

「――消しゴムなら？」

「は？」

その場に居た五人が、一斉に振り向く。

そこには、馬場《ばば》の姿があった。

学年二位の秀才で、休み時間もいつも勉強ばかりしている。正直、あまり絡みはないし、同級生で遊びに行く時も、声をかけづらい。無論、いじめているとかではないし、本人もそれで気安そうにしているのだが……。

「消しゴムだよ」馬場の眼鏡がきらりと光ったように見えた。「消しゴムの面に、トランプの図柄を彫刻刀で彫る。カバーをかぶせておけば、普通の消しゴムのようにしか見えない。森山も、これなら文句は言えないんじゃないかな」

僕たち五人はポカンとした。それほど、馬場の言葉が意外だったし、そもそも、馬場がこんなことを言うのが意外だったのだ。

五人全員の視線を浴びたせいか、馬場は照れくさそうに頬を掻いた。

「あ……僕、ギャンブル漫画とか読むの好きで、勉強に疲れるとさ、オリジナルゲームを考えたりするんだ。そのノリで言ってみたけど……な、なんかごめん、いきなり変なこと言って」

うおお、と羽根田が喉から鳴るような絶叫を漏らしたのが始まりだった。

「いいよ、それめちゃくちゃいいよ」羽根田が言う。「消しゴムなら麻雀の牌の形にも似てるし、五十二個なら牌よりぐっと少ない」

「立体でやるポーカーっていうのも面白そうだしね」

土間もうんうんと頷いている。

思わぬ好印象に気を良くしてか、馬場の顔も輝きだす。マスクの呼気で、眼鏡が曇った。

「じゃ、じゃあさ、一人が五十二個消しゴム持ってたら、さすがに変だろ？　だから、このゲームに参加する人たちの人数で割って、担当を決めるっていうのはどうかな」

「いいかもな。今ここに六人いるから……八個から九個ってとこか」

「え、そんなに持つの」青木が苦笑する。「それ、さすがに変じゃない？」

「消しゴムをすぐなくすから試験の時に不安だとか、ジンクスだとか、適当な言い訳が出来るだろ」

僕がフォローすると、他の五人から笑いが起こる。

「いいねいいね」羽根田が言った。「それなら、具体的には……」

六人は昼休みの間、大盛り上がりで、遠巻きに女子からちょっとシラけた目で見られているのも気にせず、馬場を囲んでルール作りに勤しんだ。

グラウンドから戻ってきたクラスの男子も、僕たちが馬場を囲み、ガリ勉で知られる馬場が最も楽しそうに話している様子を見て、「なんだか面白そうなことが起きているみたいだ」とわらわら集まって来た。

最後に現れたのが、クラスの人気者であるマサだった。マサは誰より真面目で勤勉だが、同時に馬鹿らしい遊びも大好きなので、先生や女子だけでなく、何より男子からの信望が篤い。

マサは話を聞くなり、「よし」と頷いて、イタズラめいた笑みを浮かべた。

「一週間後、昼休みに小教室を押さえておくよ。そこでテストプレーってことで、どうだ?」

「賛成!」

マサの提案に、誰よりも大きな声で答えたのが、馬場だった。その様子を見て、クラスの男子全員が、楽しそうに笑った。


わがクラスの男子は十三名。マサの号令の下全員が招集されたことで、青木の言った消しゴムの個数問題はおおむね解消した。各人が四個持てばいいことになり、まあ、なくした時用だの、適当な言い訳で切り抜けられそうになったのだ。

各自、MONOの消しゴムを文具店で買ってきて調達する。この時の費用を、クラスでは「参加費」と呼んでいる。せいぜい四百円だし良心的だ。買い替え費用も、各自の負担となっている。

その消しゴムに、マサがランダムに振り分けた四つの図柄を各自が彫刻刀で彫ってくる。Aから10まではトランプそっくりに彫るが、J、Q、Kは図が複雑なので、油性ペンで「J」などと書き、スートだけ彫る。ランダムに、と言っても、一定の法則性はあり、ハート、ダイヤ、スペード、クラブの四つの図柄を、一枚ずつ持つことになっている。どの数字を持つかは、ランダムというわけだ。こうしたのは、例えば、自分が管理する消しゴムだけでワンペア、ツーペアが作れるということになると、イカサマが容易になるし、ゲーム性を損なうという理由だった。

もちろん、彫り方が上手くなくて、やり直しになった消しゴムもいくつかあったが、ハートとダイヤは赤、スペードとクラブは黒に着色するなどして、ゲームには堪えるくらいの出来栄えにはなっている。

この消しゴム四個は、各々が管理して、ゲームの会場に持って来ることになっている。体調不良とか、部活や彼女との外せない用事でゲームに参加できないこともあるので、みんな机の中に専用のプラスチックケースを持っていて、そこに入れておくことになっている。欠席の時は、マサや江田、馬場あたりが回収して、ゲームに使う形だ。

管理さえしていれば、普通の消しゴムとして使用することは構わないというルールになった。そのため、みんなが普通に使った消し痕や、角の磨り減り、褪《あ》せなどが、四か月も経つとそれぞれの消しゴムに残ってきて、それが深読みを倍加させる原因にもなっている。その特徴を各自が目印（ガン）として利用したり、似た特徴の消しゴムを取り違えたり、相手が持っている消しゴムが目印付きのものに見えて疑心を誘ったり……。半ばガン付けのイカサマだけが容認された状態というのが、やけにスリルを煽《あお》るのだ。

ポーカーに使用する「チップ」は、ペットボトルのキャップで代用している。水などの白いキャップは10点、スポドリの青キャップは50点、コーラの赤キャップは１００点、というように色分けしている。これは江田が回収し、管理を一手に引き受けているが、森山先生に何かツッコまれた時は「学校の玄関に置いてある、ペットボトルキャップの回収箱に出そうと思っていたんです」と言い抜ける心づもりだ。

ちなみに、一応賞品はかかっている。みんなから五十円ずつ会費を集めて、食堂の自動販売機から買ったジュースを賞品にしているのだ。四人でポーカーを行って、勝つとジュースがもらえて嬉しいね、という程度の他愛のない遊びである。

たかだかその程度の賞品で、熱いゲームが出来るのか？

ところがどっこい、重要なのは賞品などではない。

この十三人で、共通の目的を持って、馬鹿騒ぎすることなのだ。

例えば、三か月前、六月第一木曜日の昼休みのゲームを紹介しよう。

ゲームは四人で行うが、その日は、馬場とマサの一騎討ちになっていた。残り二人のプレーヤーは、チップ点数が大きく沈んでいたのだ。

残り、二ゲーム。その緊迫した場面でのこと。

「一枚チェンジでいかせてもらうよ」

馬場が♡のクイーンを場に晒す。羽根田の麻雀好きを尊重して、捨て札を麻雀の捨て牌のように晒すルールになっていた。

捨て札を出した馬場は、プレーテーブルを離れて、消しゴムがごちゃっと並べられた「選択テーブル」に向かう。プレーテーブルに、持ち札、捨て札、引く札、チップの全てを載せるのは窮屈だということで、二つのテーブルを展開することになっていた。

馬場は一枚引き、席に戻ると、手元でＭＯＮＯ消しゴムのカバーを外し、手の傍に無造作に置いた。馬場の表情は真剣そのもので、札が良かったか悪かったかは分からなかった。

二つの卓を行き来する関係上、それぞれのプレーヤーは、消しゴムの図柄の面を伏せてテーブルに置くか、カバーをかけたまま立てておくか、どちらかを遵守することになっている。このあたりが、いよいよ麻雀っぽい。

「♡のクイーンを一枚だけ捨てるか……大方、フルハウス狙いというところかな？」

マサがニヤリと笑って言った。

「だったら、俺はこうだ」

マサが捨て札を三枚放り出した。

場がざわついた。

♠のクイーンと♣のクイーン、そして♣の10。

「ワンペア捨て？」

僕の隣で、青木が思わず呟いた。

「馬場が♡のクイーンを捨てたから、クイーンでのスリーカード以上は望み薄と思って切った？」

ちなみに僕たちのゲームにジョーカーはない。

「だからって、今あるワンペアを切る必要はないだろ。例えばクイーンのペアを残しておけば、残り三枚を替えてツーペアやスリーカード、あわよくばフルハウスまである……」

捨てた札を分かりやすく目の前に晒しておくことで、こういう駆け引きや読み合いの楽しみが倍増する。

マサが三枚新たに引いてきて、席に戻った。

他の二プレーヤーは、チップが足りず、チェンジの前にフォールドを選択していた。

親はマサだった。

「ベット。500」

おお、というどよめきが小教室の中に洩《も》れた。

チップの状況は馬場が1500点、マサが1000点だった。マサはここで一気に勝負をかけるつもりだろう。

「……レイズ、600」

それを受けて、馬場、強気に出た。その顔は無表情で、動揺しているのかどうかは分からなかった。

「コール、600」

マサが受けた。

ショーダウン。それぞれが手札を開示する。

僕たちは固唾《かたず》を呑んで見守った。

馬場は10と2のツーペア。フルハウスの手作りに失敗した形だった。

ギャラリーから落胆の声音《こわね》が漏れる。

一方、マサは。

クイーンのワンペアを捨ててなお、9のフォーカードを作り上げていた。

「う……」

「冗談だろ」

僕と青木は口々に言った。

マサの手札は、四つの柄の9に、◇のA。

つまり、マサが持っていた手札の内容から手の動きを推定すると、以下のようになる【図3】。

「つまり」青木は言った。「ワンペアをドブに捨てたどころか、最初からツーペアが出来ていたってことか？」

「ああ」僕は頭を抱えた。「しかも、高い方のワンペアを捨てて、9のスリーカード、フォーカードを狙いに行ったことになる」

「案外上手くいったな」マサが気楽な口調で言う。

「ここは9の流れだと思ったんだよ」

図3

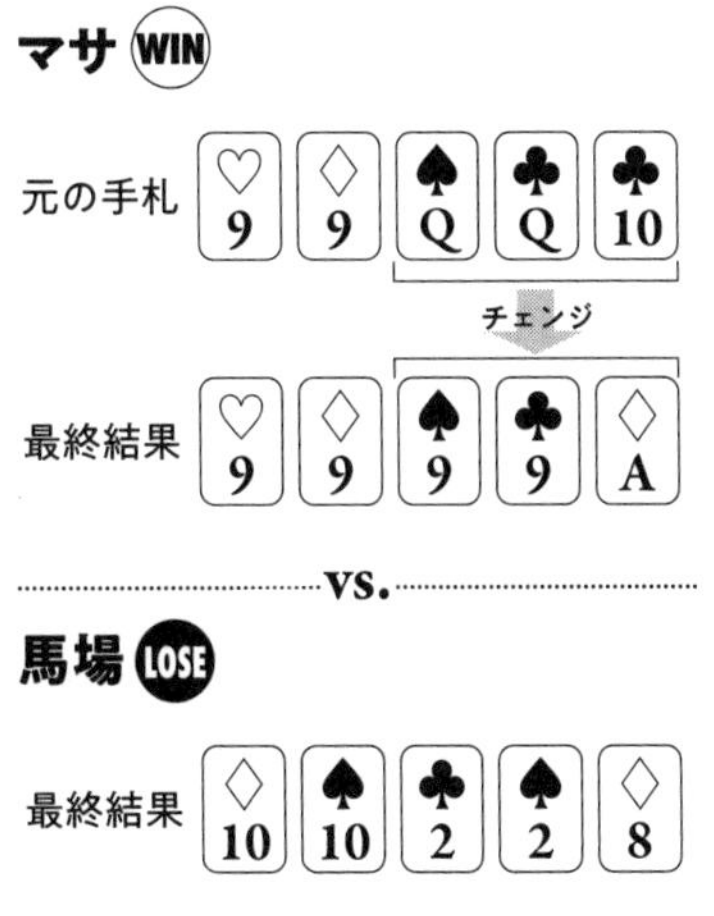

「そんな無茶苦茶な……」

と僕が言うと、マサは「でもこっちの方が、ギャンブルらしくて面白いだろ?」と笑った。

天衣無縫の感性。大胆なセンス。消しゴムの流れを読んでいるとしか思えない。

馬場は顔をしかめた。

「認めないからな、そんな運頼みのポーカー……」

馬場がフルハウス作りを失敗してなお、このゲームで賭ける点数を吊《つ》り上げたのは、強気を見せ、マサを降ろす意図もあったのだろうが、何よりもまず、ムキになったのだろう。マサのスタイルを否定したい、という思いがあったのだ。

「よし、次だ」

マサはそう言って、次のゲームへと早々に気持ちを切り替えた。

馬場はまるでマサに食って掛かるように、挑戦的にチップを吊り上げていった。

「はは、いいぞいいぞ、向かってこい!」

マサも調子に乗って、煽り立てた。

彼の手格好はこの時、

♣A、♡K、◇8、♣7、◇2

だった。マサはここから、◇8、♣7、◇2の三枚をチェンジして、新たな手札を引いてきた。

三枚のうち二枚は見えて、♣Q、◇Jだった。マサの引きの強さに、おおっ、と僕は感嘆した。スート（柄）が揃っていないから、ロイヤルストレートフラッシュにこそならないが、最後の一枚が10なら、Aから始まるストレートが成立する。Aが最高の数字なので、ストレートとしては最強の手になる【図4】。土壇場でこんな手が入るのは、やはり人徳の故か。

最後の一つのカバーを外し、手の中身を見た時、マサの動きが、一瞬、固まったように見えた。僕はマサの右斜め後ろから観戦していたが、マスクのせいで表情は見えなかったし、マサが手で覆うように消しゴムを隠していたので、何を引いたかも見えなかった。

何があったんだろう。

マサの手の中には、新しい消しゴムが二個あったが、そのうちの一個が、上の方が千切れていて、ギザギザした断面を覗かせていることだけが分かった。

とはいえ、勝負強いマサのことだ。僕の見間違いかもしれない。その考えを裏付けるように、マサはチェンジ後も、強気の姿勢で賭け金を上げた。

マサが賭ける点数を上げ、それに応じて馬場が上げ、更にマサが上げ……。そして、馬場がさらに上げた。

「レイズ、６００」

馬場がそう言った時、観覧席はどよめいた。さっきの

図４　〈ここまでの状況〉

※「?」が10なら、ストレートが成立。A、K、Q、Jのいずれかなら、ワンペアが成立する。それ以外なら「ブタ」（役無し）になる。

負け分を、もう取り返す気でいるのだ。

　マサは肩をすくめた。

「フォールド」

　拍子抜けだった。

「お、おい、降りるのかよ」

　よほど意外だったのか、馬場も食って掛かっていた。

「はっは、すまん、ブタだった」

　ブタとは、最低役のワンペアもつかない、つまり「役無し」の状態を意味する。

　結果的に、マサは場代と、レイズ前にコールした500点を合わせた550点をみすみす失い、さっきの勝ち分の甲斐もなく、馬場に逆転されたことになる。

「えぇ？」馬場が目を丸くした。「冗談だろ。ブタなのに、なんでチェンジ後も強気に向かって来たんだよ」

「いやぁ、あそこで強気に行けば、お前が降りてくれるかと思ってな」マサがあっけらかんと言う。「レートで潰すってやつだよ。でも、上手く行かなかったな」

　馬場は、呆れたようにため息をついて、場のチップをさらっていった。

　マサにかかれば、一事が万事、こうなのだ。誰よりも無邪気で、誰よりも不敵。それが馬鹿みたいに上手く行く時もあれば、アホみたいに失敗することもある。

　ただ、総合的に見て、勝負強いし、底が知れない。

そういう男なのだ。

3　大会趣旨について（回想）

平和に、しかし異様な熱を放って、僕たちの「消しゴムポーカー」は続いた。

だが、事件は突然起こる。

八月。学校の夏期講習で、クラスが全員集まった日。この日も、「文化祭準備」と偽って、マサは小教室を押さえていた。

久しぶりに集まって、消しゴムポーカーをする。その事実自体に興奮していたし、この日は、全員が参加するべき大事な「打ち合わせ」の日でもあった。

来たる九月第二週の木曜日には、消しゴムポーカーの月例「大会」が予定されていた。「大会」と言っても大それたものではない。十三人のうちから一人、前月大会以降の成績から、シード権持ちを選出する。そして、残りの十二人で四人ずつ予選試合をし、勝ち上がった三人とシード権の一人で決勝をする……というものだ。普段のジュースよりも、少し豪華なものが賞品になるのが特徴だ。

といっても、大会は六月に一度開催したきりで、九月のものが第二回になる。

この二ヶ月の成績は、やはりぶっちぎりでマサが一位だった。シード権持ちはマサでいこう、と話がまとまった矢先のことだった。

「お前、茉莉さんに告白するって、本気で言ってんのかよ！」

そう怒号を飛ばしたのは、確か羽根田だったと思う。

羽根田に胸倉を摑まれているのは、今本《いまもと》だ。ロン毛で軽音部に入っている。

「ああ……いいだろ！　俺だって夢くらい見たって！　茉莉さんとの文化祭デートっていう夢を叶《かな》えるには、今行くしかないんだ！」

茉莉さんとは、我がクラスのマドンナ的存在で、誰もが憧れていた。まさに高嶺《たかね》の花。快活に笑う姿は男たちの心を鷲摑《わしづか》みにする。占いの類に目がないという、乙女チックな趣味も好ましい。二卵性双生児の兄がいて、彼も同じ学年にいるが、毎日茉莉さんと同じ屋根の下という状況があまりに羨ましくて、僕たちの恨みを密《ひそ》かに買っている（兄妹だということは分かっているのだけれど）。

かくいう僕も、茉莉さんに恋焦がれる一人である。

一年生の頃、一度だけ、隣の席になったことがあった。朝早く来すぎて、教室に二人きりになって、妙に気まずくなった時のこと。

「ねえ芝、ちょっとさ、私に占われてくれない？」

「何それ」

最初は、ちょっと変な子だな、と思ってしまった。切れ長の目や長い黒髪で、クールな印象なのに、結構フレンドリーなのも意外な感じだ。

「今年、コロナのせいで文化祭ないでしょ。うちの部って文化祭があると、いつも『占いの館』

を出店してタロットカードとかやっているの。だから、来年のための練習台になってよ」

「来年だって」僕は拗《す》ねたように言った。「文化祭をやれる保証はないだろ」

「やらないっていう保証だってないじゃん」

茉莉さんはその時、ちょっとムッとしたように言った。

「うちの馬鹿兄貴のことは、もう占い飽きたからさ。ね、ちょっと付き合ってよ。女子はこういうのよく遊んでくれるけど、男子って興味ないじゃん」

「確かに」

「あ、やっぱり興味ない？」

「いや」僕は勢いよく首を振る。「初めて見るから、勝手とかは分からないけど……」

「よっしゃ、任せて任せて」

タロットカードを机の上に広げて、楽し気に一枚一枚のカードを解説する彼女の目は、無邪気な子供のように輝いていた。僕はその時、自分の恋愛運をズケズケと明け透けに評されながら――一気に恋に落ちた、のである。

「このカードが芝の『現在』を意味していて……これは、芽生え、だね。近くにもう、気になる人がいるのかもしれない」

図星を突かれて、思わず照れて笑った。

それ以来、二年でも続けて同じクラスになれたのは、僥倖《ぎょうこう》と言っていい。ずっと見つめてきて分かったのは、タロットだけでなくどんな占いにもおまじないにも目がないこと、案外辛い物が好きなこと、あとは……信じられないほどライバルが多い、ということだ。

幼稚園の頃から好きな女子には振られに振られ、十六連敗中の僕は、また性懲りもなく高望みをする。いつも納得が行かず、未練タラタラで、それでも前に進み続けてきた。未練タラタラなせいで、今までの十六人のこと、全員はっきり思い出せる。

それが、茉莉さんについては、一年以上……膠着《こうちゃく》状態で、未《いま》だアタックも出来ずじまい。

それもそのはず。

我がクラスの馬鹿男子十三人は、消しゴムポーカーなどという遊びに興じられるほど結託しているが、茉莉さんに対するアプローチは男子同士で互いに牽制《けんせい》し合っている状況なのだ。ちなみに一年生の時にも、似たようなのがあって、動けずにいた。

その均衡が、今、確かに崩れ去った。

「だからってお前、抜け駆けは……！」

「そこまで言うなら」今本が息巻いた。「九月の大会で、俺がテッペン取って、お前らを黙らせてやるよ。そのうえで、茉莉さんに告白する」

冷静に振り返ってみれば、この時点で、今本の発言は支離滅裂である。消しゴムポーカーで勝つことと、茉莉さんに告白することに、なんの関連もない。今本としては、「このフリースロー入ったら、お前に俺の気持ちを伝えるよ」的な、青春恋愛漫画のイメージだったのかもしれないが、対象物が手作りの消しゴム遊びというのでは、あまりに格好がつかない。しかし、頭に血が上ったクラスの野郎どもは、そんな冷静なツッコミが出来る状態になかった。

「おおう、上等だ！」

「叩き潰してやる！」

「待てよお前ら」古森《こもり》が言う。「そんな、誰かをトロフィーにするみたいなこと、無粋すぎるだろ」

「うるせえぞ彼女持ちが！」

「てめえはすっこんでろ！」

「何も俺は、茉莉さんをトロフィーにしようなんて考えていない」今本は真面目に言った。「ただ、告白する権利が欲しいと言っているだけだ。成功する保証などどこにもない……最後は彼女の自由だ」

「もう勝った気でいやがるのかてめえ！」

「それを抜け駆けって言うんだろうが！」

小教室の中はもはや地獄の様相を呈していた。マスクをした男たちが怒号を交わし合う姿は、どこか滑稽である。

「おいおい、こりゃ一体なんの騒ぎだい？」

そこに現れたのが、マサだった。後頭部を掻きながら、のんきにあくびしている。

「それが、今本が……」

羽根田が事情を説明すると、マサの目つきが変わった。

「……なんだと？」

マサの冷たい目に、男子全員が縮こまった。

——そうだ。こんな賭場の元締めをしているとはいえ、マサは優等生だ。こんな馬鹿げたギャンブルを許すはずがない……。

マサの瞳の奥が、きらりと光った気がした。

「そういう賭けになるとしても——今月のシード権は俺なんだろうな？」

ざわっ、と男子たちの間にさざめきが広がる。

まさか、マサも茉莉さん狙いだったというのか？　そうだったとして、スペック的に僕ら十二人に勝ち目はあるのだろうか。

マサは一学期の間、茉莉さんの隣の席を勝ち取っていた。ちなみに、そのマサの後ろの席が僕である。マサと僕が廊下に接した位置で、茉莉さんが僕の左斜め前にいる、という位置関係だ。

マサが茉莉さんを好きだとして、そう思わせるような素振りがあっただろうか。

いや、一つだけある……。

六月第一木曜日の定期テストのとき、茉莉さんが、消しゴムを落としたことがあった。

あっ、という声に顔を上げると、茉莉さんの机から、ＭＯＮＯの消しゴムが落ちるところだった。消しゴムは上の方が千切れて、へこんでいる。ころころと転がり、マサの席の右側の方まで行ってしまう。

マサが姿勢を低くして消しゴムを拾おうとすると、机の中からプラスチックケースが落ちてしまった。ケースが開き、消しゴムポーカー用の消しゴムがこぼれる。僕はヒヤッとしたが、マサは首尾よく両方拾って、茉莉さんに返していた。

茉莉さんは、消しゴムを見つめて、少し固まってから、そっと消しゴムを握りしめた。

茉莉さんがマスクを少し下げて、口を小さく動かした。ありがとう、と言っているように見えた。

マサは照れくさそうに、首をすくめた。

あの時、茉莉さんの机の上には、人差し指の先くらいのサイズの、小さな消しゴムも置かれていた。消しゴムをマサが拾わなかったとしても、試験の時間中、やり過ごすことは出来ただろう。でも、そんな風に理屈を付けてとっさに動けないのが僕で、すぐ行動に移せるのがマサだ。クラスのマドンナと、クラス一の働き者で人気者。茉莉さんとマサの方が、よっぽどお似合いというものだ。そういえば、あの定期テストの後に、件《くだん》のワンペア捨てフォーカードの奇手を見せつけられたんだっけ。

もし、マサが茉莉さんを好きだと言うなら、僕たち十二人は、おとなしく身を引くべきではないか。

僕らの頭の中によぎったのは、大体、同じ思いだったと思う。

それゆえ、マサが「どうしたよ、お前ら」と呼びかけた時も、まだ、場は硬直していた。

今本はたじろぐ様子を見せたが、「か、構わねえ、俺が最後に勝てば済む話さ」と強がった。

「なら話は簡単だな」マサが言った。「賭けのルールは単純だ。今月の『大会』、その決勝戦で優勝したものが、彼女に告白する『権利』を得る。その結果についてはもちろん彼女の一存に委ねられるが、告白の結果がどうであろうと、敗者は口を出す権利を持たない。それで構わないな？」

おう！　と皆が一斉に答えた。

彼女がいるメンバーもいるが、数合わせのために大会に全員出場することになった。もしも優勝した場合には、いつもより豪華な賞品を買ってくるという条件も一応は付いた。

……こんな馬鹿げた賭けに、マサが乗るとは。

僕は僕で、クラスメートの様子を傍観しながら、馬鹿な夢を見た。

茉莉さんとの、文化祭デート……。

突然、後ろから肩を摑まれる。

「帰り道、話がある」

青木は真剣な目をしていた。

4　ミーティング（回想）

夏期講習が終わり、あの大会について決まった日。

僕と青木は、羽根田の家がやっている中華料理屋「羽根田飯店」に来ていた。学校から三駅ほどという、先生の目が届かないところにあることと、サービスが良いので、重宝している店だ。

僕らは店の奥側の座敷に陣取っていた。

「おやじ、ギョーザ二枚とカニ玉な」

「はいよー」

もはやよく知った仲である、羽根田の父親が気安い口調でオーダーを受けた。午後三時という微妙な時間帯なので、おやつ代わりの注文なのだが、それでもボリューミーだ。

「おやじ、タカはまだ帰ってきていないのか?」

タカというのは、羽根田の下の名前から取った愛称である。

「ああ、帰って来て、店の手伝いしてくれとるよ。ギョーザはタカが作っているんだ。あいつのギョーザはキリッと形が均一に整っていてなァ……」

「あ、ゴメンおやじ、オレンジジュースも二つもらっていい?」

「あいよお」

おやじは素早く切り替えて、厨房に戻って行く。青木が遮らなかったら、おやじはずっと息子自慢を続けていただろう。

オレンジジュースをビンから氷を入れたグラスに注ぐと、「さて」と青木は口火を切った。

「単刀直入に言う。芝——お前、茉莉さんを本気で狙っているだろ?」

「はっ、はあっ⁉」

核心を突かれて、僕は情けない声を上げる。

「まあ待て、みなまで言うな」青木がマスクの上から指で鼻の下をこする。「この俺の鼻にかかれば、におって仕方がねえ」

「だからって、お前には関係ないだろ、別に……」

「いや、あるね」

「ない。九月の大会で、ともかく勝つ。まずは当たって砕けてみて……」

「その、『勝つ』ってところさ」

「え？」

青木はコップの中のオレンジジュースをぐいっと飲み干した。テーブルにコップを置くと、低い声で言う。

「……俺たちのクラス十三人の中には、彼女持ちが何人かいる。そりゃあそうだ。健全な男子高校生として当たり前のこと。だが、あいつらはただ、『野次馬』としてゲームに参加すると思うか？」

「……違うのか？」

青木は頷く。

「彼女持ちどもは、自分の馬を走らせに来るのさ」

「なんだって？　競馬の話でもしているのか。馬なんて一つも関係ないだろう。第一やったことないし」

「ああっ、もう！　鈍いやつだなあ！」青木は頭を掻いた。「要するにだ。彼女持ちどもは、それぞれに仲の良い友達がいて、そいつの恋路を応援しに来るってことだ」

「それの何が悪いんだ。当たり前のことじゃないか」

「奴らがイカサマを企んでいても？」

え、と僕の口から間の抜けた空気が漏れる。

青木が大げさにため息をついた。

「例えばだ。古森は彼女がいて今回のゲームと関係ないが、今本と組んだらしい」

耳が早いな、と僕は舌を巻く。

「消しゴムの管理表、持ってるか」

「あ、ああ」

管理表というのは、十三人のクラスメートが、どの絵柄が入った消しゴムを四個持っているかをまとめたもので、男子全員に配布されている。欠席が出た時でも、抜けや漏れを確認して机から消しゴムを回収するためだ。

「古森と今本の持っているカードを見てみろ」

僕は管理表に目を落とした。

古森：♡10、◇A、♣7、♠2
今本：♡K、◇4、♣10、♠7

「これがなんだって言うんだ？」

「まだ分からないのか？　この二人がお互いの消しゴムに目印、ガンをつけてイカサマをした場合……」

青木は、管理表を指さした。

「10と7のツーペアが、いつでも作れることになる」

「あ……！」

うかつだった。一人一人が自分の持ち札でペアを作れないよう、四つの図柄のカードを一枚ずつ配る形にはなっているが、それはイカサマなしで考えた時だ。二人組んだだけで、その組み合わせは大きく広がる。

「で、でも、ツーペアくらいで……」

「ワンペアが成立する可能性は四二・三パーセントだが、ツーペアとなると、グッと可能性が低くなり四・七五パーセント。つまり五パーセントを切る。もちろんこれはチェンジを考慮していないから、そこまで含めるともっと複雑になるが。古森と今本は手を組むことで、この確率を自由に操ることが出来るようになったってわけさ。それだけじゃない。そこから先は運次第だが、10と7のいずれかをもう一枚引いて来れば、フルハウスを作ることも可能になる」

「う……」

ツーペアくらいで、と侮ってはいけなかった。わずか十回のゲームで一試合を構成する消しゴムポーカーにおいては、この確率を制するのはでかい。

「もちろん、完璧じゃない」青木は言う。「いくら目印をつけていても、最初の五枚を一番目に自由に選べる親を取っていない限り、10と7を確実に引いてくることは出来ない。他プレーヤーが先に引いたら意味がないからな。それに、勝つときはいつも10と7のツーペアっていうんじゃ、いくらなんでも不自然だ。不自然な拾いは一回か二回に抑える……それがせいぜいだろう」

「でも、平打ちよりはずっと勝ちやすい」

「そう」

青木は、ようやく分かったたか、というように苦々しく頷いた。

「おまけに、決勝に進むメンバーを決める予選の試合で別卓になれれば、このイカサマは今本側と古森側、二度使える。もちろん古森に勝つ理由はないが、決勝の席を一つ埋めておけば、それだけ今本を勝たせやすくなるからな」

「よく出来ているな……」

「ああ。それも、今本・古森ペアは恐らく氷山の一角だ。俺が把握している限り、十三人の中で、彼女がいると明言しているのは四人。単純に考えても四ペア、こういうイカサマを仕込んでくることになる」

「うう……」

俺はテーブルの上のコップに視線を落とす。オレンジジュースを入れたグラスが、汗をかいていた。

「みんな、手段を選ばずに勝ちを取りに来ているんだな」

「ああ」

「そんな中、僕は徒手空拳《としゅくうけん》で挑むのか……」

「おいおい、何を早とちりしてる」

青木は親指を立てて自分を指し示した。

「お前には、俺がいるだろ」

僕は思わずその手を取った。

「あ……青木！」

「よせやい、照れるじゃねえか」

青木は僕の手を振り払う。

「でもお前、確か彼女は……」

「俺とお前の仲だ。内緒で彼女作っていたりしねえよ。まあ俺もフリーなわけだが、俺は茉莉さんに興味がないからな。今回の大会では、お前に協力した方が楽しいってわけだ」

「青木……」

僕は友情というものに感動していた。やはり持つべきものは友である。

「それに、俺と芝のペアは強いぜ。カードを見てみろよ」

僕は手元の管理表に視線を落とす。

芝：♡5、◇10、♣9、♠J
青木：♡8、◇7、♣6、♠4

「ワンペアさえ作れないじゃないか」

「いいや、よく見ろ。こうだ」

青木は紙ナプキンにシャーペンを走らせた。

♠J、◇10、♣9、♡8、◇7

「あるいは」と言って、青木はもう一つ書いた。

♡8、◇7、♣6、♡5、♠4

「つまり、俺たちの持ち札を合わせれば、高目Jのストレートと、低目8のストレート、この二つが作れるってわけだ。最初に五枚引いた時点で、ストレートが揃う確率は〇・四パーセントを切る。これをいつでも作れるとなれば、勝利を手中に収めたと言ってもいい。怖いのは今本・古森ペアがフルハウスを作ってきた時だが、これは運次第だし、十ゲームの間での駆け引きでなんとかなるだろう」

僕は目の前に希望の光が差し込んできた気分になった。

店員がカニ玉とギョーザを運んでくる。まずは食うぞ、と青木が言い、僕たちは箸を手に取った。カニ玉はふんわりとした卵に熱々のあんがかかっており、舌にねっとり絡みついてくるのがたまらない。カニとシイタケのそれぞれ違った食感も楽しい。

ギョーザはギョーザで、羽根田の親父が言う通り、綺麗に、均一に整った形と大きさ、そしてきつね色の羽根が美しかった。ギョーザを見て、美しいというのも変だが、そう感じさせる佇《たたず》まいだったのである。もちろん食べても美味い。小皿にお酢を垂らし、そこにコショーをたっぷり振る。このタレをギョーザにつけて食べるのが、この店のオススメだ。ギョーザ自体も野菜が多めであっさりした味わいなので、酢コショーでさっぱり食べられる。二皿なんて、ぺろりである。

と、まあ、食べ物に耽溺するのはここまでにしておいて。

口の中の油をジュースで流し込んでから、僕は言った。

「しかし、消しゴムに目印を……というが、他のイカサマではダメなのか？」

「他の代表的なイカサマの例としては、『すり替え』や『通し』っていうところか。『すり替え』は、作りたい役に必要な札をあらかじめ作っておいて、ポケットや服の中に隠し持っておき、引いてきた札とすり替える……とかだな。しかし、このポーカーではそれぞれが四個の消しゴムを管理している。下手なすり替えは、即座にバレる危険があるんだ。

『通し』はペアの間でサインを決めておいて、観覧席にいる味方に敵の手札を覗いてもらって、教えてもらう……とかだな。ただ、普通のポーカーと違って、手に札を持っているというシチュエーションがあまり多くないし、それこそ後ろからの覗きを警戒して消しゴムを伏せてしまうプレーヤーが多い。それに、覗けるのはせいぜい一人。やっぱり、あくまでもガンが有効だろう」

「自分たちの持ち札に印をつけておく……確かにそれなら、目印を知らない人間には利用できないし、目印の特徴次第ではバレる可能性も低いか」

俺が考えるようなことは、あらかた考えた後らしい。

「でも、目印って、実際、どうやるんだよ。消しゴムのケースにそれとなく印を書きこむ、とか？」

「馬鹿。ケースはプレーヤーがカードを引くたびに、剝《む》かれちまうだろうが。その後、一ゲームが終わって、消しゴムを選択テーブルに戻す時に、ケースの中にしまうことになっているけど、どのケースに戻すかはランダムだ。いくら自分のケースに目印をつけても、他のプレーヤーに触られたら、別の消しゴムに付け替えられてしまう」

「そっか……つまり――」

「目印は、消しゴム自体に仕込むしかない。これを使ってな」

青木は紙ナプキンの上に、シャープペンシルの芯のケースを置いた。

「この芯を短く折って、消しゴムの尻の部分に刺す」

青木は自分の♡の8の消しゴムに、ググッ、と芯を押し当てた。青木の親指には黒い汚れが残ったが、芯はほとんど消しゴムの中に沈んだ。わずかに外に出た数ミリは、指で丁寧に折り取る。

「遠目に見れば、点状の汚れにしか見えない。俺とお前の間で、♡の5には真ん中に一つ、◇の10には斜めに一つずつ……のように、一個一個印を決めておけばいい。消しゴムはひっくり返ることもあるから、点対称の図形を作っておくことが肝心だ」

「なるほど。これならいけそうだな……」

僕は青木のような友人を持ったことを本当に嬉しく思った。

僕たちは、二人合わせて八個の消しゴムに打つ目印を決めた。

テーブルの上を片付けたあたりで、羽根田が厨房から出てきた。

「お前らなあ、いい加減ウチに入り浸るのやめろよ」

「美味いんだよ、お前んとこ。いいだろ、売り上げには貢献してるんだし」

「どこがだよ。オレンジジュース二本はおやじからのサービスになってるんだぜ」

まあまあ、固いこと言うなよ、と青木は羽根田の肩を抱いて絡んでいる。

後ろ暗い相談をしていたことなど、微塵《みじん》も匂わせない態度だった。

店を出た時、僕は言った。

「青木さ、何か、欲しいものとかあるか？」

「え？」

青木はマスクの上の目を見開いた。きょとん、とした様子で、押し黙っている。意外なことを聞かれた、とでも言いたげな顔だった。

僕は照れくさくなって笑った。

「いや……僕ばっかり、お前に手伝ってもらうなんて、悪いだろ。何か、欲しいものとかないかな、と思って。あんまり高いものは無理だけど」

青木はしばらく固まってから、ぷっ、と吹き出した。

「いいよ、いいよ。そんなこと気にしなくて。全ては上手くいってから、だろ？」

「うん……それもそうだな」

「ま、何かしら考えとくよ」

青木は肩をすくめた。

本当に、良い友人を持った。

5　緒戦

そして、大会当日。

304小教室には、2－Aの男子生徒十二人が勢揃いしていた。

小教室には二十個の机があるが、使用するのはそのうち八個だけだ。四個をプレーテーブルとし、別の四個にカバーを被《かぶ》せた消しゴムを置く。ここが、選択テーブルとなる。プレーテーブルには四脚の椅子を麻雀のように配置し、プレーヤーたちが座ることになる。

使わない十二個の机は端に寄せ、ゲームに参加しない男子たちは、一名を外の見張りにつけるほかは、ギャラリーとして試合を観戦する。今も、黒板のあたりに椅子を並べて、身を乗り出したり、ふんぞり返ったり、思い思いの姿勢で第一試合のメンバーを見ている。

その、第一試合のメンバーというのが。

僕。

馬場。

茅ケ崎《ちがさき》。

そして、青木だった。

ちなみに第二試合は、土間、江田、船井《ふない》、剛田《ごうだ》の四人。第三試合は羽根田、今本、上坂《じょうさか》、古森の四人で行われる。

第一試合と言いながらも、次が決勝戦なので、ほぼほぼ準決勝にあたる。

組み合わせはくじ引きで厳正に決定されたので、僕と青木が緒戦から当たってしまったのは、ただの偶然ということになる。予選は別の組で戦い、決勝での僕の勝率を上げてほしかったが、贅沢は言っていられない。

僕は、青木に目で合図した。

——頼んだぜ、と。

だがその時、青木は目を合わせてくれなかった。

それはまだ、小さな違和感だった。

青木とタッグを組めるとしても、馬場とどう戦うかは、問題だ。馬場は得意のポーカーフェイスを武器に、安定したゲームメイクが出来る上、このゲームの発案者でもある。発想の点では右に出る者はいないだろう。

「それではこれより、第一試合を開始します」

第一試合の進行役を務めるのは、羽根田である。

その時、江田が立ち上がった。

「ちょっと待て！」

「……なんだ。昼休みは短いんだ、ゲームの進行を妨げるような行為は……」

「今回は真剣勝負なんだ」江田は意気込んだ。「本物のポーカーと同じように、ディーラーをつけようぜ。正々堂々、やるべきだ」

僕はそっと息を呑んだ。

まずい。

もしディーラーがついて、消しゴムをランダムに配ることになれば、目印をつけた消しゴムを拾いに行くことが出来なくなる。イカサマが意味をなさないのだ。

青木が冷静な声音で割り込んだ。

「それにはあまり、意味がないな。消しゴムポーカーで使うのは、薄いトランプじゃないんだ。上から順番に配っていく、みたいな、機械的な動作にはどうしてもならない。ディーラーがどの消しゴムを選ぶかに、どこか作為が混じってしまう可能性が高い。それに……」

「それに？」

「そんなこと言って」青木が江田に指を突き付けた。「江田。お前、ただ単に、ディーラー役に指名する相手と既に組んでいて、狙った札を配らせるように仕向けるつもりじゃないのか？」

「なっ――？」

ギャラリーの視線が、江田に集まる。

江田の耳が真っ赤になった。

「違うのか？」

「馬鹿野郎、俺がそんな姑息《こそく》な手、使うわけ……」江田は舌打ちした。「いいよいいよ、分かった。急に今日だけやり方を変えても、混乱しそうだしな」

江田はどっかと椅子に座り込んだ。

上手い――。

僕は心の中で、密かに青木を称賛した。江田に矛先を逸《そ》らして、「拾い」のイカサマを守ったわけだ。あとで青木に感謝を伝えよう。名アシストだった、と。

「では気を取り直して、第一試合を始めよう。第一ゲームの親は……くじ引きの結果、芝だな。芝から順に反時計回りで、茅ヶ崎、青木、馬場がそれ以降親を務めることにする。じゃあ第一ゲームの手札選択だ。

芝、選択テーブルへ。選ぶ時間は十五秒以内だ」

僕は頷き、消しゴムの選択テーブルに向かう。

緒戦からいきなり、イカサマストレートをぶつけることもない。消しゴムポーカーの一試合は十ゲームから構成されているので、僕の親はあと二回、第五ゲームと第九ゲームに残されていることになる。

まずは、一個か二個、目印付きの消しゴムを拾ってみて、特徴を確認することから始めよう……。

消しゴムの尻の真ん中に芯が打たれているのが♡5、これが♣9、よしよし、さりげない汚れだし、仕掛けもしっかり食い込んでいて、外れていない。

「残り五秒！　もたつくな」

まずい。いきなり探すのは難しいな。僕は適当に残り三個を選んで、自席に戻った。

茅ヶ崎、青木、馬場の順で最初の手札五枚を選ぶ。みんなよほど慎重なのか、十五秒まるまる使っていた。しめて一分使うことになるが、みんなどんどんペースアップするので、意外と時間はかからない。

全員が席に戻ってから、それぞれのプレーヤーは消しゴムのカバーを外す。アクシデントで互いの札が見えることもあるので、大抵みんな、机の下の方でカバーを外す。

♣9がペアになって、ワンペア止まりか。まずまずだ。

適当に引いた三枚の中に、♡8があった。青木の持ち札である。♡8はちょうど裏返った形で、つまり、尻を上にした形になっていた。

——ちょうどいい。青木の消しゴムの目印の特徴も、確認しておこう。

そして、僕は気が付いた。

青木が自分の消しゴムにつけると言ったはずの目印は、消しゴムに残されていなかった。

馬鹿な。

目印をつけ忘れたのか？　いや、違う。この♡の8という消しゴムは、「羽根田飯店」で青木が芯を刺して実演してくれたものだったはず……。

そう思ってみると、あの時見た♡8とは、磨り減り方や、汚れ方といった、特徴が違う。

僕は麻雀の牌をくるくるひっくり返す、手遊びのようなふりをして、♡8を手の中で、何度となく、上下にひっくり返す。

だが、どこにも目印はない。

――これは一体、どういうことなんだ。

僕は青木を見る。

青木はなお、目を合わせてくれない。

その時、僕はハッキリと悟った。

僕は裏切られたのだ。

一方的に、自分の消しゴムの情報だけを、握られたまま。


……僕の頭は、未だ、ろくに働いていなかった。

黒板に、誰かが忘れて行ったプリントが二つのマグネットで貼られている。数学の授業のプリントだ。三年のクラスが、小教室を使ってやったということは、特進クラスか何かだろう。

そんなどうでもいい思考に飛んでしまうのは、青木のことを考えて……その先に浮かび上がる真実が、怖いからだ。

思い返せば、不自然なことはあった。

僕に協力すると言ってくれたから、「何か、欲しいものはあるか」と聞いた時。あの時青木は、色々と取り繕って返事をしてくれたが、質問した瞬間の、意外そうな表情は隠しきれていなかった。

青木にとって、僕が勝つというシナリオは、考えてもみないことだった。だから、心底意外に聞こえたのだろう。

さっき江田がディーラーをつけようとした時、反論して退けたのも、僕へのアシストなどではない——ただ、自分の利益のためだ。

動機も明らかだ。青木は、口では恋愛になど興味がないとうそぶきながら、その実、茉莉さんを狙っているに違いない。

——青木、なんでこんなこと、するんだよ。

僕は怒りと悲しみがないまぜになったドロドロの感情を、喉の奥に飲み込んでいた。

それでも不正を告発しなかったのは、青木を吊るし上げれば、自分の不正もバレることになるからだ。

それに、考えようによっては、青木が一方的にこちらをカモにしているという状況は……何かに利用できるかもしれない。

「レイズ、３００」

青木の声がして、僕は我に返る。

第三ゲーム。

青木が親だった。

青木はあれ以来、僕と一切目を合わせずに、淡々とした態度でゲームを進めている。

青木が親なので、青木は選択テーブルから自由に消しゴムを選べたことになる。十中八九、僕の札を使って、イカサマストレートを作っているだろう。

僕の手札は◇8と♠8のワンペア止まり。手札の中に、♠のAがあって、上部にギザギザした、千切れたような断面を覗かせている。だが、Aなんて一枚引いてきたところで、意味はない。まだ、無茶をする局面ではない。

「……フォールド」

僕は場代の50点を棒に振って、撤退を選択する。

結局、青木の手に馬場が勝負に行く。

「ショーダウン！」

羽根田の発声で、青木と馬場が一斉に手を開けた。

おおっ、と青木の手を見て、ギャラリーがどよめく。

♠Jからのストレート。まさしく、僕と青木の持ち札を合わせて出来る最高役である。

一方の馬場は。

「……ストレート」

彼の手元には、♠3、♠5、♡7、◇6、♡4という形で札が並べられていて、一見、ブタ(役無し)のように見えた【図5】。消しゴムの長さが揃っていないからか、ガタガタして、不揃いに見えるのも、ブタっぽく見える要因だった。

「えっ、ストレート?」

「こっちもか?」

「おい馬場、綺麗に並べろよ。分かりにくいったらねーよ」

ギャラリーから口々に不平の声が漏れる。

「うるさいな」馬場が静かに言った。「綺麗に並べなきゃいけないという決まりもあるまい。第一、♡7からのストレートだから、僕の負けさ」

結局、馬場の運を青木のイカサマが握り潰した形になる。役が同じ場合は、構成する札の強さで勝敗が決まる。Aが最も強く、2が最弱になるので、この場合はJから始まるストレートを作った青木の方が強いのだ。

馬場がチッと舌打ちして、手札をすばやく崩し、茅ヶ崎の方を見た。茅ヶ崎はなんだかバツが悪そうに顔を逸らした。なんだか、妙な視線の動きだった。

その間、僕は、ずっと青木の手元のストレートを見ていた。

——なぜ、なんだ。

青木が僕の手札の情報を知っているのは分かる。だが、青木が管理している四枚……♡8、◇7、♣6、♠4には、どれだけ探しても目印が見つからなかった。

青木が僕を裏切るというなら、事前に打ち合わ

図5 〈第3ゲーム最終結果〉

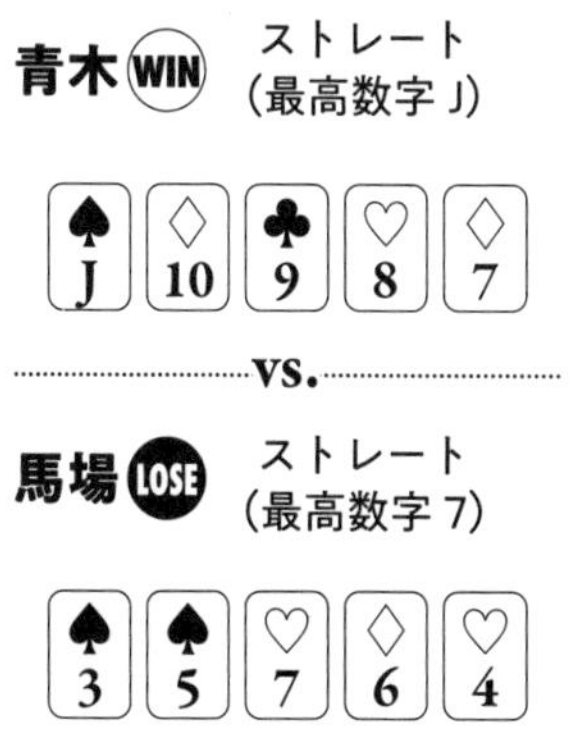

※同じ役の場合、最高数字が高い方が勝ち

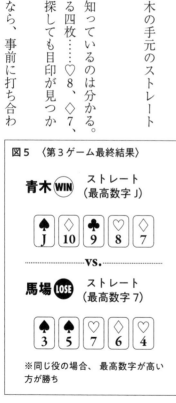

せた通りの目印が打たれているはずもない。シャープペンシルの芯を使っているとも考えにくい。それでも、ああしてイカサマストレートを作れるのであれば、なんらかの目印が打たれているはずなのだ。

青木は、どんな手を使った？

その方法さえ突き止められれば、青木の油断を突くことが出来る。

「おい芝、何をボサッとしている。消しゴムをケースに入れて、早くテーブルに戻せ」

「あっ、は、はい」

僕は手にした◇の8をケースに戻そうとした時、消しゴムのケースの長さが少し足りず、◇の図柄がはみ出してしまうのに気づいた。手にしていた別のケースと取り替える。

消しゴムポーカーで使う消しゴムは、授業中など、普通に使っていいことになっている。それで、こういう偏りが生じることがあるのだ。消しゴムを使いすぎて、本体が短くなると、ケースを少しハサミで切らないといけない。すると、ケースの大きさも均一でない、という事態が起こり得る。

第四ゲーム。

ここは馬場が親だった。

全員が五枚の札を揃えた時、ふと、鼻先に美味しそうな匂いが漂って来た。この匂いは……カレーだ。

見ると、観覧席の中の一人、剛田が、カップ麺のカレーヌードルを、ズゾゾゾ、と音を立てて啜《すす》っていた。

大会中は、ギャラリーにいる間に、パンなりおにぎりなり、適当な昼飯をとることになっているので、第一試合に参加の僕たちは未だに飯抜きだ。その匂いが、妙に食欲を刺激した。

「……おいっ！　てめえ、何のんきにカレーヌードルなんて食ってやがるんだ！」

青木が剛田に向かって、がなり立てた。

「い、いいだろ、別に。何食ったって」

「気が散るんだよ！　うるさい音立てやがって！」

剛田がちぇっ、と舌打ちして、「おい羽根田、ちょっと外で食ってくるよ。五分で戻れば、俺が参加する予選の第二試合には間に合うだろ？」と言った。

剛田が教室から出て行くと、青木は眉間になおもシワを寄せながら、机に向き直った。

ふう、と僕は息を吐く。まさか、青木があそこまでキレるなんて……。よほど腹をすかしているに違いない。

僕は自分の手札を確認する。♡4、♠4でペアが出来ている。♠4は青木の持ち札だが、やはり手掛かりは見つからない。♡4の方が、幾分消しゴムの長さが短く、まるで、兄弟のような4のペアだった。

手遊びのように、♡の4をひっくり返してみる。

その時……。

僕の頭の中で、火花が弾けた。

「ちょっ、ちょっと羽根田」

「なんだ」

「スマートフォンを開くのは、構わないか?」

羽根田はしぶしぶと言った顔をした。

「LINEの返信なんだ。通知がきていて」

「大会を昼休み中に済ませないといけないんだぞ……時間が限られているから、サッとやってくれ。他のプレーヤーが札を選んでいる間に見るとか」

「ああ、分かった」

他のプレーヤーが第四ゲームの札を選んでいる間、僕は、確かめたかった情報だけを確認する。

消しゴムの「管理表」だ。

馬場:♡7、◇6、♣Q、♠3
茅ヶ崎:♡4、◇8、♣2、♠5

そう、馬場と茅ヶ崎の「持ち札」である。

それを見た瞬間、僕の目には見えたのだった。

勝ちへのタイトロープが。

手始めに、僕はポケットの中の小銭入れを開いた。

＊

試合中にスマートフォンが見たいだなんて……何を考えているんだか。

青木は内心、芝のことを鼻で笑った。

——もしかして、この状況でまだ、抵抗するつもりなのか。

青木は芝に対して、申し訳ないと思う気持ちもあった。だが、芝の純真さこそ、彼にとってのつけめだったのだ。

これでもう、親友と思ってくれなくなるだろうか。

それでも構わない——彼はそれだけの覚悟をもって、この裏切りに臨んだのである。

それに、芝は自分のことを棚に上げ、青木を「彼女いない歴＝年齢」とかよくいじってきて、自分の同類のように言ってくる。最初のうちは笑って済ませていたが、何度もやってくるので、次第に、恨めしい気持ちも湧いていた。青木が密かに茉莉のことを想っているのにも気付かずに、占ってもらったというエピソードを、何度も聞かされるのにも腹が立った。

——どうだ、少しは反省したか。

「レイズ、１５０」

馬場の発声である。応えて、青木は言った。

「コール、１５０」

青木の手の中には、イカサマなしの、スリーカードが入っていた。イカサマのストレートは第三ゲームで既に見せてしまったから、あまり何度もやるわけにはいかない。このイカサマは、決勝戦にも使わなければいけないのだから。

自分が親の時以外は、堅実に回していけばいい……。

第四ゲームは、スリーカードで青木が勝利。ますます馬場とのリードを広げる。

第四ゲーム終了時のチップの状況は、青木1600、茅ヶ崎1100、馬場が700で芝が600だ。ここから上手く回していけば、イカサマストレートは使わずに、勝負を決められるかもしれない。

芝は手の中でまだ、♠4を弄《いじ》くり回している。

——お前には、どれだけ調べても分かるまい。

青木は内心、せせら笑った。

消しゴムの外をどれだけ見てもタネは分からない。青木は消しゴムの目印を、消しゴムの中に仕込んだのだから。

秘密は、青木の嗅覚にある。

青木は人一倍、嗅覚が優れていた。何気なく歩道を歩いていて、道路沿いの家の夕飯の献立が分かったこともあったし、父親や母親の体臭を嗅ぎ分けて、振り向く前からそこに誰がいるか言い当てることが出来た。母親はよく、愛情を込めて青木を「ワンちゃん」と呼んでいたが、犬並みとまでは言わないまでも、優れた才能だったのである。

そこで、青木はこの嗅覚を、イカサマに利用することにした。

タネはこうだ。消しゴムの中身をくりぬいて、中に、香り付きの練り消しを詰める。中に仕掛けを詰めても、大して重さが変わらないのがポイントだ。練り消しは、イチゴ、オレンジなど四つの種類の匂いを用意した。嗅ぎ分けて、どれがどの札か分かるようにしたのだ。

練り消しを詰めた後は、元の白い消しゴムを、蓋のように被せ、接着剤で止め、目立たないようになじませる。これで、遠目から見れば一切目印がないのに、青木だけには分かる「ガン」の完成である。

芝は、この「ガン」には気付けまい……。

そうなれば、怖いのは馬場だけだ。プレーヤーとしての地力は、馬場が明らかに勝っている。

「それでは、第五ゲームを行う。親は芝」

「はい」

芝が立ち上がり、選択テーブルに向かう。

——さあ、お前は今、何を思う。

青木は芝に悟られないよう、そっと、その顔を見つめた。

芝、茅ヶ崎が五枚を選び終わり、青木の番が回って来た。

そして、選択テーブルに向かった時。

——ウッ!?

青木の鼻を、強烈な悪臭が突き上げてきた。

――い、一体なんだ、これは？

「どうした青木、早く選べ」

羽根田に促され、青木はほうほうの体《てい》で、適当に五枚取る。目印や、練り消しの匂いを確認することもままならない。

足元を見ると、黄色いものが見えた。

銀杏だった。

銀杏が潰れていた。

「あっ……！」

青木は思わず声を漏らす。

銀杏の臭いを辿ると、芝の靴からも、同じ臭いがするようだ。

「おっ、おい、芝、お前……」

「どうした青木」芝がけろっとした表情で言う。「ゲームの進行が遅れるぜー。早く席に着けよな……」

「銀杏臭《くせ》えぞ、この部屋の中。お前が持って来たんじゃないのか」

「え？」芝が、まるで今初めて気付いたというように、目を見開いてみせる。「ああー……通学路のイチョウ並木、あるだろ。あそこでポケットとかカバンに落ちてきたんじゃないか。それを踏んづけちまったみたいだ。悪いな……お前の鼻には、毒だよな」

ぞくっ、と青木の背筋に震えが走った。

——まさか、こいつ、気付いているのか。

まさかもクソもない。このタイミングで銀杏を潰したのはわざとに違いない。

「おいどうした青木！　早く席に戻れ！」

羽根田にどやされ、青木は我に返る。

ケースを外してみると、青木の手札は、ズダズタだった。ブタの状態で、カードも軒並み数字が悪い。チェンジで手替わりを狙うしかなかった。

「この臭いは耐え難いぞ。窓を開けないか、羽根田」

「まあ仕方ないか。ただ、扉の方は開けておけないから、換気状況は悪いぞ」

青木は貧乏ゆすりしながら、鼻をつく悪臭と戦っていた。マスクをずり上げて、なんとか耐える。空気の循環が悪い。

チェンジして、ようやくツーペアが完成する。

「どうしたんだよ青木、顔色が悪いぞ……」芝が言った。「だが、僕は行くだけだ。レイズ、150」

「フォールド」茅ヶ崎が言う。

「……リレイズ、250」と青木。

「フォールド」と馬場。

「青木、どうやら僕たち二人だけになったな。リレイズ、290」

リレイズの額に、ギャラリーがどよめく。

青木は息を呑んだ。

「芝のやつ、青木を挑発してやがるぜ」と観覧席の剛田が肩をすくめる。

「どういうことだ」古森が言った。「あんな半端な数字でレイズなんて」

「馬鹿だな」剛田が言った。「いいか。勝った奴は四人分の場代200点とそれまでに賭けられたチップを総取りする。馬場と茅ヶ崎は第一ベットタイムで100点ずつ賭け、今オリた。だからあとは芝と青木のやり取りだが、仮に300でレイズすると、勝者は場代200+馬場と茅ヶ崎の200+芝と青木の賭けた600を得て、芝が勝てば、芝と青木はぴったり、1250点で並ぶんだ」

「つまり」古森が言う。「299点なら、元の点数が高い青木の方は、負けてもギリギリ逆転されない」

「ここでは10点が最低単位だから、290点を提示したんだ、芝は。まさに駆け引きだよ」

「これで負けても、青木がギリギリ優位に立てる。だから安心して飛び込んで来い、ってことか。ひー、おっかねー。完全に挑発してるじゃんよ」と古森が言った。

「あいつら、仲良かったはずだよな」

上坂の言葉を耳にした瞬間、青木の心に火が付いた。

——舐《な》めやがって。

「……その鼻っ面、叩き折ってやるよ！　コール！」

青木はチップを差し出す。

――吠《ほ》え面かかせてやるよ。

「ショーダウン」

羽根田の発声で、青木と芝が、同時にカードをオープンする。

青木はツーペア。

そして、芝は5のスリーカードだった【図6】。

芝の勝ちだ。

おおっ、とギャラリーがどよめく。

これでチップの状況は、こうなった。

青木：1260点
芝：1240点
茅ケ崎：950点
馬場：550点

馬場の一人沈み、という状況である。

青木は怒りに震えていた。

――こいつ、絶対に潰す。

芝は素知らぬ顔をして、場のチップを回収していた。

図6　〈第5ゲーム最終結果〉

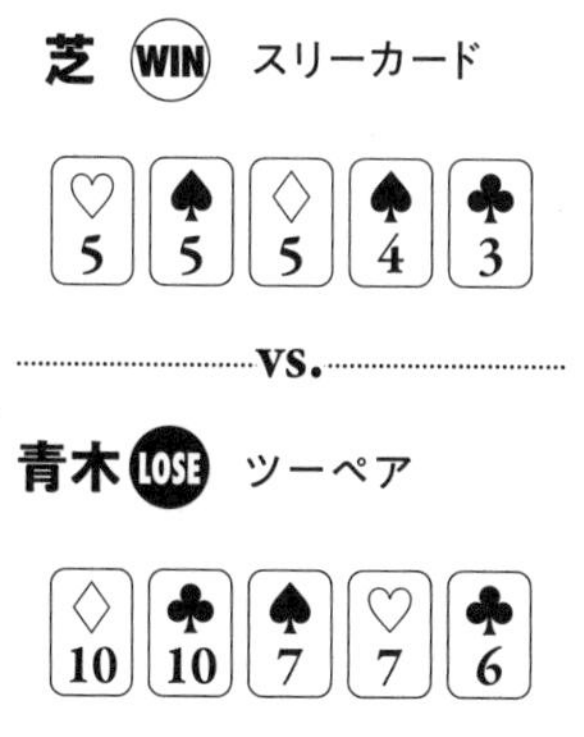

第六、第七、第八ゲームと、大きな動きはなかった。それぞれが固い打ち回しに徹し、馬場が茅ヶ崎を追い抜いたくらい、だろうか。

青木は自分が親を務める第七ゲームで、またイカサマストレートを作りに行ったが、芝はチェンジ前に早々にフォールド。場代のチップ50点の損失だけで免れていた。

――やはりこいつ、タネに気付いているのか……。

青木は歯嚙《はが》みしながら、芝を潰せる時を待った。

そして第九ゲーム。

芝が親である。

この時点で、青木1610点、芝1390点。茅ヶ崎と馬場は沈み、ほぼほぼ、勝負の焦点は青木と芝に絞られていた。

――勝機は、ここだ。

窓を開けたのが幸いして、銀杏の臭いはほとんど追い出すことが出来た。もう、練り消し入りの消しゴムの位置が分かる。手に取るように分かる。

そして、どんなに頑張っても、芝は青木が打ったガンを利用することが出来ない。さっきみたいに、悪臭で青木を妨害するのがせいぜいだ。

芝は五枚選んで着席した。茅ヶ崎の後に、青木が選択テーブルに向かう。

果たして、そこには青木の望んだ景色があった。

——やはりこの土壇場、奴はミスをした！

芝はどうやら、自分のガン付き持ち札のうち、◇10、♣9、♠Jを回収したようだ。青木がイカサマストレートを作れないように、と先回りしての一手だろう。あるいは、せめて並んだ三枚を選んで、残りの二枚で、運でのストレートを狙いたい、という腹かもしれない。

だが、大アマ。

♡5を回収し忘れている。

芝と青木の持ち札を作って作れるストレートは二種。

♠J、◇10、♣9、♡8、◇7
♡8、◇7、♣6、♡5、♠4

確かにJのストレートの方が強いが、8のストレートだって十分に魅力的だ。そして、後者のストレートのうち、♡5を除く四枚は、青木自身の持ち札なのだ。匂いで嗅ぎ分けられる、青木だけに分かる、四枚なのである。

この四枚と、芝の♡5。これらはそっくりそのまま、芝にも茅ケ崎にも引かれず、青木の番まで残っていた。

——最後に幸運の女神が微笑《ほほえ》んだのは、この俺だ！

芝も最後の最後でツメが甘い男だ。青木のストレートを完全に潰すなら、一旦♡5を引いておいて、チェンジの時に捨て札に放り出せばいい。こうすれば、青木がイカサマストレートを作るのを防止できた。

――お前のプレーミスだ！

一回目のベットタイムで、青木は賭け金を３００まで吊り上げた。茅ヶ崎、馬場も終局が近いので食らいつき、芝もついてくる。

チェンジタイムだ。

「チェンジ、一枚」

芝は◇6を捨て札に出した。

芝は手札を四枚、伏せてテーブルに置いている。

代わりに消しゴムを一個持って来て、カバーを外し、他の四個の隣に、少し離して置いた【図7】。

「……チェンジ二枚」と茅ヶ崎。

「ノーチェンジ」と青木。

当たり前だ。既にイカサマで作れる最高手役が完成している。突っ張る意味はない。

「オールチェンジ！」

馬場が叫び、ギャラリーがどよめく。馬場が捨てたのは、てんでバラバラな五枚の札だった。

二回目のベットタイムは、親の発声からだ。

「レイズ、３５０」

芝は勝負に出てきた。青木との点差を縮める肚《はら》だろう。

――受けて立とうではないか。

「……フォールド」と茅ヶ崎が降りる。

「レイズ、４００」と青木。

ギャラリーがざわついた。この時点で、馬場は賭け金を出せず、フォールドせざるを得なくなった。

茅ヶ崎がじっと馬場を見つめ、馬場は彼と目を合わせた後、悔しそうに顔をそむけた。茅ヶ崎もここでフォールドした。

「レイズ、５００」

再度、芝が額を吊り上げる。

青木の心に動揺が走った。

――まさか、こいつ、そこまでの自信が？

青木は芝の前の消しゴムを見た。五個の消しゴムは伏せて置かれている。こちらに目印付きの

図７〈第９ゲームここまでの状況〉

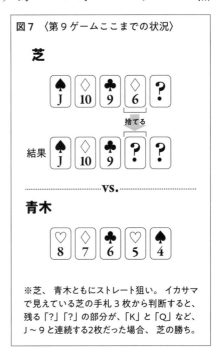

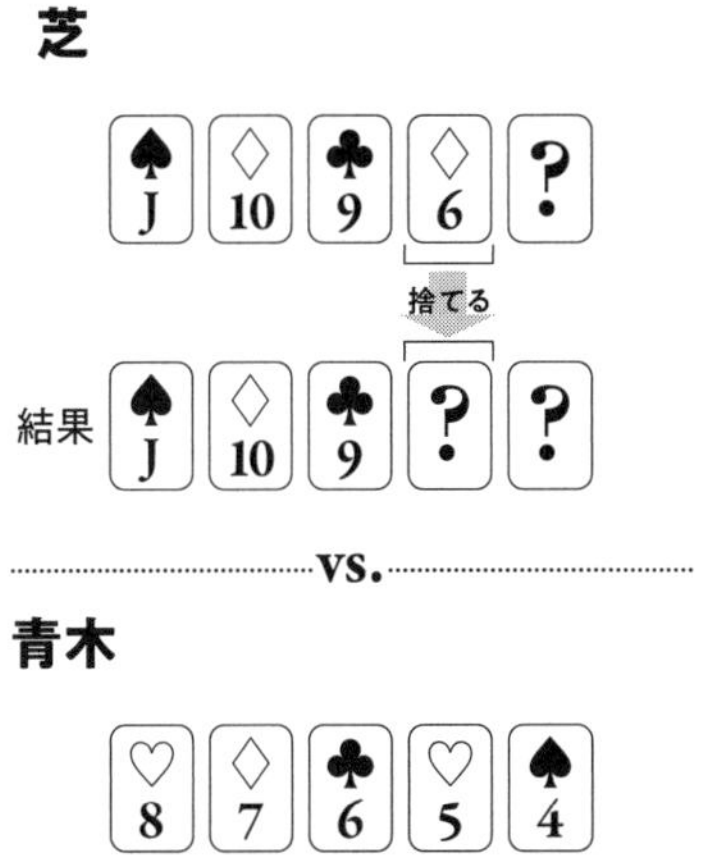

※芝、青木ともにストレート狙い。イカサマで見えている芝の手札３枚から判断すると、残る「?」「?」の部分が、「K」と「Q」など、J～９と連続する2枚だった場合、芝の勝ち。

尻が向けられているので、◇10、♣9、♠Jが入っていることは確実だ。このままでは、数字も柄もバラバラで、フラッシュはおろかワンペアも出来ていない。チェンジ札も一枚。

まさか。

——出来ているのか？　俺を超える、ストレートが。

これを受けて負ければ、場代、馬場と茅ヶ崎のフォールド分も含めて、芝の手元に１９００点のチップが入る。残りは最終の第十ゲームのみ。これは絶望的な大差だ。

ここで、降りる意味はない……。

「……コール、５００」

出来ているはずがない。そう都合よくストレートなど。

ギャラリーが固唾を呑んで見守っていた。

「ショーダウン」

青木の手は、８のストレート。

芝は青木の目を見た。

その眼光に、青木は一瞬だじろぐ。

芝は最初から持っていた四個の消しゴムを立て、こちちに向けて倒した。

パタ、と軽い音が響く。

♠J、◇10、♣9、◇8

おお、とギャラリーが今日一番の歓声に沸く。

「ストレート対ストレート！　どっちの手も高い！」

「だが、手格好は芝の方が強い！」

「最後の札がQか7なら、芝の勝ちだ……！」

芝が青木を見つめた。

青木の首筋に、じわりと冷や汗が流れた。

「青木……これが、僕の意地だ」

芝が、最後に残った消しゴム——チェンジで後から引いてきたそれを、そっと指で押す。

ゆうらりと、焦《じ》らすような動きで、消しゴムが倒れる。

ゴト、という重い音がした。

最後の一枚は。

♣のQだった【図8】。

ワッ、とギャラリーが沸騰する。

青木は、拳を強く握りしめた。

図8　〈第9ゲーム最終結果〉

芝 WIN　ストレート（最高数字Q）

♣Q　♠J　♢10　♣9　♢8

vs.

青木 LOSE　ストレート（最高数字8）

♡8　♢7　♣6　♡5　♠4

※役が同じ場合、最高数字が大きい方が勝利する。

6　感想戦～第二・三試合

第九ゲームでの僕——芝の勝利によって大勢は決し、第十ゲームは何事もなく過ぎ去った。

予選第一試合は……青木の裏切りという絶望から始まったあの試合は、今、ようやく終わったのだ。時刻は十二時十二分だった。昼休み開始直後からの試合だから、おおむね十五分程度の試合だったことになる。あまりに密度の濃い時間だった。僕は全身から力が抜けていくのを感じた。

青木がガタッと音を立てて、立ち上がった。

「羽根田、トイレ休憩兼昼食休憩だ。俺の試合は終わってるし構わんよな」

「ああ、別に構わないが」

「おい芝」青木が言う。「お前も付き合えよ」

青木が羽根田に向き直って、

「別に、決勝までに戻ってくれれば、こいつ借りても問題ねえよな?」

「ああ……構わないが」

ほら行くぞ、と青木にせかされて、僕は教室を出た。

五階の自動販売機でメロンソーダを買うと、売り切れの表示になった。どうやら最後の一本だったらしい。運が良かった。

「見事だよ。完敗だった」

僕と青木は、事前に買っておいたコンビニのパンを食べつつ、五階のスカイラウンジから街を眺めていた。外はどんよりとした曇り空だった。

「今回のことはその……本当に悪かったよ」

「いいんだ」僕はけろりと言った。「僕も、人を利用するようなことをした。そういう意味では、同罪だよ」

青木は僕の顔を見つめた。

「色々聞きたいんだが……まずは、いつ、俺のタネに気付いたんだ」

「お前が、剛田のカレーヌードルに怒ったからだよ」

あ、と青木は声を漏らした。

「確かに、剛田のカレーヌードルには集中を切らされた。腹が減ってたし、お前の怒りも分かる気がした……だけど、お前は剛田に、麺を啜る『音』が気になるからやめろ、と怒ったんだ。だけどあの時俺が気になったのは、何よりも食欲をそそる『匂い』だった」

ううん、と青木の喉が鳴る。

「青木の鼻が人一倍優れているのは僕も知っている。だから青木は、僕よりもずっと、カレーの『匂い』が気になったはずだ。でも、実際には『音』のことで怒った。その時、思ったんだよ。青木は、『匂い』という言葉を出したくないあまり、過剰反応したんじゃないかって」

「『匂い』と言ってしまった瞬間、お前にヒントを与えると思ったのは……実際、そうだ」

「結果的には、『匂い』と言わなかったことが、逆に手掛かりになっちゃったけどね……。ちなみに、実際には、どんなネタだったんだ？」

僕は青木から、匂い付きの練り消しを使った偽装工作について詳しく聞かされ、舌を巻いた。確かに、見た目では全然気が付かなかった。青木ならではの仕込みだろう。

「そこまで具体的には分からなかったけど、『匂い』が秘密なのは間違いないから、せめて妨害しようと思った。それで、誰かにイタズラでポケットに突っ込まれていた、銀杏を使うことにした。第五ゲームの時は僕が親だから、青木よりも早く、選択テーブルに向かえる。その時に、足元で銀杏を潰したんだ。お前の嗅覚を乱して、五分の勝負に持ち込もうとした……いや、それは大げさかな。あの時僕が作った5のスリーカードも、半ばイカサマの産物だから」

「なんだって？」

青木は目を剥いた。手に力を込めたせいで、手の中のコッペパンが、少し潰れている。その様子がおかしくなって、僕は少し笑った。

「そこが、もう一つのタネだよ。それを説明するには……そうだな。まず、馬場と茅ヶ崎は組んでいたんだけど、それには気付いていたかな？」

「えっ」

青木は啞然としていた。

「その証拠は……そうだな。管理表を見てもらうのが早いか」

僕はスマートフォンの中に入れてあった管理表のデータを見せる。

馬場：♡7、◇6、♣Q、♠3
茅ヶ崎：♡4、◇8、♣2、♠5

「ここに手掛かりがある。ヒントは、青木がJのイカサマストレートを作って、馬場と勝負した第三ゲーム」

「手掛かり……？　あの時、確か馬場もストレートで」青木はハッと息を吸い込んだ。「ああっ！」

「そうなんだよ。あの時、馬場は♡7、◇6、♠5、♡4、♠3のストレート。その札は全て、馬場と茅ヶ崎の持ち札で構成されている。考えてみれば、馬場と茅ヶ崎は、試合中、不自然にアイコンタクトする場面が何度かあった」

「待て。なぜ、◇8からのストレートではないんだ？」

「それも手掛かりになった。◇8はこの時、僕の手札にあって、ワンペアを作っていたんだよ。8を取られたから、仕方なく、7のストレートを作ったんだ。

そして、馬場のストレートは、並べ方も変だった」【p201、図5参照】

「♠3、♠5、♡7、◇6、♡4……そんな風に、バラバラに並べてあったんだったな」

「馬場は几帳面《きちょうめん》だから、いつも綺麗に札を並べている。あの時は違った。だが、それにも理由があったんだ。僕は自分の手札の中の◇8を見て、その真相に気付いた。

あの時、◇8に何気なくケースを被せようとしたら、ケースの方が大きかったんだ。つまり、◇8は、普通の消しゴムより少し小さかったんだよ。探したら、◇8にぴったり合うケースがあった」

「消しゴムは自由に使っていいことになっているから、使いすぎていると、ケースを短く切ったりしている人もいるよな。それがどうしたんだ？」

「重要なのは、その時、何気なく◇8の消しゴムの下部分を撫でてみたことだ。キレイな面ではなく、何かで切ったように、ザラッとしていた」

青木は少し考え込む顔つきになった。しばらくすると、「あっ」と声を漏らす。

「まさか、消しゴムとケースを短く切って、目印にしていた？」

「その通り」僕は頷く。「恐らく、馬場の持つ♣Qから大きい数字順に、少しずつケースと消しゴムをカッターで切り落としてあるんだ。そうして長さを変えておけば、ケースの大きさが合わないから、他プレーヤーが消しゴムを引いた時も、正しいケースと消しゴムのペアに戻してくれる」

「考えたな。俺たちは消しゴムの表面や中にガンを仕込むことだけを考えていたが、奴らは消しゴムそのものと、本来は外されてしまって役に立たないケースに目を付けた」

「そうなんだ。ここまで分かれば話は簡単で、馬場がバラバラに札を並べていたのは、まるで背の順のように並んだ消しゴムを見れば、タネが一目瞭然になってしまうことに、土壇場で気付いたからだろう。

タネさえ分かれば、逆用するのは簡単だ。幸い、茅ヶ崎の持ち札に♠5があって、これに僕の持ち札の♡5を加えれば、ワンペアまで完成する。第五ゲームで作ったスリーカードは、これにもう一枚、運で引いてきた一枚を加えたものだ。チェンジまで含めれば、引けるカードは六枚。そうそう悪くない賭けだったよ」【p211、図6参照】

「第九ゲームで作ったストレートも、馬場の♣Qと、茅ヶ崎の◇8を拾ってきて、作ったんだな」

「♣Qは馬場と茅ヶ崎の最高札だから、長さがほとんど変えられていない。見分けづらいから、第六ゲームで運よく拾ってきた時に、念のため、これでスタンプも押しておいた」

僕は五十円玉を取り出した。青木は唸り声を漏らす。

「これを手の中に隠し持って、机の上で手札を伏せる動作をする時に、こっそり押し当てたんだ。うっすらと痕がつく。よく見ないとバレない程度のね」

可塑性《かそせい》のある素材だからこそ出来る、即席のイカサマだ。これのおかげで、♣Qを第九ゲームで見つけることが出来た。

青木は首を振った。

「だが、第九ゲームの時、最初の五枚選択で、馬場の♣Qと茅ヶ崎の◇8……二枚とも拾ってくるべきだったんじゃないのか？　なんで一枚チェンジして♣Qを引き入れてくるなんて、七面倒くさいステップを踏んだ？」

「◇6を最初の五枚で選んだのは、馬場と茅ヶ崎に、追いかけてきてもらうためさ」

青木の喉がゆっくりと上下した。

「つまり……◇6は馬場たちにとってストレート成立のキーカードだから、あえて握り潰しておいて、一回目のベットタイムに参加させた、ってことか?」

「そういうこと。第十ゲームでお前に逆転されないように、徹底的に点差を広げたかった。そのためには、あいつらからも少しチップをむしり取っておかないとね。

♣Qは馬場と茅ヶ崎にとってはいらないカードだ。だから、第一選択の時にあえて引かない公算が高い。青木が偶然拾ってしまう可能性も考えたけど、最初からストレートを作らせれば、その心配もない。唯一、馬場がやけになってすんなり降りずに、オールチェンジに出てきた時は焦ったよ。あれで高い手を作られていたら、それで窮していた」

青木はぶるっと震えた。

僕も、自分で自分の発言に驚いている。

あの時、僕の頭は冴《さ》え渡っていた。何をするべきかが明瞭に見えて、迷う暇もなかった。それで、青木を煽り立てて挑発するような、似合わないこともした。

自分の知らない自分に会った気がして、それが少し、怖かった。

「芝、お前がまさか、ここまで恐ろしい男だとは思わなかったよ」

「やめてくれよ」

僕は肩をすくめる。

「ただ……ちょっと目が覚めただけだよ。何もせず、お前におんぶに抱っこで勝たせてもらおうなんて、甘すぎたってね」

「良く言うぜ。ここまでコテンパンにやりやがってよ」

青木は苦笑する。それを見て、僕も笑った。

「お前へのせめてもの餞《はなむけ》だ」と青木は言う。「最後に教えといてやる。俺は、第十ゲームで自分の♡8と◇7に、お前でも分かる目印を打っておいた」

「え？」

「俺の指を青いボールペンで汚しておいて、そっと消しゴムに触れておいたんだ。♡8には青い点を一つ、◇7には青い点を二つ打ってある。元々あった黒い汚れの中に隠したから、そうと知らなきゃ目立たない。有効に使え」

確かに、♡8、◇7が使えるだけで、僕のストレートという武器は温存される。

「……青木……」

「一度、裏切った俺が言えることでもねえけどさ」青木はマスク越しに頬を掻いた。「俺、お前のこと応援しているぜ。必ず、茉莉さんのハートを射止めてくれよ」

「……青木ッ！」

僕は青木とひしと抱き合い、やはり持つべきものは友達だという思いを新たにしたのだった。

しかし——僕はこの時、密かに思っていた。

既に全力を、出し切ってしまったと。僕はここまでだ、と。

完璧な勝利だった。なんの遺漏《いろう》もなく戦略が全てハマり、手中に勝利を収めた。脳から未知の快感がドバドバと溢れていて、次を、次をと渇望している。あの最高の瞬間をもう一度、と。だけど、こんな出来すぎた勝利は今だけなのではないかと、どこかで達観している自分もいた。なにせ、決勝にはあのマサがいるのだ。

果たして、僕が勝てるのだろうか。

ラウンジから階段へ向かう途中、食堂にマサの姿が見えた。彼はどうやら、体育教師の森山と話している様子だった。森山の大きな背中がこちらを向いていて、何を話しているかは分からない。


本当に、忙しいやつだ……。


３０４小教室に戻ると、速足で歩いている女子生徒とぶつかりそうになった。隣のクラスにいた気がするけど、誰だったっけ。危ないなあ、と言いかけたが、彼女が怒っている様子だったので、やめておく。

見張りを務めていた茅ヶ崎に声をかけて、部屋に入る。

第二試合は既に終了し、第三試合が開始していた。

第二試合を戦ったのは、土間、江田、船井、剛田の四人だった。席を外していた時間はせいぜい十分くらいだったと思うのだが、異様に早く終了したのは、特にこれといった山場がなかったからだ……と羽根田は話した。

勝者は江田。

彼は僕と同じく、決勝に進むことになる。

続いて第三試合。

プレーヤーは、羽根田、今本、上坂、古森の四人。今まで進行役を務めていた羽根田が卓に着くので、代わりに、江田が進行役を引き受けることになった。

第三試合の目玉は、やはり、今本・古森のペアだろう。彼らが密かに手を組んでいることは、「羽根田飯店」で青木から既に聞き及んだ通りだ（青木は僕との共闘の件では僕を騙《だま》したが、あの情報は本物だったという）。

今本と古森のペアは、互いの消しゴムに目印をつけておくイカサマをすることで、10と7のツーペアをいつでも狙うことが出来る。今本は茉莉さんが好きだが、古森は彼女がいるので、全面的に今本に協力し、勝たせる腹だ。

果たして、三ゲーム目。

今本が親である。今本はチェンジで一枚変更し、♣5を捨て札に出した。

「ショーダウン」

江田の発声で、羽根田、今本、上坂の三人が手を開ける。

今本の手格好は、

♣10、♡10、♠7、♣7、♡6

となっており、♣5を捨て、♡6を引き入れたことが察せられる。やはりフルハウスのなり損ないだ。いつでも作れる役がツーペアというのは地味に見えるが、これをじわじわやられるのは、意外と効く。

三ゲーム目は、羽根田がJのワンペア、上坂が4のワンペアだったので、今本の勝ちとなった。

七ゲーム目。

今本、二度目の親である。

早々に羽根田が降り、今本と上坂の一騎討ちになった。

「ショーダウン」

今本が手を開ける。

♣10、♡10、♠7、♣7、◇7

今本はフルハウスを成就させた。

おおっ、とギャラリーから歓声が上がる。

一方の上坂はスリーカード止まり。今本のイカサマが、上坂を下した形になる。

「くそっ、フルハウスなんて入ってやがったか……」

上坂は半ば投げるように、ペットボトルのチップを支払った。上坂は勝負とばかりに賭け点を吊り上げていたので、チップのほとんどを吐き出した形だ。

「うーん」と青木が唸る。「これは大きいぞ」

「ああ……これで、勝つ気のない古森を除けば、実質的に羽根田と今本の一騎討ち」

僕は身を乗り出した。

「ようよう、遅くなったな」

マサが３０４小教室の扉を開けて、鷹揚《おうよう》とした態度で入ってくる。主役は遅れてやってくる、とはよく言ったものだ。

「マサ、遅かったな」

江田が声をかける。

「悪い、悪い。呼び出しだの、部活だの、色々と忙しくてな。シード権を持っておいて助かったよ」マサが首を捻った。「それで、今どこまで行ってる？」

「第三試合の第七ゲームが終わったところだ。もうすぐ決着だよ」

マサは右手首の腕時計を見た。

「じゃあ、十二時半には決勝戦を始められるかな。昼飯を食ってきて良かったよ」

「ちなみに、現時点で、お前の敵は俺と芝」

「そうか。よろしく」マサが僕の方を振り向く。「芝も、よろしくな。正々堂々やろう」

正々堂々、という言葉に、胸がちくりと痛む。

「ああ……お手柔らかに頼むよ」

マサは卓の方に視線を移した。

第八ゲームの親は羽根田だった。

「レイズ、２００」

羽根田はあくまで強気だった。点差では未だ羽根田が僅差でリードしているので、今本は負けじと食らいつく。

チェンジのフェーズで、異変が起きた。

まず、羽根田がノーチェンジ。ギャラリーがざわついた。

「チェンジ、二枚」

そう言って今本が出した札は、

♡10、◇2

の2枚だった。

「捨てるのか、ツーペア」

青木が隣で呟く。確かに、♡10と言えば、古森の持ち札で、今本のツーペア成立のキーカードであるはずだ。

「よほどいい手が入っているか……あるいは、♣10を誰かに取られたか」

「まだわからんな……」

古森と上坂も二枚チェンジした。

「レイズ、２５０」

羽根田が詰め寄る。

「レイズ、５００」

今本が大胆に吊り上げ、ギャラリーが湧いた。

「こりゃ、相当な手が入っているぞ」

青木が隣で興奮する。

今本の狙いは、今入っている手で勝負を決めることだろう。それだけではない。高いレートによって、羽根田を潰す意図もあるのかもしれない。

このレースから、古森と上坂が降りる。

羽根田にもう一度発声の機会が回る。

「レイズ、７００」

ギャラリーがどよめいた。

今本の額が汗で光る。

とはいえ、今本にはもはや、引くという選択肢はない。自分で仕掛けた勝負だ。

「……コール」

おおっ、と僕らの口から声が漏れる。

この第八ゲームで、大勢が決する。

「ショーダウン」

江田の発声で、今本がバッと消しゴムを倒す。

♠7、♣7、♢7、♡7、♣5

「おおおっ！」

誰かが叫んだ。

7のフォーカードが成立している。チェンジで♡10を手放したのは、あの時既にスリーカードまで成立していて、高みを狙ったからだったのだ。

今本の顔はまだ強張っていた。

フォーカードは強い役だが、必勝の手ではない。7よりも高い数字のフォーカードか、ストレートフラッシュ、ロイヤルストレートフラッシュには負ける（消しゴムポーカーにはジョーカーがないので、ファイブカードは成立しない）。

だが、そんなに高い役など、そうそう出来はしない。

フッ、と羽根田の鼻が鳴った。

羽根田が、消しゴムを五個一斉に持ち、そっと、手を開いてそこに置いた。その動作の丁寧さが、いやらしく思えた。

どよめきが起こった。

♣A、♣K、♣Q、♣J、♣10

「ロイヤルストレートフラッシュ……！」

誰ともなく歓声が上がった。

「俺の勝ちだな」

羽根田が言った瞬間、今本は机を叩いた。羽根田は自分のロイヤルストレートフラッシュをいつくしむように、ずっと下半分に手の平を載せていた。

今本は、そもそもこの大会の言い出しっぺだった。真っ先に、「茉莉さんに告白したい」と宣言した男だ。それだけに、悔しさもひとしおだっただろう。

大勢は決した。

第九・第十ゲームに波乱を呼ぶこともなく、第三試合は羽根田の勝利で決着した。

僕はすっかり混乱していた。僕はてっきり、イカサマを使っている今本が勝ち上がってくるものだと思っていた。

だが、勝ち上がってきたのは羽根田だった。

運だけでロイヤルストレートフラッシュを引き当てたとしても脅威だし、そうでないとすれば……。

僕はゾッとした。

羽根田に、いかにして勝てばいいのだろう。

隣に立つマサは、卓上の羽根田の手を、射貫《いぬ》くような目で見つめていた。

7　決勝戦

そして、五分間休憩が取られたのち、決勝戦が始まった。

時刻は十二時三十五分。

卓についたのは、マサ、僕、江田、羽根田の四人である。親を取るのも、この順番だ。

休憩の五分の間、僕と青木はトイレで作戦会議をしていた。

「羽根田のタネが分からん。あんなロイヤルストレートフラッシュ、偶然にしては出来すぎている」

僕と青木は、羽根田がイカサマをしていると決めつけていた。

「あの第八ゲーム、親は羽根田で、あいつはノーチェンジだった。だから最初の五枚選択の時に、『拾い』で手を完成させていたとしか思えない」

「あのゲーム中、今本は自分のイカサマカードである♡10を捨てて、いわばフルハウスの芽を摘んでまで、フォーカードの構築に走った。つまり、自分のガン牌である♣10を、羽根田に抜かれたことを察したことになる」

「つまり……お前が第一試合で馬場と茅ヶ崎相手にやったように、ガン牌のタネを見破って、利用したってことか？」

「いや、それだけじゃ、♣10しか得られない。見てみろよ」

彼のロイヤルストレートフラッシュを構成していた、♣の持ち主を「管理表」から確認すると、

羽根田：♣A（第三試合）
船井：♣K（第二試合）
馬場：♣Q（第一試合）
江田：♣J（第二試合）
今本：♣10（第三試合）

こうなる。出場した試合もバラバラ、持っているメンバーもバラバラと来ている。

「♣Aは自分の牌だから目印が打てる。だが、他人が持っているものが四枚だ。この短時間で、全ての目印を見破ったっていうのは、ちょっと無茶だぜ」

「構成するカードを一枚ずつ拾ってきて、その場で目印をつけていった、っていうのは？」

第七ゲームまでの七回の間を無造作に引いてきたとしても、引いた全てのカードを組み合わせて良いなら、どんな手も作れる。つまり、♣K、♣Qなど、キーとなる消しゴムを引くたびに、その場で印をつければいいのだ。

「お前の五十円玉方式か……だけどな、その可能性は否定できるぜ。俺は念のため、何かの参考

にならないかと、持ち札と捨て札の記録をつけていたんだが、羽根田は第三試合の間、あのロイヤルストフラを成立させるまで、♣K、♣J、♣10は一度も引いていない」

「お前、超マメだな」

うーん、と青木は首を捻った。

「……例えば、俺が鼻の良さを生かしたように……あいつも、自分の強みを生かしていたとするなら……」

「強みって、なんだよ」

「それが分かれば苦労しねえよ」

僕は羽根田飯店での一幕を思い出していた。あの美しいギョーザ。あれは羽根田が作ったもので、その腕前は、父親も認めるほどだった。

均一で、綺麗に形の揃った、ギョーザ。

つまり……と考え始めた時に、休憩時間が終わった。


決勝戦の第一ゲームが開始していた。

江田や羽根田が務めていた進行役は、今、馬場が務めている。

僕はまだ思考に没頭していて、集中力を欠いていた。

——♣Qは、僕が一度引いた牌だ。

それも、第一試合の第九ゲーム。僕のQストレートで、青木の8ストレートを潰したゲームの時だ。

あの時、僕は青木への演出効果を考えて、♣Q以外の四個の消しゴムを先に倒し、最後に、♣Qを倒した。

そして――。

♣Qは倒れる時、ゴト、という重い音を響かせなかったか。

他の四個は、パタ、と軽い音で倒れたにもかかわらず。

僕の頭の中には、青木のイカサマ――鼻の良さを生かした、あの練り消しのイカサマがこびりついていた。

あれと同じように、羽根田も、消しゴムの中に何かの仕掛けを入れているのではないか。それで、重くなっている。

だが、消しゴム選択の時間は十五秒。その間に、いくつもべたべたと消しゴムを触ったり、持ち上げたりするわけにはいかない。

どうやって……？

その瞬間、足元に何か落ちてきた。

「なんだ？」

拾い上げてみると、小教室の黒板に貼られていた、忘れ物のプリントだった。黒板から剝がれて落ちてきたのだろう。

黒板にはマグネットが一つだけ残されている。

「おい芝、早く引きに行け」

考えすぎていたせいで、ゲームが進んでいたのか……いかんいかん、集中しなくては。

第一ゲームの親のマサから、ベットの発声があった。

「ベット、250」

いきなり強気の発声に、全員が息を呑んだ。

初手から勝負を決める気なのか？

ざわつくギャラリーと、続いて行かない羽根田。膠着した状態が十秒ほど続いた後、羽根田が口を開いた。

「……コー」

「コールして様子見か？」マサが嘲笑《あざわら》う。「来いよ、羽根田。真っすぐに来い」

羽根田の視線が射貫くようにマサを睨む。

「……舐めるなよ……レイズ300！」

羽根田はチップを押し出した。

「安い挑発に乗りやがって」江田が鼻を鳴らした。「俺は降りるよ。フォールド。マサが怖《こえ》えわ」

僕は悩んだが、マサの強気が不気味で、降りた。

「じゃあ、チェンジフェーズだな。あのよお、羽根田、最初に言っといてやるぜ」

羽根田がねめつけるような目で、マサを見た。

「俺はこんなもん、いらねえよ」

マサが手札を五枚全て晒した。

「オールチェンジ」

「はっ⁉」

「馬鹿な！」

「冗談だろ……！」

ギャラリーが口々に絶叫する。

その中で、羽根田だけが青ざめていた。

マサが晒した五枚は、

♣A、♣K、♣Q、♣J、♣10

だった。

つまり——第三試合の第八ゲームで、羽根田が成立させた、♣のロイヤルストレートフラッシュだった。

ギャラリーがマサにブーイングを飛ばす。

「馬鹿野郎、何考えてるんだよマサ！」

「ジョーカーがない消しゴムポーカーにはファイブカードがない……ロイヤルストレートフラッシュが最高役なんだぞ！」

「それをみすみす捨てて、オールチェンジって……一体何を考えているんだ！」

マサは肩を震わせて笑った。

「ちんけなトリックに頼るなんざ、凡人のすることだろ。俺にはそんなもん通用しねえ。トリックなんかいらねえよ。――ほらよ、羽根田。こいつもいらねえからくれてやるぜ」

マサが羽根田に何かを放り投げる。テーブルに落ちたそれを、羽根田がつまみあげた。

マグネットだった。

間違いない、黒板に貼られていたものだ。黒板に貼られていた忘れ物のプリントは、二つのマグネットで留められていた。それが一つ取られたので、プリントは支えが弱くなって剝がれたのだろう。

マグネットを見たことにより、僕は、羽根田の手口の全容が想像できた。練り消しを使った青木の手口について聞いていたのも、俺の想像を助けた。

羽根田のトリックの肝は、恐らく、重量へのセンス、指先の微細な感覚だ。ギョーザの大きさを均一に揃えられるということは、手で肉の餡《あん》を握り、タネを作る時、微細な重さの違いを指で感得出来ることを意味する。目分量という意味での熟達である。

「恐らく、最初はイタズラのつもりだったんだろう」

マサは誰にともなく語り始めた。

「ロイヤルストレートフラッシュを成している♣のAから10を所持しているのは、Aが羽根田、お前本人だが、あとは、船井、馬場、江田、今本とまるで持ち主が異なる。お前はこの四人全員と口裏を合わせたわけじゃない。彼らの消しゴムを前々から、その汚れや磨り減り方……そういう特徴を捉えて、似たようなものを偽装し、仕掛け入りの消しゴムとすり替えていたんだろう。一か月前とか、二か月前とか。少なくとも前回の六月大会以降かな。六月には披露しなかったわけだから」

「えっ」

「そんなに前から」

船井、馬場から口々に驚きの声が漏れる。

消しゴムは、欠席者などが出た場合に備えて、全員机の中でプラスチックケースに入れて管理している。鍵をかけるわけではないから、確かに、気を長く持てばすり替えをすることは可能だった。

「以前からの仕込みなら、今日に備えて、誰がどんな目印を打ってこようと、問題はない。危険なのは、重さに気付かれて中を検《あらた》められることぐらいだろうが……そうなったとしても誰がやったかまではバレない。

お前はこのトリックを、せいぜい、何かの余興にでも使ってみんなを驚かせる腹だったんだろう。ただ、この九月大会で事情が変わった。なんとしてでも勝ちたい……そう思ったお前は、ここぞという場面でこのロイヤルストレートフラッシュを繰り出すことにした」

羽根田は何も言い返さない。ぐうの音も出ない、といったところだろう。

「中に入れた仕掛けは……今本や江田が重さで気付かなかったところを見ると、小さな鉄球とか鉄の板とか、そういう大胆なもんは入れてねえな。大方、鉄粉を練り込んだ消しゴムってところだろ？　俺のマグネットとは違って、ネオジム磁石とか強力なものをかざせば、少しは引き付ける力を指で感じられるはずだ。何も、一個一個くっつけてみたり、持ち上げる必要もねえ。マグネットを隠し持った手を、消しゴムの上でかざす。磁石入りの消しゴムの上を通過すれば、手に持ったマグネットにわずかに力が加わる。それを指先の感覚で拾っていっただけのことだ」

　消しゴムを消しゴムの中に入れるという点では、青木の匂い付き練り消しに発想が似ている。

「で、でも」僕は言った。「マサさんには、重さを感知する能力とか、ないでしょう？　どうやって普通のマグネットで、ロイヤルストレートフラッシュの必要カードを見つけてきたんですか？　選択時間は十五秒しかないのに」

「そりゃお前」マサは言った。「休憩時間に選択テーブルに近づいて、血眼になってマグネットにくっつくやつを探しといたのさ。あとは、消しゴムをみんなで混ぜる時に、上手いこと五個ともよけるようにしといただけだ」

「あーっ！」馬場が叫ぶ。「お前、普通の消しゴムを混ぜちゃったかもとかなんとか言って弄ってた時、そんなことしてたのか！」

　どうやら、悪事の証拠もバッチリ押さえられているらしい。

　それにしても……。

　僕は、勝ち誇った顔をしているマサを横目で見る。

　恐ろしいのは、たった一度、イカサマで作り上げたロイヤルストレートフラッシュを見ただけで、その全容を看破し、その裏を取りに行った、マサの速さと勝負勘だった。

僕は、手の中のスマートフォンで管理表を確認する。

マサ：♡J、◇2、♣5、♠A

やはり、マサの持ち札には、♣のロイヤルストレートフラッシュのキーカードは一つもない。

彼は正真正銘、あの第三試合の一幕を見ただけで、謎を解いたことになる。

「手品としちゃあ面白かったぜ、羽根田」

羽根田の顔は今や、蒼白《そうはく》になっていた。

「そら、俺は五枚、そっくり取り換えたぜ。お前はどうするんだよ、羽根田」

「に……二枚」

彼はぶるぶる震えながら、選択テーブルに歩いていく。足が机にぶつかって、ガン、と音を立てた。

マサの発声から、二度目のベットタイムだ。賭け金は400まで吊り上がったが、羽根田は、もう、逃げられないと悟ったのだろう、震えながらチップを差し出し、勝負を受けた。

「ショーダウンだ」

馬場が言うと、羽根田はパタッ、と消しゴムを倒した。

2のワンペア。最弱の役だ。

「マサは？」馬場が鋭く言った。

「俺か？　俺はな――」

マサは、バラッ、と自分の手を開けた。

「ブタだ」

場が凍り付いた。

「……は？」

「……え？」

「……何？」

僕も、江田も、羽根田も、進行役の馬場も、ギャラリーで見ている青木も、いや、ギャラリー全員、唖然《あぜん》としていた。

たはっ、とマサが気の抜けたような笑いを漏らす。

「参ったなア。五枚全部総とっかえでカッコよく決めてやろうと思ったのに、上手くいかないもんだなァ」

僕の全身から力が抜けていく。

いいや、ないのだ。

この男には、本当に、策などない。

神のように全てを洞察したかと思えば、次の瞬間にはただの無策な馬鹿になる。この男だけは分からない。

ほら、とマサは自分のチップを前に差し出した。

「受け取れよ、羽根田。お前の取り分だ」

羽根田はしばらく、何が起きたか分からない、という表情で、目の前のチップを見つめていた。

羽根田の手は前に伸びなかった。

「どうした？　これは、正当なお前の勝ちだ」

羽根田の額に、カッと赤みがさした。

「ふっ――ふざけるな！」

彼は机を叩いた。

「受け取れるかよ！　こんなもん！」

「なぜだ？」

「なぜって……」

羽根田は一瞬、たじろぐ様子を見せたが、ぶるっと首を振ると、更に声を張った。

「お前は、実際にはチェンジの権利を行使していない」

マサの眉毛が、興味深そうに動いた。

「だってそうだろう」羽根田が力説する。「お前は俺の鼻を明かすためだけに、最初の五枚選択を、いわば棒に振っている。そのうえで、お前はチェンジの機会に五枚引いている。お前のブタは、最初の五枚がブタだった……というだけだ」

「ふむ。じゃあ、お前は俺にどうしろと？」

「その手札からチェンジしてくれ。それで勝負する。俺の手は2のワンペアから動かさない」

「ダメだな。相手の手が分かっている状態でチェンジしても、駆け引きのうまみがない。俺の負けで構わないよ。結果が全てだ」

「いいわけないだろ！」

羽根田が声を荒らげた。

「……俺は不戦敗でいい。勝負は三人だけでやってくれ」

急に、僕の胸がちくりと痛んだ。

羽根田は確かにイカサマをしていた。だけど、それは僕も同じだ。

ギャラリーを見ると、青木が目を逸らしている。それだけではない。馬場と茅ヶ崎も、今本も古森も……いや、ほとんど全員が、ばつの悪そうな顔で、目を逸らしていた。

羽根田は、ある意味潔い。

だったら僕は、自分を誇れるのか？

「参ったな」マサは頭を掻いた。「別にそんなつもりで言ったんじゃないんだ。ただ――」

マサは羽根田をまっすぐ見据えて言った。

「ここまで来たんだ。みんなで正々堂々やろうぜ」マサは両手を打ち鳴らした。「よし、それならこうしよう！　この勝負は無効だ！　まだ第一ゲームだし、やり直しは簡単だろう」

羽根田は顔を上げた。

「……それで、いいのか？」

「もちろんだ」

羽根田は鼻を啜った。彼はポケットに手を突っ込み、マグネットを出すと、黒板に叩きつけた。

「……よっし、やるぞ！」

「賛成！」とギャラリーの茅ヶ崎が言う。

「そうだ、やり直しだ！」と今本が盛り上がる。

「マサッ！　お前啖呵《たんか》切っといて負けんなよな！」と古森が囃《はや》し立てる。

「おうよ、任しとけ！」

マサはおどけて言ってみせて、また場を沸かせた。

馬鹿だった。

マサは、本物の馬鹿だった。誰よりも頭がキレて、誰よりも努力家なのに、根本のところで、愛すべき大馬鹿野郎なのだ。

真面目で馬鹿、なんて、両立しないように思える。だけど、それが奇妙に同居しているのが、マサの魅力だった。

「くそっ、くそっ！　やりやがって！」羽根田は叫んだ。「今に見てろ、正々堂々、吠え面かかせてやるよ！」

「ははっ、受けて立つ！」

僕は、密かに決意を固めた。

もう、消しゴムにつけた目印は使わない。

目を瞑《つぶ》って引いてやる。

ギャラリーの中の青木を見る。

青木は僕の目を見て、そっと頷いた。

8　最後の謎解き

楽しかった。

それからのことを思い返せば、そんな感想しか湧かない。

「ショーダウン！」

誰かが手を開けるたび、チップが動くたび、歓声が上がり、誰かの吐息が漏れる。

みんながみんなして、自分の手札に、相手の手札に一喜一憂して、見てる側も勝手に応援して盛り上がって、残念がって。

消しゴムポーカーって、こんな遊びだったな、と思う。

手作り感満載で、安っぽくて、たまに、「僕らなんでこんなことしているんだろう」って、冷静になる時もある。

だけど、どんな遊びより面白かった。自分たちの頭で考えて、自分たちの手で作った遊びだからだ。

「その♡の4が僕に来ていればなァ！」と僕はマサに指を突き付ける。

「負け惜しみ！　言ってろ言ってろ！」とマサは笑って、場のチップをさらっていく。

人気者で、クラスで話す時にはちょっと尻込みしてしまうマサ相手にも、この空間でなら、こんなことが言えてしまう。

それだけ、僕もマサも、この空間を楽しんでいた。

みんな、茉莉さんのことを考え始めてから、はっきり言っておかしかった。誰かの足を引っ張ることばかり考えて、自分だけが得することばかり考えて。

その空気を、マサがぶち壊してくれた。

ふと思う。

マサは、茉莉さんのことをどう思っているのだろう。

マサは今、誰よりもこのゲームを楽しみ、遊んでいる。それは、茉莉さんが好き、だからなのだろうか。茉莉さんが好きだからこそ、正々堂々戦って、得た勝ちでなければ意味がない……そんな風に考えているのか。

全員が全員のトリックを捨て、徒手空拳で遊んでいる今となっては、それだけが最後の謎だった。

答えは、まだ出ない。

そして運命の第十ゲーム。

僕は、一つの違和感を覚えた。

親は僕。僕から反時計回りに、江田、羽根田、マサの順で最初の手札五枚を引いた。

チップの点数は、羽根田と江田が沈み、事実上、僕とマサの一騎打ちになっていた。僕が２０
０点少ないが、マサとしても、安心出来る点差ではない。

運命の五枚選択。

最後くらいは、自分の目で見て選ぼうか——そう思って、消しゴムを見つめた時。

僕は、ある消しゴムを見つけた。

ケースの当たる位置で、もげるように千切れている。消しゴムに力をかけ過ぎた時、あんな風
に千切れることがある。

僕はあの消しゴムを見たことがあった。

三か月前。この大会が決まる前。

あれは——マサの持ち札だ。

確か、あれは♠のＡ。

その瞬間、僕の脳に電流が走った。

「あっ……！」

「ん？　どうした、芝」

馬場が不審そうな目つきで僕を見ている。

僕は慌てて、その上が千切れた消しゴムも自分の手札に加えて、席に戻った。

ケースを外してみると、問題の消しゴムは、やはり♠のＡだった。

「嘘だ、あり得ない……」

僕は小さく呟く。この消しゴムが、♠のAであるはずがないのだ。

なぜそう言えるのか。根拠は、六月の第一木曜日、定期テスト後に開かれた、消しゴムポーカーの一幕にある。あのシーンと、目の前の現実が決定的に矛盾してしまうのだ。

――はっは、すまん、ブタだった。

マサが馬場と対決していた時のこと。マサは三枚チェンジした際に、僕が今持っている「問題の消しゴム」をチェンジで手札に加えたうえで、フォールドし、「手札はブタだった」と言った。負けて、チップを吐き出したのだ。

しかし、この消しゴムが♠のAであるならば、あの時、マサの手札はブタではなかった。

あの時、マサの手は、以下のように推移したと考えられる【次頁、図9】。

つまり、あの時Aのワンペアが完成していたことになる。ブタでは、あり得ない。

第十ゲームはベットタイムへと刻一刻と進行していく。僕はそちらにも脳のリソースを割きながら、思考の渦に呑み込まれていく。

なぜあの時、マサは嘘をついたのか？

シンプルに考えてみよう。

マサは、なんらかの理由で、手を開けることが出来なかった。

思えばマサは、性急に自分の手を崩し、誰にも手を見せなかった。肩越しにマサの手を見ていた僕にも見えないよう、最後の引いた一枚は手でガードしていた。

だとすれば。

あの時、手の中に入った五個目の消しゴムは、人に見せられない消しゴムだったのではないか。

だが、見せられない消しゴムとはなんだ？

あの六月の日にあったことを思い出せ。あの日は定期テストがあって——。

定期テスト。

そういえば、あのテスト中、茉莉さんが消しゴムを落とし、それを拾おうとしたマサが消しゴムポーカー用のケースを落とした。マサは消しゴムを拾って茉莉さんに渡し、彼女もお礼を言った。正しく茉莉さんの消しゴムを渡したように見えていたが……真相は違ったとすれば？

あの時、マサはやはり、渡す消しゴムを間違えたのではないか？

マサはあの時誤って、♠のAを茉莉さんに手渡した。

茉莉さんの消しゴムは上が千切れていた。目立つ特徴だ。マサの♠のAもたまたま同じ特徴だったとは考えられない。

つまり、マサが後から合わせたのだ。一度、目立つ特徴の消しゴムを、六月のゲームで選択テーブルに置いてしまった。誰かが覚えていたら、次のゲームから急になくなったことを怪しまれ

図9
〈芝が推理したあの日のマサの手の推移〉
（p.173、図4も参照）

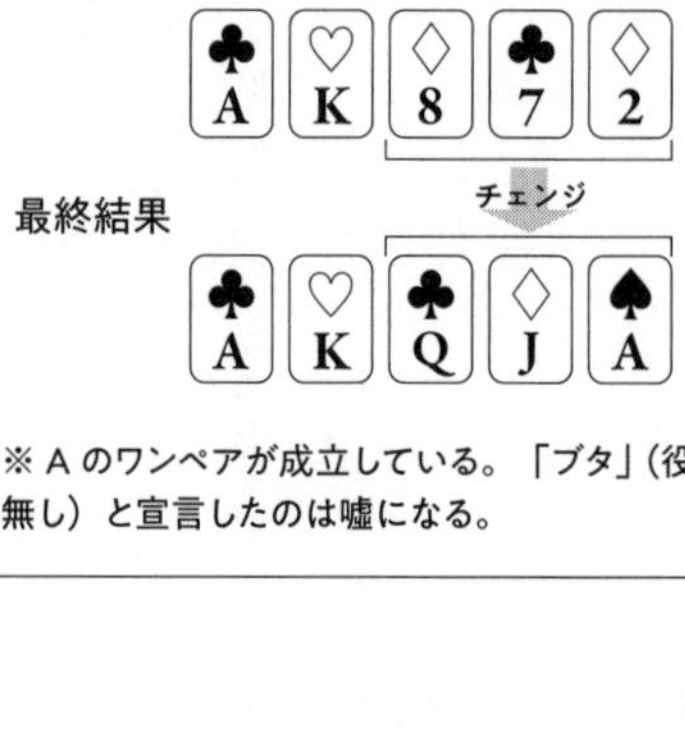

※ A のワンペアが成立している。「ブタ」（役無し）と宣言したのは嘘になる。

るかも。そう思って、茉莉さんの消しゴムと全く同じ特徴を、♠のAに施したのだ。

ここまでくれば、話は簡単だ。

マサはあの時、絶対に消しゴムを衆目に晒すわけにはいかなかった。茉莉さんの消しゴムを。

一つ。茉莉さんは占い、おまじないの類に目がない。

二つ。茉莉さんは小さくなった消しゴムも使い切るくらいにマメな性格だ。だがあれが、千切れた消しゴムの片割れだったとすればどうか？　茉莉さんは、おまじないが理由で、その消しゴムを使い切らなければならなかった。

三つ。消しゴムが千切れているか千切れていないか。その特徴からいって、茉莉さんは消しゴムを受け取った時、取り違えに気付いていたに違いない。ではなぜ、「ありがとう」と言ってすんなり受け取ったのか。

もう、彼女の願いは叶えられていたからだ。キッカケを作った時点で。想い人の消しゴムを受け取った時点で。あるいは、自分の願いを書いた消しゴムを相手の手の中に送り込み、駆け引きを誘うことで。

マサがあの時、手を倒せなかった理由は明白である。

彼の手にあったのは♠のAではなかった。

茉莉さんが自分の恋を成就するためにマサの名前を書いた、おまじない用の消しゴムだったからではないか？　そうやって名前を書いた消しゴムは、使い切らなければ効果がないと謳《うた》われている。だから、彼女は千切れた方も使い切ろうとした。

あれが六月。

ってことは？

そして、マサの持ち札に、♠のAがちゃんと戻っているんだと、すれば？

たはっ、と僕は天を仰いだ。

なんだよ、なんだよそれ。

負けてんじゃん。

僕は——いや、僕らは、戦わずして、負けてんじゃんか。

「ベット、７００」

僕はいっそ清々《すがすが》しい気持ちになって、チップを吊り上げた。おおお、とギャラリーがどよめく。

マサの魂胆は分かった。

あの真面目なマサが、こんな勝負に乗った理由も分かった。

マサは、このクラスの男子が、茉莉さんへのアプローチを牽制し合い、停戦協定を結んでいた手前、茉莉さんと付き合っていることを、言い出せずにいるのだ。

そこで降って湧いたのが今回の大会だ。

この大会で優勝すれば——告白して、無事に結ばれたのだと、大手を振って宣言することが出来る。

そのためだけに。

そのためだけに、彼は今、戦っているのだ。

これを他の人間にやられていたら、正直腹が立ったと思う。傲慢《ごうまん》だ、と。ここにいる十二人を全員騙して、対等なふりをして、勝負だと言い放っているのだから。

マサよ。心の中で呼びかける。お前以外が勝ったら、どうするつもりなんだ？

だけど、その答えも分かっている。

マサは、今日自分が勝利することを、毛ほども疑っていないのだ。

僕がベットを吊り上げたのを見て、マサの目が興奮したようにきらめく。ダメだってお前、それじゃ、と内心で笑う。お前、一番勝たなきゃダメじゃないの。

羽根田のイカサマ潰して、僕たちを更生させて、自分は何もずるいことはしないで。

本当は一番勝たなきゃいけないのに――誰よりも楽しく遊んでいる。

そんなマサは、眩しかった。

馬ッ鹿じゃねえの、と内心で言い放つ僕は、それでも笑っている。

お前なんかさ、今日のことがバレて、茉莉さんにこっぴどく怒られればいいんだ。

正々堂々やろうぜなんて言って、僕らを焚《た》き付けて。それで自分の首絞めてるんだぜ。世話ないよ。

戦わずして負けた――その感覚に虚脱しながらも、不思議と、嫌な気がしないのは、マサの態度が理由だった。

僕らはこの「祭り」によって、自分の敗北を納得出来る。マサという圧倒的に眩しい光に焼かれて、自分の敗北を敗北と思うことすらなく、彼と彼女を祝福するだろう。

「チェンジ、三枚」

僕は手の中の♠のAを差し出す。だって、それは僕のものではないから。Aを捨ててまで、手の中の2のワンペアを、最弱の役を、フォーカードまで伸ばそうとする無謀な賭け。

だけど、僕にはこれくらいがちょうどいい。

「マサ、これで最後だ」

二周目のベットタイム、僕は高らかに宣言する。

「ちまちま賭けてもつまらねえ！　オールインだ！」

おおおっ、とギャラリーが燃え上がる。

「これで勝った方の優勝だ！」

「逆転出来るぞ、芝！」

「いっちまえ！　下剋上《げこくじょう》だ！」

マサが肩を震わせて笑った。

「――受けて立ってやるッ！」

結局、手札はスリーカード止まり。運任せの僕にしちゃ上出来。これ以上高望みなんかしちゃいけない。

それに、何より。

僕が今思うべきは、茉莉さんじゃない。

こいつらだ。

くだらない馬鹿騒ぎにいつまでも付き合ってくれる、この大馬鹿野郎どもだ。

散るなら、華々しく散る。

マサが大切に思った、僕ら十三人の昼休みを、僕も協力して作り上げる。そうすることで、僕の失恋の儀式は終わるのだ。

「ショーダウン！」

馬場が叫ぶ。

時刻は十二時四十九分。

もうすぐ昼休みも終わる。

さあ、あとはマサ。

僕をお前の輝きで焼き尽くしてくれ。

僕とマサが、一斉に手札を開く。

そうして、芝は十七度目の失恋を迎えた。

今までで、一番清々しい失恋だった。

第4話 占いの館へおいで

1

「星占いでも仕方がない。木曜日ならなおさらだ」

部室の扉の外で、男の声がそう言った。

私、斎藤茉莉《さいとうまり》の体は、思わず固まった。

どうも独り言のようだ。その声に応える相手はいない。部室には忘れ物を取りに来たのだが、電気を点《つ》けずにいたので、部屋の中には誰もいないと思われているのだろう。

聞き覚えのない声だ。先生とか、大人の人の声でもない。上級生だろうか？

カツ、カツ、という足音が遠ざかっていく。

扉を開けて廊下を見ると、もう、そこに人影はなかった。

――なんだったんだろう、今のは。

不思議なフレーズだった。「星占いでも仕方がない。木曜日ならなおさらだ」と自分でも言ってみる。言い回しが独特なのに、口にしてみると軽やかで、まるで詩の一節でも朗読している気分になる。

私は３０１小教室の扉に何枚も貼ってある、宣伝用のビラを見た。ここは「占い研究会」の活動場所として使用している部屋だ。

『《占いの館》プレオープン！
今週木曜日　十六時〜十八時　３０１小教室にて
星占い、タロット占い、ルーン占い、ビブリオマンシーｅｔｃ．やってます！
無料で占わせてもらいます！』

今週木曜日、などとあいまいに書かれているのは、このビラが今週の火曜日に突貫で作ったものだからだ。プレオープンも、急遽《きゅうきょ》決まった。

そして、今は水曜日の放課後。

私は再度首を傾《かし》げる。

——どうして、木曜日なら「なおさら仕方がない」のだろう？

私は一人で考えてみたが、あまり想像が膨らまず、結局、それきりになった。

帰宅する頃には、その出来事も一旦忘れてしまった。どうでもいいことは、いつまでもくよくよ考え込まないタイプなのだ。

彼氏が貸してくれるミステリーには、こういう時、謎が気になって気になって、居ても立っても居られない——そんな人がたくさん出て来る。私は、そういうのには向かないらしい。

2

木曜日の朝を、私は何よりも楽しみにしている。

彼氏のナオに、気兼ねなく会える時間だからだ。

普段よりも三十分早く家を出て、学校の最寄り駅に着いたら、学校から反対側に三分歩く。そこにひっそりと佇む純喫茶で、私とナオは登校前のわずかな時間だけ、会っている。それもこれも、クラスの皆には内緒にしているせいだ。チェーンの喫茶店だと大通りに面していて、他の生徒にバレる可能性もあるし、この純喫茶はブレンドコーヒーなら三百円で出してくれる。味だって、チェーン店よりおいしい。

ナオはクラス——どころか、学校中の——人気者だから、不要な注目を浴びないでいられるのは、私としてもありがたい（もちろん、休日には学校から少し離れた町でデートしてもらったりする。これは「ナオは釣った魚に餌をあげないタイプ？」と強く揺さぶって承諾させた）。

店に着くと、奥の席に、ナオの姿があった。真剣な表情で何やら書類の束をめくっている。コーヒーを飲んでいるので、マスクは外していた。机の上には腕時計が置かれている。

私だって、朝のメイクまでこなしながら三十分早く出て来るのはしんどいのに、ナオはいつも私より先にいる。部活やら何やらで、絶対、私より忙しいはずなのに。

「おはよう」

ナオが書類から顔を上げる。彼は一転、爽やかな笑みを私に向ける。

「おはよう。早かったね」

「何読んでたの？」

「昼までに見ておかないといけない書類をね……ほら、文化祭が近いから、何かとあってさ。昼休みが始まったらすぐ、森山《もりやま》先生のところに承諾をもらいにいかないといけないんだ」

彼はそう言って、書類に再び視線を落とす。彼の目は、書類越しに、何か遠くを見つめているように見える。その思案気な目を見ると、胸がキュッと締め付けられるのを、たまに感じる。なんだか、彼が遠くに行ってしまうような気がするのだ。

時折、彼の頭の回転が速すぎてついていけないことがある。そういう時「ちょっとゆっくり説明して」と言うと、彼は歩幅を合わせてくれるが、それが彼の負担になっているのではと思ってしまうことがあった。そもそも、彼の思考速度についていける人間が、この世にいるかは知らないが。ナオと呼ぶのも、他のみんなとは違うように呼んで、独占欲を満たしたいのかもしれない。そうだとしたら、私って。

「さっすが、隊長さんは大変ですこと」

あえて冗談めかして言うと、ナオは苦笑した。

三十分だけここで過ごすと言っても、いつも、他愛のない話をこうして交わすだけだ。それでも、クラスの皆には隠れて会っている、というちょっとしたスリルもあってか、これが妙に楽しい。

「そういえば、聞いてよ。今朝ウチの兄貴がキモくてさ。なんだか知らないけど、めちゃくちゃ機嫌良かったの。一人で笑い出したりして、様子が変だった」

「おいおい、随分辛辣《しんらつ》だなあ」

ナオは苦笑する。

兄貴というのは、双子の片われだ。二卵性なので顔は似ていないのだが、男女の双子ということでよく注目される。それだけでも迷惑なのに、兄貴がちゃらんぽらんなせいで、私まであらぬ誤解を受けることもある。いつだって、くだらないことばかりに全力投球しているのだ。ただ、腹立たしいことに、兄貴は囲碁・将棋部に所属しており、昔からボードゲームの類にはめっぽう強い。その地頭の良さを少し勉強に回してくれればいいのに。

「うーん」ナオが真面目に考え込んでいた。「文化祭で何か計画しているんじゃないか？」

「囲碁・将棋部が、一体何をするっていうのよ！」

私が勢い込んでツッコむと、フフッ、とナオは笑った。

「占い研究会は、あれだっけか。『占いの館』」

「そうそう」私は頷く。「けっこうシフトキツキツで」

「占いの館」は、文化祭における「占い研究会」の出展企画だ。一回百円から五百円で、当然普通の占いより安価なためかなりの人気があり、同級生や他校の女子生徒たちの恋愛運、九十九ヶ《つくもが》丘《おか》高校を目指す中学生たちの勉強運、高校生にさえ縋《すが》りたくなる大人たちの仕事運など、なんでも見ている、らしい。常時三～四人でシフトを組んで回転させていないと、「凄《すさ》まじい行列」がさばき切れない、という。

文化祭開催二週間前になっても、未だに私が他人事のように考えてしまうのは、全て先輩から聞いたことの受け売りに過ぎないからだ。その「凄まじい行列」とやらを、二年生である私は体感したことがない。

「コロナのせいで去年は文化祭がなかったから、ノウハウがすっかり抜けちゃっていてさ。受験真《ま》っ只中《ただなか》の三年生にも声をかけて、色々引継ぎしてもらってるんだ。もー、大変」

「じゃあ、一年生と二年生は、お客さんの前で占いするのは初めて、ってことか？」

「披露する場がないからねー。私も、ナオとか、仲良い女子とか、隣の男子とかには試したことがあるけど。ほら、芝《しば》君」

「ああ」

私はコーヒーを一口飲んだ。ナオはブラック派だが、私は砂糖をたっぷり入れないと飲めない。

「だからさ、今日、プレオープンするの。放課後に、生徒や先生、要するに、校内の人間だけを対象にして、部員に経験を積ませようってわけ」

「へええ。いいアイデアじゃないか。『占いの館』はすごい人気だから、当日、校内の生徒でもなかなか見てもらえないと聞いたことがあるしね」

「十年くらい前に、占いのブームでもあったのか、一年生が大量に入部した年があって、その時に実施したアイデアなんだって。先週末にそれを聞いて、部室中ひっくり返して以前の資料見つけて、一昨日、ようやくビラを刷ったの。てんてこまいよ、もう。放課後になったらプレオープンだと思うと気が重いし……」

「お疲れさまだね、ほんと。ここのクッキーでも買ってく？　小分けだから、一つ持っておくとおやつにちょうどいいよ」

ナオはいつでも優しい。私が忙しい忙しいと愚痴を言っても、そんなもの、ナオの十分の一にすら届かないのは分かっている。でも、いつも受け止めてくれるのだ。

そのナオが、ふっと、思案気な顔になった。

「どうしたの？」

「……文化祭、さ」

ナオの口調が、途端に改まる。

「もし、『占いの館』のシフトと都合がつくなら、一緒に回らないか？」

期待で息が詰まった。

「私たちの関係、内緒じゃないんだっけ？」

「もちろんその……今日次第、ではあるんだけど」

「ふうん」

ナオはじっと私の目を見つめていた。まるで子供のような真っすぐな目。

ナオの言っていることは分からなかったが、申し出自体は願ってもないことだ。

「調整してみる。そっちも、色々あるだろうし。決まったらＬＩＮＥで連絡してくれる？」

ナオの顔が、ぱあっと明るくなった。こういうところは大型犬みたいだ。

「ありがとう！　じゃあ、また連絡するよ」

机の上に置いていた腕時計を右手首に嵌《は》めながら、スマートな動作で伝票を取った。

通知が表示された画面をうっかり見られたりするとクラスの皆にバレるので、ナオのＬＩＮＥの通知は切ってある。それはナオにも了解を取ってあった。

放課後は、何度もスマートフォンを見てしまうだろうな——私はウキウキしながら、そう思った。

3

そして昼休み。

私は、友達のアリサとエミの三人で、教室で昼食をとっていた。

エミは私の机の横に椅子を持って来て、両膝を揃えてちょこんと座っているが、アリサは大股を開いて、私の前の席の椅子に後ろ向きで座っていた。

「私のお兄ちゃんがね、もう受験の結果が出たんだって」

「エミの兄貴って、一個上だっけ。てか、まだ九月だぜ？　早くね？」

「専門学校のＡＯ入試なんだってよ。二週間に一回くらい試験があって、結果もその週のうちとか次の週に出ちゃうんだって」

「へー。色々あるもんだねえ。しかし……受験かぁ。来年のことは、考えたくないねー」

アリサは今日も今日とて、野菜スティックと唐揚げの昼食をとっている。何かの恋愛漫画で読んだ組み合わせだというが、あんなに栄養が偏った食事を毎日のようにとっていて大丈夫なのだろうか。

いつもは和やかに駄弁《だべ》っているだけなのだが、今日はちょっと雰囲気が違う。

それもこれも、このアリサが不用意な挑発をしたせいだ。

「エミってほんと癒し系だよね」アリサが言った。「思いつくこと、何から何まで、ほんわか系っていうか」

いつものからかいだったが、今日は何か、この発言がエミの気に障ったらしい。

「何よう、アリサちゃんはいつも私のこと馬鹿にして」

エミがあからさまに頬を膨らませた。

「いやいや、褒めてんだろ。なあ、茉莉？」

「そ、そうだねえ」

アリサの言葉にはおおむね同意だし、私もエミのふわっとした雰囲気が好きだが、エミはたまに鋭いことを言う。クラスメートのちょっとした会話から、誰と誰が付き合っていると見抜いた時とか。恐らく、心理の機微に敏《さと》くて、言葉に関する感度が高いのだと思う。でも、本当にたまに、だ。偏りがあるのは間違いない。

私は、どちらの肩を持てばいいものか、少し様子を見ることにした。

「そんなことないよ。私だって、ズバッとすごいこと思いついたりするんだから」

　エミは「ズバッと」の身振りを交えて言った。

「へえ？　エミが？」

「これでも成績は良《い》いんだから。そうだなあ、例えば……何か、適当な文章を出してみてよ。そこから色々推論を広げて、思いがけないところに連れて行ってみせるから」

「推論？　なんだそりゃ」

　アリサは唐揚げを口に放り込んだ。

「なんだったか忘れたけど、この前ボーイフレンドに借りた本にそんなのがあったんだよ。短い文章から、様々な可能性を検討した先に意外な真相が……！　ってやつ」

「聞き捨てならねえ単語が聞こえたが、エミ、お前いつから男と付き合ってんだ？　それに今時ボーイフレンドって」

「あれ、言ってなかったっけ」

　エミはきょとんとした顔で言ってのける。こういう天然なところが、彼女の魅力だった。

「とにかく、何か言ってみてよ。三十文字以内で。そこから私が引き出した推論が、アリサちゃんをびっくりさせたら私の勝ちね」

「勝ちってなんの勝ちだよ。それに、嫌だよ三十文字以内なんて。現代文のテストみたいじゃねーか」

　文章から推論……。そう聞いた時、私は、突然昨日のことを思い出した。

「『星占いでも仕方がない。木曜日ならなおさらだ。』」

ぼそっと、独り言のように呟く。

「え？」

「句点を含めて二十二文字。エミ、これなら材料にうってつけ？」

「おいおい茉莉、お前まで乗るのかよ」アリサが呆れたように言う。「それに、なんだその文章は。突然思い付いたにしちゃ、随分凝ったフレーズだな」

「昨日聞いたんだよ。部室の前で」

そうして、私は昨日の体験を話す。

「へえ。じゃあ、そいつは部屋の中には誰もいないと思っていたわけだ。だったら、正真正銘の独り言、そいつが考えていたことがモロに口に出た形ってことだ」

「そう考えると、結構不思議なフレーズでしょ？　どうとでも解釈出来そうなところも、エミの要望にぴったりかなって」

「ふっふん、茉莉ちゃん分かってるねえ」

エミはご満悦の様子だ。

昨日の体験を思い出すと、妙に気になってくる。私はスマートフォンを開き、ナオにLINEを送った。ナオはこういう探偵じみたことが得意なのだ。

『「星占いでも仕方がない。木曜日ならなおさらだ。」

ナオなら、この一文から、どんなことを思い付く?』

そう打ち込んだ後、昨日のことを短く添える。「12:14」のタイムスタンプが、LINEの画面に表示される。

すぐさま「既読」がついて、ナオからLINEが返ってくる。

『なんだそりゃ。「九マイルは遠すぎる」みたいだな！　そんなことが現実に起こるなんて。ちょっと待って、今考える』


ナオはミステリーオタクだから、書かれているタイトルは小説のタイトルだろう。

「茉莉、何見てるんだ?」

アリサに問われて、私は慌ててスマートフォンを伏せる。

「占い研の友達。放課後の相談してた」

適当に誤魔化しておく。

「あー、プレオープンだっけか。あたしも行くわ」

「私のテーブルに着くとは限らないんだし、後輩のこといびらないでよ?」

「茉莉にはあたしがどう見えてるわけ?」

アリサは少し不満そうにした。

「ちょっとちょっとお二人さん、本題に戻って来てよ」

エミは表紙に『物理Ⅰ』とペンで書かれたA4のノートを取り出した。ノートの真ん中あたりを開いて広げる。

「物理はほとんど分かんなくて、ノートが真っ白なんだ。今日はこれを使っちゃおう」

エミはそう言って、ノートの真ん中に、さっきの文章を書きつける。見開きを使っていて、かなり大胆なサイズだ。

「ブレインストーミングの手法で、ここに思いついたことをどんどん書きこんで、発想を繋げていくの。二人も手伝って」

「おいおい、結局あたしらも手を貸すのかよ」

そう言いつつ、アリサは「まあ実際、昼休みの暇潰しとしてはちょうどいいか。なんだか面白そうだ」というように身を乗り出している。

「ひとまず、この言葉を話した人を『X』って呼ぶことにしようか」とエミ。

「お、なんか本格的」とアリサがからかう。

エミはムッとして、「いいでしょ、名前があった方が呼びやすいし」と不満げに言った。

「じゃあ、私からまず一つ目」

エミは、「仕方がない」の部分をぐるっと丸で囲む。

「この人は諦めの感情を持っている」

私は思わず脱力した。

「ちょっとエミ、さんざんもったいぶっておいて、それ？」

「一歩目は確実に行くのが肝心なんだって」

「待て待て、諦めているとは限らないだろう。『本当にエミは、仕方がないなあ』とか私たちが言うときは、むしろ愛情から発しているんだぜ」

「愛情って何よ。そんなペットみたいな可愛がり方、求めていないから」

「いや、アリサの言うことも一理あるよ。最初の一歩が肝心だって言うなら、『仕方がない』についてはもっと慎重に検討してみよう。

　つまり、ブレインストーミングだっていうからには、一つの言葉について考えられる可能性を、いくつも挙げてみるんだよ。そういう可能性が一本の線で結ばれるような解釈が出てきたら、それが正しいっていうことでいいんじゃない？」

「なんだか本来私がやろうとしていた推論からズレているような気がするけど」エミは小さく頷いた。「いいかも」

「よし、もっといろいろ考えてみよう。占っても『仕方がない』と思うのは、どんな時？」

「んじゃあ、一つ目」アリサが指を一本立てる。「この人は占いってものを信じていない」

「シンプルだけど、否定しにくいね」

　エミが素早くペンを動かす。書記の役割も果たしてくれるようだ。

「二つ目」私は言った。「良い結果が得られる段階は、もう過ぎている」

「どういう意味だ、それ？」

「例えば、この人が見てもらいたかったのが勉強運だとする。すると、既にテストそのものが終わっていて、あとは結果待ち、という状態だったとすれば、今更占っても意味がない。だから『仕方がない』」

「そうかあ？　結果待ちの時こそ、占いだったり神様だったりに縋りたくなるもんだろ」アリサは肩をすくめてみせる。「それは例えば恋愛運の場合でも同じだ。告白の後、結果を待っている段階ならむしろ占いたいだろ？　でも返事を聞いた後なら、聞く意味がなくなる」

うーん、と私は頭を捻った。

「じゃあ三つ目」エミが言う。「この人は、占いを受けることが出来ない。だから、占い研究会の部室がプレオープンしても『仕方がない』と諦めているの」

「は？」とアリサが言う。「いやいや、そりゃないだろ。だってそいつ、部室の前で呟いたんだろ？」

「だって、部室には明かりがついていなかったから、その人は多分、今中には誰もいないと思っていたんでしょう？」

「いや、だからよ、プレオープンが木曜日なのは、そいつの目の前に張り出されたビラで明らかだったんだ。今誰もいなくても関係ないじゃないか」

「あ」

エミは腕を組んで首を捻った。

「うーん。じゃあ、その人はきっと、今日、木曜日には転校する予定だったんだよ。だから、木曜日にプレオープンされても『仕方がない』」

「いくらなんでも無茶苦茶でしょ」私はため息をついた。「まあでも、なんらかの理由で占いを受けられないとか、『仕方がない』が『諦め』の感情を示していることは、考慮してもいいかもね」

エミは「そうでしょ？」と言って、自分のノートに「諦観？」と書きこむ。

「前半の文章は『星占いでも仕方がない』」アリサが言った。「今度は『星占いでも』の部分を検討してみるか」

「そもそもこの人、何を占いたいんだろうね」

エミが呟くのに応えて、アリサは言った。

「占いたいかどうかは分からないが、ひとまず挙げてみるか。まず恋愛運」

「まずって」私は呆れながら言う。「他にもいろいろあるでしょ。文化祭の時、うちの相談で一番多いのは勉強運らしいよ」

「勉強運？　なんで？」

「うちの高校を受験したい中学生や、その親が来るから」

「ああ、そりゃ納得。じゃあ勉強運と似たようなもので仕事運。あとは金運ってとこか」

エミのノートには「恋愛運」「勉強運」「仕事運」「金運」と書きこまれた。

「あとはざっくり全般的に『今年の運勢』とか『今日の運勢』っていうのもあるけど……」

私が言うと、突然、エミがパン、と両手を叩いた。

「『星占いでも』、この言い方は重要だよ！」

「ん？」

「だってそうじゃない。『でも』っていう言い方は、かなり特殊だよ」

「どういう意味だ？」

「例えば、『星占いで占ってもらっても仕方がない』と表現したい場合、普通はどう表現するかってこと。つまりこの場合、『星占いでは』、もっと口語的には『星占いじゃ』になるんじゃないかな」

「星占いじゃ仕方がない、か」

私は彼女の言った言葉を、オウム返しに繰り返し、口の中で転がしてみる。ナオに昔聞いた、横溝正史《よこみぞせいし》の小説に出て来る一節に似ているように感じた。

「だけど、この人はあえて、『星占いでも』と口にした。『でも』の部分は、他の何かと比較した時に初めて出てくる言い方だよ。『AでもBでも仕方がない』みたいに」

「とすると」アリサが話を引き取る。「Xは手段としてAも検討した。これは全然ダメ。次に、B、つまり星占いも検討したが、それでもダメだった。だから、『Aでも星占いでも』仕方がない、こうなるってわけか。Xは頭の中で、『Aでも』の部分は省いて口にした」

「そして、比較っていうのは、同じ種類のものを比べてこそ成り立つでしょ。この場合は、占いの手法だよ。Xさんは、星占い以外に何か別の占いの手法を比較して、『星占いでも仕方がない』という結論に辿り着いたんじゃないかな」

ここでエミは唐突に私の顔を見た。

「ねえ茉莉、星占いならではの特徴って何?」

「うーん」私は困惑する。「質問が漠然としていて分からない」

「あ、そうだよね。じゃあこれを見て」

エミは「占いの館」プレオープンを知らせる、例のチラシをノートの上に載せた。

「ここには『星占い、タロット占い、ルーン占い、ビブリオマンシーetc. やってます!』って書かれているよね。Xさんは、このチラシを見て『星占いでも』って言葉を口にしたはず。『タロット占いでも仕方がない』でも『ルーン占いでも仕方がない』でもなく、『星占いでも』と口にした理由は、なんだったんだろう?」

「ああ、なるほど」私は頷いた。「だったら、そこに書かれた他の三つの占いと比較してみようか」

「いやいや、そんなの」アリサが割り込んだ。「Xが、星占い以外の三つの占いを知らなかったから、ってだけかもしれないだろ。なんだよ、ビブリオマンシーって」

「どんなに詳しくなくても、タロットって言葉くらいは聞いたことがあるんじゃない?」

ううん、とアリサが唸り、引き下がった。

「さらに言えば」とエミが得意そうに続ける。「『Aでも星占いでも』の比較対象になったAは、このチラシに書かれた占いの手法である可能性が高いはずだよ。だって、Xさんはこのチラシを目の前にしているわけだから」

「さいですか」

アリサが肩をすくめる。

「じゃあ、ひとまず他の三つの占いについて確認してみようか。

タロット占いは、タロットカードを使ったもの。うちでは大アルカナっていう、二十二枚のカードだけを使っている。『世界』とか『運命の輪』とか、ポピュラーな図柄のやつね。カードには上向きの正位置と、下向きの逆位置とで、それぞれ意味が違って、並べた位置でも意味が変わるの。タロットの並べ方にもいろいろあるけど、うちはケルト十字法というやり方で並べている。対象者にシャッフルを手伝ってもらって、ケルト十字法で並べたカードを読んで、対象者の運勢を見るの。

ルーン占いは、ルーン文字っていう昔の文字が書かれたものを使った占いね。これも正位置と逆位置で意味が違って、うちでは木片にルーン文字を書いたものを、袋に入れて混ぜているの。これにも並べ方は色々あるけど、うちはツー・オラクル……つまり、対象者に袋から木片を二枚取り出してもらって、そのうち一枚目が占いの結果、二枚目がそれへのアドバイスを指す、といった感じだね。

ビブリオマンシーは、書物を使った占いの手法。真実が示されていると思う本を用意して、その本の背を下にして机の上に立てる。そのまま手を離すと、本の自重《じじゅう》で、偶然どこかのページが開く。そのページに書かれた言葉に、意味を見いだすというもの。キリスト教徒なら聖書、イスラム教徒ならコーランを使うけど、うちでは数冊の詩集の中から対象者に一冊選んでもらって、それを開いてもらうの。これは文芸部と兼部している男子の川原《かわはら》君がメインでやっていて、彼と一緒に詩を味わって読むのが、むしろ楽しみと言えるかも」

私が早口で解説すると、アリサもエミも両腕を組んでうんうん唸っていた。

「一応、星占いについても言っておけば……これは一般的な十二星座占いで、本格的な西洋占星術なら、生年月日と出生地、生まれた時間まで必要なんだけど、うちではそこまで突っ込んだことはしていないの。相性占いとか運勢とかがせいぜいかな」

「うへえ、生まれた時間なんて分からねえよ。親にでも聞かないといけないな」

「まあ、それが普通だよね」

「でも、西洋占星術って、あれだろ？　ホロスコープとか作るんだろ？　そんなの急に言われて出来るのかよ」

私は頷いた。

「今はネットに情報を入力すれば自動で作成してくれるものもあるからね。うちでも、そういうのに詳しい部員は、ホロスコープまで含めて見てくれることもあるけど」

へえー、とアリサが感心したように声を漏らした。

「で？　エミ先生」アリサがちらっと視線を戻す。「星占いの特徴、分かったのかよ」

エミが頷いた。

「タロット、ルーン、ビブリオマンシー。この三つには共通の特徴があるよ」

「お、核心に近づいてきたな。それは？」

「どの占いも、占う対象者が目の前にいないと始まらない」

「は？」

アリサがきょとんとした。

一方の私は思わず、「ああ」と納得の息を漏らした。

「確かにそうだね」私は頷く。「タロットもルーンも、その人にシャッフルしてもらったり、引いたりしてもらわないと意味がない。その人が偶然択《えら》び取ったものの意味をリーディングしていくのが、これらの占いの本質だから。ビブリオマンシーだって、その人が本を選び、開かないと意味がない」

「この推論の強いところは」とエミが自慢げに言う。「Xさんがルーン、ビブリオマンシーについては、どこまでの知識があったかを問わないところ。タロットくらいは知っているだろうし、目の前でカードを開かないと意味がないことくらいはイメージ出来るだろうからね。タロットだけを知っていても、今言った特徴は見いだせたはずだし、逆に二つ、三つ分の知識があったとしても、結論は変わらない。だからXさんは『タロット占いでも星占いでも』のように比較したことになるの」

「いやいや、だってそりゃ、相手がそこに居なきゃいけないなんて、星占いだって……同じ……」

アリサが次第にトーンダウンする。やがて彼女は感嘆したように目を輝かせた。

「なるほど――いや、確かにそうだな。星占いは、生年月日の情報さえあれば、今ここにいない人の運勢も占うことが出来る。あたしも、頼まれてもないのに、友達の恋愛運を占ったことがあるぜ」

「おせっかいだなあ」

　エミが呆れたように言う。

「実際、西洋占星術のホロスコープでは」私は言った。「本人と、相性を見てほしい相手の、生年月日、出生地、生まれた時間などの情報が必要になるけど、逆に言えばそれさえ分かれば、相性占いの相手がそこにいなくてもいい。Xにそこまでの知識があったとは思えないけど、少なくとも、そこに対象者がいなくても占える、とイメージは出来たはず」

「だったらなぜ、『星占いでも仕方がない』になるんだ？」

　アリサが言った瞬間、エミが不敵な笑い声を立てた。

「Xさんはその人の生年月日を知らなかった」

「ああ……なるほどな」

　アリサが小刻みに頷く。

「Xさんが運勢を占いたかった相手、これをYさんとするね」とエミが言って、ノートに『Y』と書いた。「Xさんは何かの事情で、このYさんの運勢を占いたい。しかし、Yさんはここにいない。だから、タロットやルーンではそもそも『仕方がない』。じゃあ星占いならどうか？　でもこれも、XさんはYさんの生年月日を知らないので、これもダメだった」

「だから、『星占いでも仕方がない』になるってことね」

私が締めくくると、エミは満足げに笑った。

4

窓の外では、弱い雨が降っていた。

切りが良いということで、スカイラウンジの自動販売機で飲み物を買うことになった。頭を使って、脳が疲れてきたところなのでちょうど良い。買い出し係は、じゃんけんで負けたのでアリサが担当だ。

「うぃー、買って来たぞ」

アリサは戻って来るなり、私とエミにお釣りと飲み物を渡す。アリサはコーラ、エミはミルクティー、私はカフェオレだ。

「あれ、アリサっていつもメロンソーダじゃなかったっけ」

「それがさー、売り切れてたんだよ。ショックすぎ。仕方ねえから同じ炭酸で我慢してやろうってわけ」

私のチョイスは、むろん、朝にナオからもらった、喫茶店のクッキーに合わせるため。

「あー、茉莉ちゃんお菓子持ってきてる。不良だ、不良」

私がカバンからクッキーの袋を取り出すと、エミが口を尖《とが》らせて言った。

「そんなに言うならやらんぞ」

「あー、嘘、嘘、ください」

エミが両手を器の形にして、頭を下げてくるので、私もおどけて「ならば汝《なんじ》に菓子の恵みを授けよう」とクッキーを下賜《かし》する。

「ははーっ」

「クッキーがあるなら先に言えよな。コーラとじゃ合わないじゃねえか」

そう不平をこぼしながらも、アリサの手はクッキーに伸びる。

私はマスクを外して、まずはクッキーの甘い香りを鼻いっぱいに吸い込む。クッキーは丸型で、側面にはザラメがまぶしてある。一口齧《かじ》ると、サクッと軽やかな音を立てて、口の中でザラメとクッキーがほどける。鼻にバターの香りがふわっと抜ける。甘すぎないので、軽く、いくらでも食べてしまいそうだ。

一口食べるたびに、朝の楽しい時間を思い出す……。

そういえば、ナオから返信は来ているだろうか？　時刻は十二時三十五分。そろそろ返事くらいあってもおかしくはない。スマホに手を伸ばしかける。と思ったら――

「さーてと」

エミがクッキーを片手に持ちながらノートを広げ、再び臨戦態勢だ。スマホを見るのはひとまず後だ。

「前半部分を検討するだけでも、結構面白い結論が出て来たな」アリサが笑った。「すると、XとYの関係性が気になるところだが……」

私は身を乗り出す。

「生年月日を知らないとなると、家族や恋人とか、少なくともそういう間柄じゃなさそうだね。私たちで言うと、クラスメートとか先生なら、知らない人もいるかもしれないけど……」

「女子同士なら結構知ってるんじゃね？」

アリサがラフに言うが、エミは苦笑して首を振る。

「ちょっと乱暴かな。それよりも、Xさんがチラシを見たのが水曜日で、プレオープンは木曜日、ってところに注目してみたいんだけど」

「ん？　どういうことだ？」

「一日猶予があるのに、Xさんは Yさんに生年月日を聞くことが出来ない。これって結構重要じゃないかな？」

ああ、と私は頷いた。

「聞くことが出来ないような間柄、もしくは、会うことが出来ない間柄、ってことか」

「でもよお」アリサが言った。「今時、電話やSNS、オンライン通話でも簡単に会えるんだし、会えない、っていうのはよほどのことじゃねえか？　ただ単に、聞いたら怪しまれるから聞けないのかもしれないぜ」

エミが怪訝《けげん》そうに眉を動かす。

「怪しまれるってのは、たとえば？」

「うーん、例えば、あたしが突然、エミの誕生日を聞いてきたらどう思う？」

「誕プレくれるのかな、って思うかな。ウキウキする」

アリサは、カーッ、と呆れたような声を漏らした。

「そういうところが『癒し系』なんだろ。じゃあ、あれだ。一人暮らしのおばあちゃんを突然訪ねていって、『誕生日を教えてください』って聞いたらどうだ?」

ああ、とエミはポンと手を打った。

「それはすっごく怪しいかも。高齢者の人だと、誕生日の一部をパスワードにしていることもあるし、そうでなくても、個人情報を抜かれるわけだからね」

「そうそう、やっと分かってくれたか。あながち否定出来ない可能性だろ?」

エミはしばらく黙り込んで、アリサの提案について考え込んでいる様子だった。

「……聞いたら怪しまれる。この解釈は、もう一つ、別の見方も出来るかも」

「どんな風に?」と私は促す。

「交換殺人……」

「え?」

エミが出し抜けに言った言葉に驚いて、思わず大きな声が出た。

「この前ドラマで見たんだよ。たまたま会った二人が、互いの殺したい相手を交換する。そして、自分が殺したい相手を、パートナーが殺してくれる時には、自分は完璧なアリバイを作っておくの。こうしておくと、自分はアリバイに守られるし、パートナーは動機がないから疑われない。これをお互いに一回ずつ実行することで、完全犯罪をしよう、ってこと」

「なるほどね、殺人の標的を交換するから、交換殺人っていうのか。んで？　それが、『星占いでも仕方がない』にどうやって繋がってくるんだ？」

「この交換殺人には、重要な原則があるの。自分とパートナー、つまり共犯者同士は、最初の一回以降会ってはいけないの」

「……ああ、なるほど、それぞれのアリバイや、動機がないというポイントが殺人者二人を守っているわけだけど……何よりも『この二人の間に接点がない』と警察が思い込んでいることが重要なわけだ」

「そう」エミが大きく頷いた。「二人に接点があると分かったら、交換殺人の構図も露見してしまう」

「つまり」私は言った。「XとYは、交換殺人の共犯者で、お互いにもう一度会うわけにはいけない関係性だった。だから、生年月日を聞くことが出来ない。そういうこと？」

「待てよ」アリサが首を傾げる。「その場合、そもそもなんで、XはYの運勢を占いたいんだ？」

エミがミルクティーを一口飲んだ後、したり顔を浮かべて、サッとマスクを上げた。

「恐らく、こんな感じだよ。Xはとても験担《げんかつ》ぎを大事にする性格で、自分の運勢だけじゃなくて、共犯者であるYの運勢も占いたいんだ」

「共犯者はある意味で運命のお相手なんだもんね」

エミのとぼけた発言に、私は苦笑した。

「でも待って」私は口を挟む。「XとYは交換殺人のパートナー同士、占いたかったのはYの運勢……まあそうだね、『仕事運』とでもしようか。そう仮定した場合、『木曜日ならなおさらだ』はどういう意味になる？」

「んなもん明らかだろ」アリサが言った。「交換殺人の実行日が水曜の夜なんだ。だから、木曜日のプレオープンで占われたって『仕方がない』」

「いや、意味はあるよ」私は反論する。「だって、殺人事件なら、発覚するまでの間こそ、占いにでも縋りたくなるはず。実行してしまったら、占う意味がない、ということにはならない」

「あ」

その観点は、前にアリサ自身が出したものだ。まさに、ぐうの音も出ない、といった反応だった。

「だ、だったら」アリサは身を乗り出す。「事件自体はずっと前に起こっていた――これならどうだ？」

「どういう意味？」

「時効だよ。殺人だと、もう時効は撤廃されたんだっけか？」

「そうだった気がする」私は頷いた。

「だったら」アリサが言った。「盗みでも、詐欺でも、時効のある犯罪ならなんでもいいんだ。過去に行われた犯罪の時効成立が、今日、この木曜日だったんじゃないか？」

「どうだろう」私は首を捻る。「むしろ、時効成立の日は『何月何日』で把握しているんじゃないかな。時効は年単位だし、何よりも罪を犯した日付で把握するはず。咄嗟《とっさ》に『木曜日なら』とは口から出てこないと思う」

うーん、とアリサは唸った。

「じゃあ」エミがしょんぼりとした声で言った。「交換殺人説は、やっぱりダメかな」

「いや」私は首を振った。「XがYに生年月日を聞けなかったのは、後ろ暗いことがあるか、連絡を取ること自体が危険だから――つまり、何かの共犯者だから、という考え方は、使えると思う」

私とエミは、ノートにこれまでの推論をまとめる。

○X（発言者）は、星占いに必要な情報、つまりYの生年月日を知らないから、「星占いでも仕方がない」と発言した。
○Yはこの場におらず、プレオープンの日に呼ぶことも出来ないので、タロット占い、ルーン占い、ビブリオマンシーは選択肢にも入らなかった（「でも」の意味）。
○「木曜日ならなおさらだ」と口にしたことから、「木曜日」にXかYに何かが起こる。
○XとYは、なんらかの犯罪の共犯者である。

犯罪、という言葉をノートに書いた瞬間、胃のあたりがしっとりと冷えるのを感じた。推論の遊びに過ぎないことは分かっているのだが、なんだかきな臭い状況になってきた。

「あとは後段の『木曜日ならなおさらだ』についてか」

アリサが言う。エミは頷いて、

「それについては、一つ考えがあるの」

エミはノートにもう一項目書き加えた。

○XとYが関与している犯罪は、犯罪の成否とは別に、物事の成否が決まるポイントがあり、それが木曜日である。

「はぁ？　どういうことだよ。犯罪の成否と、物事の成否って、一体なんのことだ？」

「例えば、さっきの交換殺人を例にとってみると、犯罪の成否っていうのは、ミスなく『殺人そのもの』を犯すこと。でも、殺人で『物事の成否』が確定するのは、それが捜査側にバレるかどうか、がポイントになるよね。つまりシンプルに考えると、捕まらない、がゴールになる」

「うーん、なるほど。さっき茉莉にツッコまれたポイントの裏返しだな」

「つまり」私は言った。「成功を判断するタイミングが二回あるってことだよね。殺人そのものはその時一回限りだけど、その後、それがバレるかどうか、捕まるかどうか、ずーっと気にしなくてはいけない。最終的に、物事が成功したと判断できるタイミングは、先のことになる」

「でも、そんなの、どんな犯罪でもそうじゃねえのか？　バレるかどうか、始終気にしなきゃなんねえ」

「まさにそうだよ。だからこそ、XさんとYさんが関わった犯罪は、バレるかどうか、捕まるかどうか、というポイント以前に——自分たちの企《たくら》みが成功したかどうか、明確に判断出来るポイントがあるってことなんだ」

さらにもう一つ、とエミは書き加えた。

○Xは、一週間以内に、その「物事の正否」を判断出来る。

「これは、どういう意味？」

私が促すと、エミは得意気に鼻を鳴らした。

「Xさんが『木曜日ならなおさらだ』と言ったからだよ。さっき茉莉ちゃんが言ったことを応用してみたの。時効の成立を気にしているなら、『何月何日』で成功のタイミングを判断しているはずだ、っていうアレ」

「ああ」

「要するに」アリサが言った。「週単位で物事が起きている、ってことか？」

「そう。だって、仮に二週間先とか、一ヶ月先なら、何よりも『日付』で把握しているはずだから。例えば、土曜日にXさんとYさんはある犯罪に及ぶ。そして、その次の『木曜日』には結果が出ると認識しているから、Xさんは『日付』ではなく、『木曜日』という週単位で把握していた。

さらに言えば、ここでXさんは、『明日』という言葉も口にしていない。だから、週単位で把握していたはずという推測はより強まる」

うーん、と私は唸った。

「本当は、最初は『日付』で把握していたとしても、期日が近づけば曜日で把握するかもしれない……とか、混ぜっ返したいんだけど、どうやら、何か明確な考えがありそうだね」

私がそう促すと、エミは大きく頷いた。

「うん。私の推論は、ここが目的地。XとYが関わった犯罪は、①『物事の正否』の判断タイミングが明確で、②XとYの少なくとも一方が学生である以上、学生が関わる犯罪。①から、殺人や強盗、窃盗、偽札作りとか『警察にいつ捕まるか分からない重大な犯罪』とは考えにくいから、③犯罪であることは確かだけど、扱いは軽微なものだと思ったの。①〜③を総合すると、私は、受験絡みなんじゃないかと考えた。つまり――」

エミはノートにこう書いた。

○XとYは、替え玉受験を行った。

5

時刻は十二時四十五分。もうすぐ昼休みも終わるころだ。

「ちょっ、ちょっと待ってくれよ。いきなりすぎる。どういう経緯でそうなったんだ」

「とりあえず、エミの思考を追いかけてみようか……」私はアリサをなだめた。「『犯罪の成否』と『物事の成否』……エミはこのことを言っていたんだね。受験なら、『犯罪の成否』とは別に、受験に合格するかどうかという、成功か失敗かを判断出来る明確なタイミングがある」

「そう、これは警察に捕まるかどうかは関係ない」

「そして、土曜日に受験をして、その翌週の木曜日には結果が出る——そういうスケジュールだとＸが把握していたなら、『木曜日ならなおさらだ』という言葉がすんなり出て来るのも頷ける」

「だから、あたしが言いたいのはそういうことじゃねえって！」

　アリサが立ち上がって、叫んだ。

「あり得ないだろ！　茉莉がこれを聞いたのは、昨日水曜日のこと、まだ九月なんだぞ！　大学入学共通テストは来年の一月、私立大学や国公立大学の二次試験だって二月か三月だ！　それに、試験を受けてから結果が出るまで、わずか六日……一週間もかからないって、一体そりゃ、どういう了見なんだよ！」

　遊びだと言っていたし、このゲームが始まった時は一歩引いた態度だったアリサが、今やここまで熱中しているというのがなんだか面白かった。

　エミはゆっくりと首を振った。

「専門学校のＡＯ入試なら、もう始まっている」

「あ……」

「私のお兄ちゃんの話、さっきしたでしょ？　そこから思い付いたの。もうこの時期には受験始まっているなって。専門学校のＡＯ入試なら、土曜日に試験を受けて、その翌週には結果が出ている、なんてことはザラにある。短いスパンで一年のうちに数回、受験の機会を設けているから」

体の力が抜けたのか、アリサは、すとん、と腰を下ろした。

「コロナの影響でマスクをしているからと、替え玉受験をして、違う人が入学する……なんて事件も最近はあったらしいし、そうでなくても、オンラインでの試験や面接が増えて、替え玉受験はやりやすくなっている。ＸさんとＹさんが、そういう犯罪に関与していたとしてもおかしくはない。

そして、Ｘさんは受験生本人、ＹさんはＸさんの替え玉を務めた『共犯者』だった」

「待って」私は口を挟んだ。「逆のパターンだってあるんじゃない？　Ｘは共犯者で、Ｙは受験生だった」

「ううん、それはあり得ないよ」

エミがあまりにも自信満々に言い放つので、私はたじろいだ。いつものエミとは、雰囲気が全然違う。

「どうして？」

「もしそのパターンなら、受験当日、Ｘさんは、Ｙさんの受験票を持っていたことになる。それなら受験票に書かれた生年月日を、Ｘさんは知ることが出来た」

うっ、と私は呻《うめ》いた。確かに、納得がいく理屈だ。

「だから、Xさんは受験生本人で、Yさんは替え玉だった……このパターンしかない。これなら、Xさんが Yさんの誕生日を知らなかった、という状況が成立するから」

私とアリサは顔を見合わせて、しばらく困惑していた。

ただ推論を積み重ねるだけの遊びが、いつの間にか、とんでもない地点に到達してしまった。替え玉入試……それを、うちの学校の生徒がやっていたというのだ。それも、あの時扉を挟んですぐそこにいた、その誰かが。知らず知らずのうちに犯罪を暴いてしまったことに、何かうすら寒い気持ちになった。

本当にそうなら、先生たちは知っているんだろうか？　私たちは知らないだけで、校長とか教頭は今頃大慌てなんだろうか。

私はふっと、スマートフォンを見た。

「もしかして……記事とかになってるかな」

「は？」アリサが言った。「いやいや、さすがに大げさ……それにいくらなんでも早すぎるし……でも……」

アリサもそう言うなり、スマートフォンを手に取った。私もロックを解除して、検索してみようとする。

その時、ＬＩＮＥに新着メッセージが届いていることに気付いた。

（あ……！）

ナオのことを思い出す。彼のトーク画面を開くと、二通、ＬＩＮＥが来ていた。

一通は、何かのサイトのＵＲＬ。もう一通が彼からのメッセージになっていた。

メッセージのタイムスタンプは、十二時二十分。

『少し考えてみたけど、こういうことなんじゃないか？　貼ったページに明記はされていないけど、「替え玉受験」が真相だと思うよ。その男が言った言葉からするとね。詳しいことが知りたかったら放課後聞いて』

私は信じられない思いで、ＵＲＬをタップした。

とある専門学校の合格発表ページである。


『以下の通り、令和四年度入学者を対象とした本校の第四回ＡＯ入試の合格者を発表する。受験番号の記載がない者は、不合格である。

なお、本学による調査の結果、受験生のうち一名が不正な手段を用いていたことが判明した。この件については、厳正に対処させていただく。』


私は唖然とした。

その内容に、ではない。

なぜなら、ナオがこれを送って来たのは、十二時二十分。そして、私が『星占いでも仕方がない。木曜日ならなおさらだ』という言葉を送り付けたのは、十二時十四分のことなのだ。

その間、わずか六分。

たった六分で、私たちが昼休み中かけて辿った思考回路を、ナオは踏破したことになる。

いや、それどころか、私たちは今まさに記事やページを探そうとしていたのに、その作業さえ、六分の間に終えたのだ。

それに、ナオの思い切りもすごい。

ページのＵＲＬを貼り付ければ、六分で謎の解答を見せられる——そう思ったからこそ、途中経過の一切を省いて、これだけで謎解きをしてみせたのだ。

「……はは」

私は呆れて笑った。次元が違うとしか言いようがない。

間抜けなのは、ナオとの交際を隠しているせいで、ＬＩＮＥの通知を切っており、今の今まで、メッセージが送られていることにも気付いていなかったことだ。

私はアリサとエミに、件《くだん》のページを見せた。二人はびっくりして目を丸くした。

「おいおい、マジの話になっちゃったじゃねえか」

「ええええ、どうしてこんなページ見つけられたの？」

ナオのことはまだ話していないので、とりあえず、肩をすくめて応じておく。

「それにしても、何でその人、こんなことしたんだろうね。受験はともかく、入学して、通ってて……いずれはバレるって分かるのに」

「それだけ必死だったのかもしれないけどな。まあ、そのあたりまでは分かんねえよ。それにしても、学校に警察とか来んのかな。それはちょっと嫌だけど」

アリサが苦笑する。

あの時、扉の向こうに立っていた奴は、そんなことを考えていたのか――そう考えると、なんだかとても可笑《おか》しい気もするし、間抜けな気もする。だれも聞いていないと思って口にしたセリフが、よりによって、こんな真実を暴いてしまうなんて。

結局、彼自身に同情することは出来ない。彼とその共犯者の身の処遇については、大人たちに委ねるほかないだろう。

そんなことより。

私の体に、心地よい徒労感が襲い掛かって来る。

なーんだ、と自分で自分に呆れてしまっている。

――バカバカしい……。

三十分前、LINEを開いていれば、推理なんてする必要がなかった。

私たちのしたことは、無駄だったのか？　解く必要のない謎を解いたのではないか？　もっと大きく考えれば、そもそも私たちやナオが解かなくたって、合格発表のページにこんな文句が書かれているということは、学校はもう警察に通報したんだろうし、事件は警察の手によって粛々と処理されるのだろう。謎を解かなくても、別に良かったんじゃないの？

違う、と私は自信をもって答えることが出来る。

だって、自分たちの手で謎を解いたからこそ、ナオがこんなにも凄いと、心底理解出来たからだ。

なんだか、吹っ切れた。隠しておくのなんて、勿体ない。ナオにはあとで謝ればいいし、朝の彼の口ぶりだと、彼にも何か変化があったのかもしれない。

「実はね――」

私は意を決して、アリサとエミの顔を見る。四つの瞳が私を見つめた。

そうして、私はナオのことを打ち明ける。

大いに自慢出来る、私の大切な人のことを。

第5話 過去からの挑戦

*

これは九月九日の昼休みの物語である。

昼休みが始まってから、終わるまでの約一時間。どこにも行けず、何者にもなれない、全てが曖昧に溶け合った時間。本来ならばなんの事件も起きず、波風も立たず過ぎていくだけの凪《なぎ》の時間。

俺は二〇〇四年の九月九日木曜日、その昼休みの中に囚われた。当時俺は十七歳だった。囚われたと言っても、俺はその後普通に高校を卒業し、大学に行き、教員免許を取り、教師になった。二〇二一年現在、三十四歳。立派に大人になってしまった。

しかし、俺の心は、あの二〇〇四年の昼休みに囚われたままなのだ。一生解けない謎と一緒に、抜け出せないでいる。

その檻《おり》の扉が、二〇二一年九月九日、第二木曜日、確かに音を立てて開き始めたのである。

この物語は、九月九日の昼休みを巡る物語である。あるいは、十七年という時間の因果の物語であり——そして、六十五分間の時間パズルである。

1　十一時五十五分

昼休み開始のチャイムが鳴る。

俺、森山進《もりやますすむ》は、グッと背伸びをして、大きなあくびを一つした。

職員室の外も、一斉に騒がしくなり始める。職員室は四階にあり、一年生から三年生のクラスはそれぞれ一階から三階に配置されているので、あれは四階の理科室や美術室から出てきた生徒の声だろう。

森山は、錆《さ》び付いていた時が音を立てて一斉に動き出すような、休み時間の始まりの雰囲気が好きだった。授業を受けている間、内に籠り続けていた生徒たちのエネルギーが、一気に空に拡散されていくようなイメージが浮かぶ。

「森山先生、今日はお疲れですね」

隣の久保田《くぼた》先生がくりくりした目を向けてくる。

久保田は国語教師で、現代文を教えている。どこかなよっとした雰囲気があって、物腰の柔らかい男だ。「守ってあげたくなる」と女子生徒からの評判が高い。

「二年生の三クラス合同で、体力テストがあったからな。二・三限のぶち抜きだよ。おかげでもうくたくただ」

俺が冗談めかして言うと、久保田は声を立てて笑った。

俺は体育教師であり、生徒指導も務めている。自慢でも何でもないが、生徒からは「鬼」と方々で怖れられ、勝手に怯《おび》えられている。とはいえ、それが自分の役目だとも感じていた。俺一人が嫌われるだけで、生徒がルールを守るようになるなら、陰口の一つや二つ安いものだ。現実には、そうそう上手くはいかないが。

「森山先生、今日はお昼、どうされます？　久しぶりに近くの定食屋でも行きませんか」

九十九ヶ丘高校では、昼休みが十二時の五分前から始まる。そのため、近隣の会社に勤めるサラリーマンに比べ、わずか五分とはいえアドバンテージがあり、人気店にも入りやすい。

俺は首を振った。

「いや、今日はこれから菅原《すがわら》が来る予定なんだ。生徒会関係の書類の件でな。ここで待っていないといけないいし、あの店だと、すぐ行かないと入れないいんじゃないか」

「そうでしたか。生徒指導だと、何かと大変ですね」

久保田は翻って、少し離れた席の方を見る。

「じゃあ、三森《みもり》さんはどうです？」

そこには、牛乳瓶の底のような厚い眼鏡をかけた、やや野暮ったい服装の女性が座っている。ベージュ色の不織布マスクが、わずかな彩りになっていた。

「あ、すみません」彼女はか細い声で言った。「お弁当を持って来ているので……」

彼女は小さく会釈する。「そうですか」と久保田もあっさり引き下がった。

ではまたの機会に、と言って、久保田はサッと席を立った。

三森は事務方の職員で、教職にはついていない。席が近いので、久保田は何かと彼女に絡んでいるのだった。恋愛的な感情ではなく、久保田特有のおせっかいに見えるが、本当のところはどうか知らない。

三森は今年赴任してきた職員だが、自己紹介した当日、俺は他校への出張でいなかった。だからいつの間にか仲間になっていた、という印象である。趣味はおろか、下の名前すら知らない。

三森は俺の方には目もくれず、自席で弁当を食べ始めた。

今から来る予定の菅原正直《まさなお》は生徒会長である。正直と書いてマサナオ。名は体を表すとはよく言ったもので、実直な性格と毅然《きぜん》とした好青年ぶりで教師からの評判も良く、人当たりが良いので生徒からの信望も篤い。こうして作ってくる書類も、一切の不備がない。

人によっては、あまりにも嘘くさい人物像に鼻白《はなじら》むところだろう。ところが、そう感じさせないのが、菅原という男のキャラクターのなせるわざだった。

ノックの音がした。

扉から一番近い俺は返事をする。

「どうぞ」

「二年A組、菅原正直、入ります」

職員室の戸口で、菅原が律儀にそう声をかける。

「書類の件だな」俺は振り返りながら言った。「預かるよ。放課後までに見ておく」

「よろしくお願いします」

菅原は書類の束を差し出しながら、爽やかな声で言った。

ふと、俺が高校生だった頃にも、こんなやつがいたな、と思い出す。そうしたら、突然心がノスタルジーに傾いて、あの事件のことを思い出してしまった。

十七年前の九月九日。今日と同じ日付に、不可解な状況下で天文台から姿を消してしまった、彼女のことを。

――いや、こんなノスタルジーに駆られるのは、全てこの新聞記事のせいかもしれない。

俺はチラッと、デスクを取り囲んだパーテーションに貼り付けた新聞記事のスクラップを見た。

これは十七年前の学校新聞の切り抜きだった。学校新聞「ツクモ新報」は、今なお連綿と印刷され続ける、九十九ヶ丘高校新聞部の作品である。校内ゴシップからオカルト話まで幅広く取り扱い、かと思えば真面目に卒業生のインタビューを取ってくるなど、なかなか油断のならない動きを見せてくれる。

スクラップしてあるこの記事は、十七年前、屋上の天文台からある女子生徒――浅川《あさかわ》千景《ちかげ》が消失した事件について書いた記事だった。

この記事を一面に回すために、その号の目玉だった、当校の卒業生で、オーストラリアに住んでいる推理作家のインタビューを二面に回したらしいと当時聞いたので、本当に、ツクモ新報の優先順位の付け方は謎である。

このスクラップは、俺がこの高校に赴任した五年前から、このパーテーションに画鋲《がびょう》で留めてあったのだが、長い年月をかけて、そのスクラップの前に書類やマニュアルの束が積み上がっていき、見えなくなってしまっていた。昨晩、書類の束がデスクの上で崩落したのを受けて、ようやく重い腰を上げて片付けをし、久しぶりにこのスクラップを目にすることが出来たのだ。

スクラップは、当時から保管してあるものなので、四つ折りにした跡がついている。

仕事に忙殺されて、過去の事件について忘れたフリをしてきたが、スクラップ一枚目にしただけで、容易《たやす》く心があの頃に戻る。

やはり、自分の中であの昼休みはまだ終わっていないのかもしれなかった。

職員室の開け放った窓から、一陣の風が吹き抜けてきて、そのスクラップをめくる。あっ、と叫ぶ暇もなく、記事が吹き飛ばされてしまった。

記事は菅原の足元に落ちて、彼はそれをゆっくりと拾い上げた。

「おや、先生、この記事は……」

「ツクモ新報のものだよ。十七年前の記事の切り抜きだ」

「そういえば森山先生、卒業生なんでしたっけ」

彼は記事を手にしながら、物珍し気に、指でなぞったり、裏返したりしている。記事は古いものなので、端っこが変色していた。彼はスクラップ記事を掲げるが、それがまるで、三森のいる方に差し出したようになってしまったので、彼は小さく「すみません」と謝った。

「そうだ。二〇〇五年度卒業」

「はっはあ、それでは、この記事に書かれた消失事件の直撃世代なんですね」

菅原の言い方はなんだかおかしくて、俺は思わず笑った。

「そうなるな。実は、俺は当時、この浅川が目の前で消えるところを見ていたんだよ」

「ほう、そうでしたか」

菅原の目が瞬いた。

「菅原はこの事件を知っていたのか？」

「ええ、有名な事件ですから。俺たちの世代にはむしろ、『天文台から落下して、助けを求める女の怪』という七不思議の文脈で有名ですけどね」

菅原は苦笑して言った。

「そうだろうな……妙な尾ひれがついて、みんなに伝わっているから」

この学校に赴任してきて、それを知った時には、思わず脱力したものだった。俺にとっては、間違いなく青春の一ページを彩った――むしろ、灰色に塗り潰した事件だというのに、その感慨はもうどこにもない。

「ですが」

菅原が言った。

「仕事のついでとはいえ、今日、こうして先生に会いに来て良かったですよ」

「ん？」

「だって、あの事件のことが、今はっきりと、分かったんですから」

俺はあんぐりと口を開けた。

こいつは、一体何を言っているのだ。

「実にロマンチックじゃないですか！　彼女はあの天文台から消えて――今、どこにいるのか。その謎は、十七年後の今日、解かれることが定められていたのです。なぜなら、あの時から明瞭に残されていた手掛かりは、十七年前にはまるで意味をなさなかったのですから」

菅原は早口で言い立てた。

俺は、全くついていけない。目がチカチカしてきた。

「ちょっと、待ってくれ菅原。一体どういうことなんだ？」

「ああ、そうですね、こんなことを突然言ったら困惑されるでしょう。ですが、ダメです。この謎は、あなたに解かれるのを待っているんです。俺が余計な口出しをするわけにはいきません」

俺は次第にイライラして来た。こいつは、どうしてこんなに勝手なことを言い募っているのだ？

「おい、菅原――」

「ヒントだけお教えしますよ」彼はマスクの前で人差し指を立てた。「新聞、です。今日、新聞をよく見てください」

俺はその発言の意味不明さに、すっかり毒気を抜かれてしまった。

「それでは先生、これにて失礼いたします。実はこの昼休みは大忙しでして、色々回らないといけないんです。生徒会長というのは、辛いものですね」

「――いや、ちょっと待っ――」

いつの間にか菅原は、颯爽と職員室から消えていた。

＊　回想

浅川千景とは、高一の頃から同じクラスだった。二〇〇三年のことだ。

彼女と初めて出会ったのは――いや、明確に意識するようになったのは――高一の五月のことだった。

俺はその頃、当時流行っていた携帯ゲーム機を学校に持ち込んでは、昼休みに屋上の階段に腰かけてこっそり遊ぶのが趣味だった。当時の姿を生徒たちに知られたら、今ではルール違反を取り締まる立場なのだから、「裏切り者」だのなんだのと罵られることだろう。

九十九ヶ丘高校の屋上には、本格的な天文台がある。学校が科学教育に力を入れているのと、卒業生の一人に宇宙開発の第一人者がいて、その多額の寄付によって設置されたものだという。

――というのは彼女の受け売りで、当時の俺は、なんだかでっかい球体みたいなものが、屋上の上にあるな、と思っていただけだった。だからありがたみも何も分からず、天文台に上がる鉄製の階段に座り込んで、ゲームに耽《ふけ》っていたのだった。横長の携帯ゲーム機でやっていたのは、直感型のミニゲームを幾つもクリアーしていくという趣向のものだった。

「ねえ」

低い、気だるい調子の声だった。

出し抜けに話しかけられて、ゲームでミスをした。

ああっ、と思わず声を上げた。舌打ちして、顔を上げる。

目の前にいたのは、実験用の白衣を着た女子だった。長い黒髪を束ねて、肩の前に垂らしている。そばかす混じりの肌がどこかあどけなく見えて、全体の雰囲気とのギャップが目を惹いた。

ボーッと見惚《みと》れていると、彼女はまたあの低い声で言った。

「そこ」

「え?」

「そこ、通りたいんだけど」

俺は命じられるままに立ち上がって、彼女に道を譲った。彼女は、カツン、カツンとローファーを鳴らして、急な傾斜の鉄の階段を上がって行く。

そこで俺と彼女の出会いは終わるはずだったのだが、俺はなんとなく、「あの天文台、本当に使う人がいるのか」と不思議な思いがして、彼女の後を追った。

階段を上がり切ると、天文台の扉が開いていた。扉は一つきりで、中に入ると、円形の空間が広がっている。

円周にはスチール製の棚が並んでいた。真ん中の、一段高くなったところに、こちらを圧倒するような巨大な望遠鏡があった。

彼女は壁際のパネルの前に居て、何やら操作していた。すると、ウィーン、と大きな音を立てて、天文台のドームの部分が動き出した。ドームをナイフで二箇所、切り抜いたように、壁の一部が動いて、空が見えた。太陽の光が射《さ》しこんできて、天文台の中が一気に明るくなる。

それは胸躍る光景だった。まるで、変形ロボットの動きを見ているかのようだ。

「何か用？」

彼女は望遠鏡のある段に上りながら、俺を振り向いた。

「あ、いや」

俺はなんと答えていいか分からず、それに、彼女についてきた自分の行動が恥ずかしくなって、言いあぐねた。

「……昼間に、何を見るのかなって」

彼女は肩をすくめた。

「まあ確かに、昼の明るさの中では、星も惑星もろくに見えない。だから、太陽を見るんだよ」

「太陽を？」

「ただし、直接じゃないけどね。『太陽も死もじっと見つめることはできない』から」

「なんだって？」

彼女はニヤリと悪戯《いたずら》っぽく笑った。

「ロシュフーコーの箴言《しんげん》だよ」

そう言いながら、彼女の手はテキパキと動いて、天体望遠鏡を操作する。

「森山君も、天文部に興味があるの？」

「あれ。どうして、俺の名前」

「同じクラスの森山君でしょ？　あれ、私のことは認識ない？　傷つくなあ。C組の浅川だって」

あっ、と俺は声を上げる。髪型と白衣で雰囲気が変わっているから、気付かなかった。教室にいる時の彼女は、眼鏡をかけていて、もっと野暮ったく見えた。

「眼鏡は」

「天文部の活動をする時はコンタクトにしているんだ」浅川は肩をすくめた。「眼鏡をかけていると、接眼レンズを覗く時に煩わしくてね。今日は久しぶりに、夜活動が出来るから」

「夜にも、部活って出来るのか？」

「教職員生徒会警備員その他諸々の許可をちゃんと取れば、ね。天体ショーがある日とか、特別な事情があれば、宿泊が認められた例もあるらしいよ」

彼女は愛おし気な手つきで、天体望遠鏡を撫でた。

「それくらいしてくれないと、こんなに見事な設備があるのに、もったいないだろう？」

キラキラしている、と思った。

もちろん、ゲームに耽溺する自分の青春を悲観しているわけではない。しかし、好きなことを夢中で語る彼女の姿には、キラキラした輝きがあった。教室にいる時の彼女からは、こんなに押し出しの強い喋り方は、想像も出来ない。

「ここ、鳥籠みたいでしょ？」

「鳥籠？」

「形。こんな風にスリットが開いて、一部だけ開いていると、余計に鳥籠の格子に見える」

ああ、と俺は納得する。

「学校ってさ」彼女は言った。「閉鎖的だから、たまに息苦しくて、不自由で仕方なくなるよ。友達付き合いを上手くやれない自分が、欠陥品に思えてくるしね。本当に、毎日鳥籠の中にいるみたい」

彼女は俺を安心させるように、笑いかけた。

「だけど、ここからなら自由な空を覗ける」

彼女の口調は冗談めかしていて、言葉遊びを楽しんでいる様子だった。

「太陽を見る、っていうのは？」

「ああ、それはね——」

彼女はパッパッと手を動かし、天体望遠鏡の、接眼レンズがある方に何かのパーツを取り付けた。白い板がついた棒だ。

「これは投影板って言ってね。この投影板に、太陽の姿を直径二十センチ程度の大きさで映して観測する。中学の頃にやらなかった？　こんなにデカい望遠鏡じゃないにせよ」

「俺の中学じゃ、座学で聞いただけだったな」

「そりゃ教え甲斐があるねえ。ほら、見てみて」

彼女に手招きされて、隣に行く。彼女の方からほのかに良い匂いがして、反射的に離れようとすると、「ほら、見なって」と引き寄せられる。

投影板に、円形の光が見える。これが太陽の輪郭ということらしい。その中に、斑点のように黒い点が見え、ぼんやりとした白い模様も見える。

「黒い点が太陽黒点。太陽に発生した強力な磁場によって、他の場所より三五〇〇度から四〇〇〇度も低いから、こんな風に黒く見える。白くモヤモヤした部分も見えるか？　これは白斑と呼ばれるものだ」

彼女の声はどんな教師の声よりもすんなり耳に入って来た。

「この太陽黒点の数が」彼女はニヤリと笑う。「株価と相関している、なんて話もある」

「はあ？」

「まあ、私は話半分に聞いているけどね。二〇〇〇年に一七三・九個だったのが、年々減ってきているから、そのうちまた危機的な数字になるのかもしれない。眉唾物だけど、面白いでしょ」

俺は苦笑して応えた。彼女はそう喋っている間にも、投影板に映した太陽の姿をエンピツでスケッチしていく。

「すごいな、浅川は」

「そんなことないよ、ただ好きでやってるだけ」

「それでも、すごいだろ。色んな事に役立てるために、そうやって記録を取ってるわけだろ？」

「ううん、全然」

「え？」

彼女は「うーん」と唸りながら、鉛筆の尻で形の良い唇を押し上げた。

「要するに、私は面白いからこうしているだけ。大会とかに出るわけでもないし。誰かの役に立とうとか殊勝なことは、今は別にないよ。君だってそうでしょう?」

「俺?」

「うん、ゲーム。いつも休み時間に、楽しそうに話しているじゃん」

彼女に、友達相手のはしゃいだノリを見られたのかと思うと、途端に恥ずかしくなった。

「そりゃあ……確かにゲームは、好きでやっているが」

「そうでしょ?」彼女は笑った。「勘だけど、君はゲームとは全然関係ない仕事に就く気がする」

「そう?」

確かに、ゲームを作る仕事をしたいとか、そういうことを考えたことはない。ただ夢中になれることの一つが、ゲームであるだけだ。

「先生とか、どう?」

「先生? 俺が? あり得ないって。ゲームを無断で持ってくるような奴が、どうして先生なんだよ」

「ゲームを語る時の口調がさ、説得力あって、耳にすんなり入ってくるんだよ。だから向いてるかもって」

なんだよそれ、と言い返す俺は、しかし笑っていた。それを言うなら、浅川の方がよっぽど先生に向いている気がした。

「そういうことでいいと思うんだ」彼女は言った。「今やっていること全てが、将来のための貯金じゃなくたっていいじゃない。興味のあることを、興味の向くままにやっているだけで、何かに繋がらなくたっていい。全部プログラムされたみたいな人生って、窮屈でしょ」

確かにな、と俺は頷いた。同時に、彼女の表情に翳《かげ》りが見えるような気がして、何が彼女にそう言わせているのだろうと、不思議に思った。

ねえ、と彼女は言った。

「今夜の天文部の夜合宿、参加しない？　ゲームと同じくらい面白いもの、見せてあげるよ」

その時、予鈴のチャイムが鳴った。彼女は「あーあ」とつまらなそうに言いながら、僕に向けて微笑《ほほえ》んだ。

「楽しい楽しい昼休みも終わりか。森山君も、さっさとゲームを仕舞っておいた方がいいよ。形だけでも、聞き分けの良い生徒に戻らないとね」


結局、彼女の口ぶりが良かったのだと思う。あの時、他の同級生と同じように「ゲームよりも面白いものがある」という言い方をされたら、へそを曲げて行かなかっただろう。だが、彼女は俺の好きなものに敬意を払いながら、自分の道に誘って来たのだ。

あの運命の日、俺は天文部に入部した。

天体望遠鏡を操って、夜空の星々を観測し、宇宙の広大さに嘆息する。その行為の繰り返しは、俺の心を確かに癒していた。豊富な知識を持った千景のハスキーな声で、星々の物語を語られると、想像力が無限に広がっていく気がした。

同時に、俺が薦めるゲームを、千景はいくつか遊ぶようになった。やはり物語が好きなのか、長大なストーリーがあるものを良く好んでいて、ゲーム機ごと一か月、二か月と貸すこともあった。

夏に野外で天体観測をしていると、彼女が虫に驚いて、俺の腕にしがみついてくることもあった。虫が苦手だという。意外な一面を知るたびに、彼女の存在が自分の中で大きくなっていくのを感じた。

一度、家まで行った時、彼女の家庭事情も聴いた。彼女は父親を幼い頃に亡くしており、母親はオーストラリアで小説家をしていて、日本の家では会社勤めの姉と二人で暮らしているのだという。昔は、父親と母親を含めた四人で、日本で暮らしていたのだが、父親が若くして亡くなると、事情が変わった。父親がオーストラリアのメルボルン出身で、千景の母は「夫との思い出の地だから」とそちらに移住することを決意し、千景の姉が「千景の面倒は私が見るから」と説得して、二人は日本に残ったのだという。

「多分、私が星を好きになったのは、日本でもオーストラリアでも、空は繋がっていると信じられたから」

高一の冬、天文部の合宿で学校に泊まり込んだ時、彼女は深夜にそう打ち明けたことがある。

「今では、夜に寂しくない理由が増えたよ。ゲームをやっていると、あの液晶画面を通じて、森山君と一緒に過ごしている気がする」

俺がその言葉にドギマギして、何も言えないでいると、彼女が寝息を立てたのでからかわれたのかと思った。今でも真偽は分からないが、あの時の彼女は随分寂しそうに見えたのを覚えている。

他に三年生の部員が二人ほどいたが、受験のために大忙しなのでほとんど部活動には参加せず、幽霊部員と化していた。そのせいで、天文部は俺と千景の二人きりの空間になっており、俺にとっては大変心臓に悪い日々だった。

高校二年になると、後輩が一人出来た。宇内《うだい》ユズルという男子で、天体そのものというより、天体望遠鏡や天文台の機械などを弄ることに興味があるようだった。

「あの、俺ってお邪魔ですか？」

入部早々、彼は声を潜めて俺に聞いてきたが、俺は笑って否定した。後輩が出来て千景が喜んでいるのは本当のことだったし、俺も嬉しいと本音を伝えた。

「二人はお付き合いされてるんですか？」

「千景がそういうのに興味あるように見えるか？」

「いやあ、人は見かけによらないと言いますし」彼はクソ真面目な顔でそう言った。「そうですか。ともあれ、まだってことですね。二人とも、お似合いだと思うんですけどね。先輩といる時の方が、浅川先輩の表情が柔らかい気がしますし」

そんなことを言いながら、頼んでもいないのに、宇内は恋のキューピット役を買って出ようとした。俺が彼を水面下で押し留め、千景に悟られないようにする、というのが、俺と千景と可愛い後輩三人の、密かで楽しいパワーゲームになっていた。

そして、高校二年の秋。

二〇〇四年、九月九日。

運命の日はやって来る。

季節的には秋とはいえ、昼間には曇りから晴れに変わり、三十度を超す真夏日になった。まだまだ、夏休みの延長戦のような日だった。

俺はその日、すっかり遅刻して登校した。

半年前に発売した、国民的RPGのリメイク作品を夏休みの間中遊んでいたのだが、そのゲームでは途中に花嫁を選ぶ分岐があるため、もう一人の花嫁のルートでもクリアしようと、夏休みが終わる頃に二周目を開始してしまった。そのゲームではモンスターを仲間にして育てられるので、何周しても飽きが来ず、育成に力を注いでいたら辞め時を見失って、夜遅くまで遊んでいた。結果、家を出た頃にはもう日が高く上がっていた。

今では、あんな風にゲームに耽溺することも考えられない。あの頃は、ゲームと星と千景だけが、俺の世界のすべてだった。

その日は、両親ともに出張で出払っており、起こしてくれることもなかったし、学校に欠席の連絡も入れていなかった。起きてから慌てて、「今から向かう」と家から電話を入れておいた。

学校に辿り着くと、一階の廊下にまで生徒がたくさん出てきていた。ロビーの出張購買部も、凄まじい賑わいだった。

――ヤバいな。昼休みに突入している。

ここまで遅れたら、もう自分をネタにして、イジられるしかないか、と反省する。先生には大目玉を食らうだろうが、同級生の間では、笑って済ませてもらえれば御の字だ。

そのまま教室に行こうとしたが、あ、とその時思い出した。今日の昼休みには、千景が太陽の観測をしているのではなかったか？

文化祭が近いので、天文部でも展示企画のために色々動いている時だった。太陽黒点の観測記録や、観測をしている時の様子の写真などを、模造紙に貼って展示する予定だった。もちろん、他に合宿した時の記録写真なども展示する。

ますますヤバい、千景、お冠《かんむり》だろうな、と思い、俺はいの一番に屋上を目指した。

五階のスカイラウンジで、紙パックのオレンジジュースを飲んでいた宇内に声をかけられる。

「あれ、森山先輩」

彼は同級生と一緒にいた。

「千景、上にいる？」

「さっき上っていくのを見ました。俺も後で行きます」

「おっけ」

俺はそう言ってから、屋上へ続く階段を上がった。

屋上の広い空間に、千景は佇んでいた。

いつもは結んでいる黒髪をほどき、強い風の中で、白衣をたなびかせている。

彼女は肩越しにチラッと俺の方を見てから、また正面に向き直った。

「重役出勤だね」

「悪い、寝坊したんだよ……今何時だ？」

彼女は左腕を持ち上げて、腕時計を見た。

「……十二時五十分」

「うへ、そりゃあやらかしたな……」

もうじき昼休みも終わる頃だ。

「遅すぎるよ……どうして、今日に限って」

「なあ、お前も知ってるだろ、あのＲＰＧのリメイクなんだけどさ——」

そう言って、早口にまくしたてようとした時、彼女が振り向いた。

彼女の目元が赤いことに気付く。思い詰めたような表情をして、下唇を強く噛んでいた。

彼女は足早に俺の横を通り過ぎ、天文台の方へ向かった。彼女が鼻をすする音が、後から追いかけて来る。

衝撃だった。いつも気の強い彼女が、涙を流していたとしか思えない。どうして、今日に限って。そう問いかけたいのは俺の方だった。

その時だった。

きゃあっ、という短い悲鳴が、俺の背後から聞こえた。

俺はバッと振り向く。悲鳴がした方角には、天文台へ続く階段がある。

「千景?」

顔から血の気が引いた。何か思い詰めたような彼女の表情が脳裏に焼き付いて離れない。俺は足早に階段を駆け上がり、天文台に向かった。

「千景!」

扉を開くと、真正面から太陽の光に射抜かれた。

ドームが開いていて、天体望遠鏡が太陽の光を追いかけている。自動追尾の状態になっているようだ。

しかし、天文台の中には誰もいない。

隠れられるような場所などないのに。

「千景、どこにいるんだ? さっきの悲鳴はなんだ?」

俺は天文台の中をぐるぐる回って、彼女の姿を求めた。望遠鏡の中に消えたのか、と思うほどだったが、いくら彼女が細身だからといって、筒の中に入れるわけがない。

すると——。

俺は天文台の外壁に近づき、ドームに開いたスリットに近付く。下を見下ろすと、三メートルほど下に、屋上の床が見えた。

ここから、飛び降りたのだろうか。

そうとしか考えられない。何かの台に乗って、このドームの枠を跨《また》げば、このスリットから外に飛び出せる。わざわざ、こんな場所から飛び降りる理由は分からないが。

――ここ、鳥籠みたいでしょ？

出会った日、彼女がそう言った記憶が蘇った。鳥籠のように窮屈な学校に嫌気がさしていた彼女は、ここから飛び降り、自由になろうとしたのだろうか。

「……そんな、馬鹿な。消えた？」

しかし、彼女がこの場から消えたという事実だけは、どうにも動かせなかった。俺の頭には、妄想が浮かんでいた。彼女が鳥になって、この鳥籠から羽ばたいていく姿……。

「馬鹿馬鹿しい……」

そう吐き捨ててみても、気分は晴れない。

俺は天文台を飛び出し、階段を駆け下りる。

屋上を見渡すが、誰もいない。階段室の出口の裏辺り、日蔭に当たる部分に、小型の天体望遠鏡がセットしてあったのと、その近くの壁にカメムシが止まっていたのが目についたぐらいだ。

宇内は階段の付近を歩いていた。彼は俺の姿を見てビクッと体を跳ねさせた。俺の表情がよほど鬼気迫っていたのだろう。

「今、千景が降りてこなかったか？」

「えっ、さあ……？　あれ、先輩、さっき上に上がったばっかりですよね。今日、僕も日陰で天体望遠鏡の使い方を教えてもらう予定で……あれ？　浅川先輩に会えなかったんですか？」

彼は目をぱちくりと瞬いた。

「いや、いいんだ。ありがとう」

その後、二年生のクラスを見に行って、同じように聞いてみたが（もちろん、「あれ、お前結局学校来たの？」という声に出迎えられて、である）、結果ははかばかしくなかった。

どうして彼女は消えたのか。どうやって彼女は消えたのか。俺はとにかく彼女の姿を求めて、彼女の家にも向かった。ゲーム機を貸すために訪ねたことがあったので、場所は知っていた。

授業への出席はもはやどうでもよくなっていた。とにかく、彼女と会わなければ自分は現実に戻れないと思い詰めていた。

しかし、家のインターホンを押してみても、誰も出てこない。

それどころか、表札は剝がされ、庭の窓から覗く限りは、中にも家具や調度品の類が一つもない。知らない間に引っ越したのだろうか。俺には知らせてくれなかったのか。

——どうして、今日に限って。

彼女の言葉が頭に蘇る。今日は、何か特別な日だったのか。それすら、俺にはもう分からなかった。

彼女の姿を求めて、一緒に部の天体望遠鏡を新調しに行った電気屋だとか、新作をチェックしに行ったゲームショップだとか、馴染みのところを回ってみるが、どこにも彼女の姿はない。日が翳ってくる。腕時計もなく、今のように、全員が携帯を持っているというわけでもない。俺も持たされていなかった。公園の大きな時計を見つけて、十七時だとようやく分かった。

結局、彼女は見つからなかった。

それからの顚末《てんまつ》は、記憶の断片のように散り散りになっている。

千景に貸していたゲームやゲームハードは、翌日の十日に、家に発払いの宅急便で届けられた。丁寧に梱包《こんぽう》してあって、千景の心遣いを感じるような気がしたが、突然消えた理由を説明してくれるような、手紙は入っていなかった。

翌朝登校すると、「浅川千景は海外の学校に転校した」「学校はオーストラリアのメルボルンにある」という知らせを聞かされて、クラス一同ざわついた。彼女から事情を聞いていた者はいなかった。もちろん、俺も含めて。表札も外され、荷物もなくなっていた彼女の家の様子にもあてはまっているように思えた。だが、彼女が転校したのだとしても、あの天文台から一瞬にして消え去った事実は残る。

もしかしたらあの昼休み、彼女に会ったというのも、俺の偽りの記憶なのかもしれない。千景に会いたいという俺の想いが生み出した、嘘だったのかも。それくらい、彼女の消失は唐突で、理解不能だった。

だからなおさら、俺の頭の中には、鳥になって空へ、遠くの国へ消えていく彼女の幻影が、未だに強く刻み込まれているのだ。

俺の中で、彼女は「解けない謎」として、ずっと心に居座り続けている。

2　十二時

どのみち昼は食べなければならない。昼休みの時間は限られている。

ふと見ると、教職員のほとんどは外でご飯を食べているようで、職員室には俺と三森しかいなかった。まあ、この時間なら、コンビニに弁当を買いに行っている、というセンもあるかもしれない。

俺はデスクに学生新聞を置いて、自分もコンビニに向かうことにした。

一階の出張購買部は、パンを求める生徒たちが争って半ば戦争状態と化していた。「コロッケパンくれ！」「こっちに焼きそばパン一つ！」「メロンパン取ったどー！」などなど怒声が飛び交っている。この調子で、十分も経つと売り切れてしまうのだ。

——この光景だけは、十七年前から変わらないな。

俺はそれを尻目に、校外のコンビニに向かった。

九十九ヶ丘高校では、生徒が昼休み中に外出することは禁じられている。だから、外に買い物に行ったり、外の飲食店で昼食をとったりするのは、教師や事務職員だけの特権になっている。

コンビニでいつもの野菜サラダとおにぎりを手にしてから、菅原の言葉を思い出した。

……今日解かれるべき謎だった。今日、新聞をよく見ろ……確か、そういうことだったな。

彼の言葉は、やっぱりあのツクモ新報の記事を指しているのだろうか？　それとも、今日の新聞に、何か重大な記事が載っているのか？

後者の場合、せめて掲載紙名くらいは聞いておくんだったなと後悔しながら、とりあえず大手紙を一部ずつレジに持って行った。

エコバッグにサラダとおにぎり、新聞紙数部を詰めてから、コンビニを出ると、視界の端に、うちの学校の生徒が見えた気がした。

——こんな昼休みに、誰か外に出ているわけ、ないか。

俺はともかく、早く自席に戻って、この新聞紙の内容を確認したかった。


席に戻ってから五分ほどかけて、新聞の見出しだけでもサッと確認してみたが、めぼしい手掛かりはない。九十九ヶ丘高校に関連するようなことも、消失した浅川千景に関することも、何もなかった。学校関連の記事は、「専門学校のＡＯ入試開始」という内容の、コロナ禍における入試のありようを特集した記事だけだった。

やはり、シンプルにツクモ新報のことなのか？

俺はデスクの上に載っていたツクモ新報を手に取った。肌触りの良い紙だ。何か違和感があったが、それは菅原の言葉による暗示なのかもしれない。忌々しいことだった。

だが、読み返すまでもない。

俺はこの記事の内容を暗記するほど、何回も読んでいるのだ。

『ツクモ新報　二〇〇四年九月二十日号

天文台より、女子生徒消える

——学校による隠蔽工作か

二〇〇四年九月九日、曇りのち晴天。文化祭を目前に控えた秋の日に、二年生の女子生徒・浅川千景は忽然と姿を消した。

目撃者の一人、一年生の天文部員である宇内《うだい》ユズルは次のように語っている。

「その日は僕にとって『長い昼休みの日』でした。覚えておいででしょうか？　三・四限が一・二年生ともに体力テストで、早く終わった者から順番に昼休みに入っていいことになっていたのを。僕もさっさと終わらせて、十一時半には休みに入っていたので、いつもより二十五分も休みが長かったことになりますが、それだけじゃなかったのです。不思議な謎を孕《はら》んでいたという意味でも、あれは『長い昼休み』だったのです。

昼休み終了直前の十二時五十分、僕は屋上の天文台に上がり、機材のチェックをするように頼まれていました。ちょうどその時間に、僕は五階のスカイラウンジで、屋上へ向かう階段を上っていく、浅川部長の姿を見たんです。

なんだ、部長が自分でチェックするんじゃないか。だったら行かなくても怒られないかな、いや、行ったという実績は作っておいた方がいいかな、などと迷っていました。この時も、僕は屋上へ繋がる階段から目を逸らしていませんし、他に屋上へ続くルートはありません。

するると、屋上から、キャアッという鋭い悲鳴が聞こえてきたんです。

僕は慌てて屋上へ上がりました。すると、屋上の床には生々しい血痕が残っていました。上を見ると、ちょうどその血痕の位置から垂直の位置で、天文台のドームが開いていたのです。あの場所から、浅川部長は飛び降りたのではないか！

しかし、浅川部長の体はどこにもないのです。忽然と姿を消してしまっていたのです。そう、屋上は密室状態でした！

階段室から屋上へ上がると、すぐ傍に天文台へ上がる階段がありますから、出口の反対側――何もない死角のゾーンに身を潜めているのではないか。そう思って調べたのですが、しかし、そこにも誰もいませんでした。

翌日の金曜日、浅川部長は海外の学校に転校したと聞かされました。しかし、全く納得出来ません。あんな風に忽然と消えたのに、転校したと言われても、素直には信じられないのです」

ツクモ新報編集部の調べによれば、屋上の床に残っていた血痕は赤い絵の具によるものだと、学校側は主張している。浅川千景が死んだはずがない、転校先からエアメールも来ている、と。

しかし、これこそ学校側の卑劣な隠蔽工作ではないかと、当編集部は考える。浅川千景はイジメを苦に自殺したが、その事実が明るみに出ると、教育委員会からも厳しい追及が来ると考えた学校側が隠蔽工作に及んだものではないか？　取材班は、これからもこの事件に潜む闇を追いかける予定である。

事件当日の太陽黒点の観測記録は、九月下旬に開催される九十九ヶ丘高校文化祭において、天文部の展示内容になる予定だった。』

今読み返しても、鼻で笑ってしまうような記事だ。当時、宇内がかなり騒いだのもあって、浅川千景の神隠し事件は有名だった。千景が消えたことと、突然転校したこと。それぞれはただの点と点だが、それを線に繋いで、あることないこと言い立てる輩が大勢いたのだ。

この新聞に書かれているような、「学校陰謀説」が、その代表例だった。

しかし、この学校新聞が号外で出た瞬間に、みんな一斉に冷静になった覚えがある。どうでもいい噂話として口にしていた時には、もっともらしく聞こえた陰謀論が、紙に定着されて出回ると、どうにも嘘くさくて仕方がなかった。所詮、陰謀論としてはその程度のものだった、ということだろう。みんな、千景は転校した、という事実を認め、天文台から消えたことは、「そそっかしい宇内の見間違いだろう」ということで一笑に付された。

だが、俺だけは違った。

千景が天文台から消えたのは——事実だ。

ただ、宇内が目撃した内容と、俺の記憶には、幾つか食い違いもある。

①俺は屋上の床に残っていた血痕は見た記憶がない。

②宇内は悲鳴を聞いてすぐに屋上に上がって来たという口ぶりで話しているが、実際には、俺が

降りて行った時に、まだ五階の階段付近にいた。
③宇内は、俺の動きを証言の中に含めていない。
②については、ツクモ新報のインタビューに答えてのことでもあるし、話を盛る癖が出てしまったのかもしれない。
③については、宇内なりに、俺のことを気遣ってのことなのかもしれない。宇内は現場を「密室状態」だったと言っているが、その密室には事件当時、俺と千景の二人きりだったわけだ。あれが事件だとすると、第一容疑者は俺になる。それを気遣ってくれたのかも……。いや、ただ単に、陰謀論を盛り上げる時に、俺の動きがノイズになったから省いたのかもしれない。
俺の記憶と宇内の証言を合わせると、事件の不可能性はかなり強固になる。
②の通り、悲鳴が聞こえた後、俺が階段を降り、宇内は俺と五階の階段ですれ違った。俺の様子を見て、何かあったのではと思った宇内は、そこでようやく屋上に上がったと思われる。
しかし、宇内が屋上と天文台を調べた時にも、千景はそこにいなかった。彼女は下りの俺と上りの宇内に挟まれて、逃げる余裕が全くなかったことになる。

あの屋上にも、身を隠そうと思えば隠れられる場所はある。例えば、宇内が上がってきた時、彼は血痕のある位置にまず向かっただろうから、彼の目を盗んで、天文台の東側の死角から五階へ降りる階段に向かえばひとまず密室は破れる。だが、この考えは成り立たない。俺は宇内と会う前に、屋上に誰もいないことを一通り調べているからだ。

二人の目撃者が居合わせたことで、状況は強固になっている。

この記事が出た後、宇内の話を聞きに行ったこともあった。

――いえ、僕から言えることは、あまり……。僕は、あの記事に書かれた通りのことしか見ていませんから。

彼は頑なにそう言って、俺が現場検証に躍起になるのにも、なかなか付き合ってくれなかった。新聞記事が出て以来、「陰謀論者」の一人のように扱われていたので、事件のことを語ること自体が嫌になっていたのかもしれない。

あの後、何度も千景に連絡を取ろうとした。当時はSNSが発達していなかった時期なので、メールを送る程度だったが、送信はされているのに、一向に返事は来なかった。海外の住所が分かっていれば、エアメールで連絡が取れたかもしれないが、教師を突っついてもガードが堅かったし、教えてはくれなかった。

俺はあの事件の後、天文部から足が遠ざかって、ゲームばかりの日々を送るようになった。ほとんど宇内と会うこともなくなって、結局事件のことはうやむやになった。

――液晶画面を通じて、森山君と一緒に過ごしている気がする。

俺は全然、そんな気分になれなかった。

高校三年に上がる頃には、大学受験に忙殺されて、心の余裕もなくなった。千景のことはどんどん心の片隅に追いやられて行って、でも忘れることは出来なかった。解き明かすことも出来なかった。

それなのに。

菅原は、あっという間に真相に辿り着いたという。

――その謎は、十七年後の今日、解かれることが定められていたのです。

いくら記事を眺めていても、菅原の言葉の意味が分からなかった。

俺は段々怒りが湧いてきた。俺がこんなにも頭を悩ませているというのに、あいつはなぜ、あんなにもすぐ、答えを導き出すことが出来たのか？

俺は立ち上がる。

行動あるのみ、だ。

この広い校内から、菅原を探し出そう。

しかし、菅原には幾つもの顔があり、校内でも八面六臂《はちめんろっぴ》の活躍を見せている。その多彩さは、本当に一人分の仕事かと疑うほどだ。彼が、昼休みは忙しい、と言っていたのは、あながち言い過ぎではない。

俺は立場上、生徒たちのことをよく知悉《ちしつ》していたし、菅原が持っている顔についても幾つか把握していた。

闇雲に探しても意味はない。

まずは、文芸部でも探ってみることにしようか。

3　十二時十分

初手から当たりを引くとは運が良い。

　101小教室の前で、菅原を見つけた。

　確か101小教室は現在、執筆合宿中の文芸部が使用しているはずである。教室の使用許可が八日の夜中から出ていたので、何事かと思って、文芸部の顧問に聞いてみたのだ。きちんと警備員たちとも連携を取って開かれた企画のようだし、仮眠室も用意して、生徒の体力面にも配慮されているようだったので、俺も目くじらは立てなかった。それに、夜に学校に泊まるくらいのことは、天文部でもやっていた。

　しかし、教室の外までダダ漏れになっている、この甘ったるい匂いは一体なんだろうか？　お菓子……いや、これはエナジードリンクか？

　菅原は、この文芸部で青龍亜嵐というペンネームを使って、ミステリー小説を書いている。読んだことはなかったが、文芸部の顧問が楽しそうに話しているのを聞いたことがあった。

　生徒会長も務めながら、ここでは部長もやっている。

　考えれば考えるほど、顔の広い男である。

　まさに声をかけようとしたその時、彼は部屋の中に入って行ってしまった。「あっ」と俺の口から声が出る。

「おーっ、やっているではないか、皆の衆」

菅原は呑気な声を出していた。文芸部の顧問によると、菅原の筆は早いらしいから（そうでなければ生徒会長と文芸部部長の二重生活などとても務まらない）、彼はとっくに原稿を出しているのだろうが、だからこそあの呑気さは殺意を呼ぶのではないか。

エナジードリンクの甘ったるい匂いが、またぷうんと鼻先に香って来た。中は殺伐としていそうだ。そこに飛び込んでいく勇気はない。

中からしばらく会話が漏れ聞こえていたが、その意味は分からない。扉がわずかに開いているので、中を覗き込んでみると、菅原は喋りながらスマートフォンを弄っている様子だった。

すると突如、女子の大声が聞こえた。

「……何ですか！　部長も編集長も！　信じてくれないなら別にいいです！　私一人で勝手に探しますから！」

俺は慌てて、扉から離れ、近くの物陰に隠れた。

中から二年生の楢沢芽以《ならさわめい》が飛び出してくる。彼女は肩を怒らせて、風を切って歩いて行った。

「あ！　おい待てって！」

それを追って扉のあたりまで出てきたのは、同じく二年生の川原聡《かわはらさとし》だった。彼の制止もむなしく、楢沢は一人で歩いていってしまう。

「ああなったら、彼女の性格だと聞く耳は持たないだろうね」

部長こと菅原が戸口まで出てきたので、俺はますます身を隠す。彼を追って来たのは間違いないのだが、何かまずい場面を見てしまったような気がしたのだ。

「部長……ジェイソン先生のやつ、大丈夫でしょうか」

ジェイソン？　という耳慣れない言葉に動揺したが、どうも、楢沢のペンネームらしい。あいつ、そんな物騒なペンネームを使っていたのか……。

「彼女は強いから大丈夫だろうけど、少し暴走しすぎるところはあるね。誰かが傍で見守っている必要はあるだろう。——頼めるか？」

川原の喉がゆっくりと上下した。

「さっきの言葉」川原は言った。「もしかして、部長はア丶マ丶リ丶リ丶ス丶先丶輩丶が丶消丶え丶た丶トリックが分かっているんですか？」

消えた？　俺は自分が思い悩んでいる事件との相似に、思わずドキリとする。

「分かっているよ。だが、君とジェイソンは、この事件を自分の力で解き明かした方がいいだろう。それでこそ、彼女も納得出来るんじゃないかな。俺は何も、意地悪で教えないというのじゃないんだ。それが、ジェイソンに必要なことだと思うから」

川原は少し逡巡したような表情を浮かべてから、「分かりました」と顎を引いた。その顔はやけに凜々しく見えた。

「信じますからね。じゃあ、行ってきます」

彼はそう言ってから、すぐに楢沢を追いかけて行った。

「……なあ、さっきのアマリリスの話だが」

声を潜めて、戸口の方に出てきたのは、今度は文芸部の編集長――鈴木一郎《すずきいちろう》だった。眼鏡を押し上げながら、陰気な顔で菅原を睨んでいる。いや、鈴木にとっては、あの目つきは標準か。

「こっちで思い描いている投了図に、アマリリスが消えるなんて事件は想定されていない。どうなっているんだ?」

「アマリリスが男装して弟になりすましていたところ、一瞬変装を解いた瞬間を、偶然ジェイソンに目撃されたんじゃないかな。確か、アマリリスはイラストを描けなくて悩んでいて、弟に代筆させていたんだろう? 今日みたいに締め切りがきつい日は、弟が家に残ってイラストを描いて、アマリリスが変装して登校、という役割分担になるはずだ」

鈴木は顎を撫でていた。

「……目撃者の男子生徒の証言は?」

「正しい質問をしていないから、誤った返事を得てしまったんだ。アマリリスは男の制服を着ているんだから、『女子の先輩を見なかったか』と聞いても、正しく答えるわけがない」

ああ、と鈴木は頷いた。

「要するに、全部アクシデントということか……」

「そういうことだ。編集長の描いている投了図には、なんの影響もないでしょう。さっきも言った通り、編集長には自信を持っていてほしいんですよ。あなたがやろうとしていることは正しい。あなたの描いた投了図は、きっとアマリリス先輩を救ってくれます」

「……それを聞いて安心したよ」

鈴木は何か、照れくさそうに顔を逸らしていた。

「君みたいに、俺も自信に満ち満ちていればいいんだがな」

「はは、珍しいですね、今日の編集長は。随分弱気でいらっしゃる」

鈴木が顔を歪め、「言っていろ」と吐き捨てるように言った。その軍師のような顔つきを見ながら、俺は、鈴木と菅原の信頼関係を覗いたような気がした。

「ねえ、編集長と部長、なんの話をしてるんですか？」

後ろから一年生の人見《ひとみ》澪《みお》が声を上げた。菅原は「悪い悪い」と言って笑った。

「じゃあ、俺はこれで。次の用事があるのでな。とりあえず昼でも食うよ」

そう言い残して、彼は嵐のように去って行った。

先ほどの場面を思い返してみると、まったく、唖然としてしまう。

彼は、１０１小教室に入ってからものの五分程度で、その消失事件の真相を暴いてしまったのだ。

一体どういう頭をしているのか？

そう思考に耽っていると、いつの間にか菅原の姿は消えていた。

「げっ、まずい」

思わず呟きながら、菅原の言葉を思い出した。

昼でも食う、か……ひとまず、食堂を覗いてみようか。

4　十二時十八分

思った通り、彼は食堂にいた。

かけうどんを啜っている。あれは、食堂メニューの中で、提供速度が一番速い。彼はわずかな時間も惜しいのか知らないが、右手で箸を動かしながら、左手でずっとスマートフォンの画面をタップしていた。なんて奴だ。一分一秒を惜しんでいるようなその働きぶりに、俺はすっかり呆れ返った。

ふと自動販売機を見ると、メロンソーダが売り切れていた。生徒たちには人気の商品だから、困るやつもいるかもしれない。

「おい、菅原」

俺が彼の向かいに座ると、彼はその大きな目を瞬いて、「あれ、森山先生。今日は食堂でお昼ですか?」とのんきに聞いてきた。

「昼どころの騒ぎじゃないよ。お前、さっきの話だけどさ……」

「星占いでも仕方がない。木曜日ならなおさらだ」

「は?」

彼は口元にニヤリと笑みを浮かべてから、マスクを付け直した。ふと見ると、彼の目の前の器は、もう汁だけになっていた。

「そんなに早く食うと体に悪いぞ」

「はは、改めますよ。それで……今の一文を聞いて、先生ならどう考えます？」

「どうって……っていうか、今の文章はどこから出てきたんだ？」

「これです」

彼はスマートフォンの画面をこちらに向けて来る。ＬＩＮＥのトーク画面の上部に、「斎藤茉莉《さいとうまり》」の名前が出ている。

メッセージの横には、タロットカードの「運命の輪」を用いたアイコンが表示されていた。

『「星占いでも仕方がない。木曜日ならなおさらだ。」

ナオなら、この一文から、どんなことを思い付く？』

こいつ、二年の斎藤茉莉からは、ナオって呼ばれているのか、とどうでもいいことに気が付いた。どうやら付き合っているらしい。斎藤茉莉は学校の中でもマドンナ的存在だったはずだが、まさか菅原と付き合っていたとは。

――っていうか、彼女とのＬＩＮＥ画面を、軽々に教師に見せるなよ！

俺は内心彼にそうツッコんだが、それは即座に驚きに取って代わる。

ＬＩＮＥのタイムスタンプを見たのだ。「12：14」。つまり、あの文芸部にいた時だ。確かに彼は、楢沢たちと話しながらも、スマートフォンを弄っている様子だった。

そして、そのLINEの下に表示されているもの。

『少し考えてみたけど、こういうことなんじゃないか?』

菅原から斎藤に送ったものだ。そのタイムスタンプは「12:20」。彼は専門学校の合格発表のURLを貼り付けているようだ。

「いえね、ここまで来る間に考えたんですけど、替え玉受験が真相だったら全ての辻褄が合うなと思ったんですよ」

「替え玉受験……?」

「文章の前段を検討すると、占いの対象になる相手がその場に居ないから、『星占いでも』占えない、と言っていると考えられます。すると、二人の人物が関与して、しかも後ろ暗いことに関わっていることになります。で、生徒が関われる犯罪というと、替え玉受験はあり得るのではないかと。

それで今日合格発表のある専門学校を探したら、ビンゴでした。学校側からのこの文言だけでは、替え玉による不正かどうかは分かりませんが、少なくとも可能性はあるでしょう。明日になればニュースになるんじゃないですかね。先生のところにはまだ情報はないですか?」

彼は早口でまくし立てる。

「聞いていない、が……」

俺は菅原の言葉を聞きながら、またしても啞然としていた。十二時十四分に彼女から謎を提示され、二十分には解答を提示した。彼はここでも、わずか六分で真相に辿り着き、解答も提示していたのだ。

無論、まだニュースなどで確定された情報ではない。だから真相に辿り着いたというよりは、高速の推論を見せつけられた、という感想になるが、圧倒的なことに変わりはない。もし本当に生徒が関与しているなら、専門学校からウチに連絡があってもおかしくないが、まだ上で止められているのかもしれない。少なくとも俺は、本当に聞いてない。

「お前の頭の中はどうなっているんだ？　複数のことを同時に処理しているとしか思えん」

「並列思考というやつですね。まあそれに近いかもしれません。こうしている今も、茉莉のお兄さんのことを考えていましてね」

「茉莉の兄……？」

斎藤茉莉の兄は、斎藤結城《ゆうき》という名前で、高校球児の時代にハンカチで顔を拭う仕草が有名だった野球選手の名前と音が同じなので、ハンカチのことでよくイジられている。本人もノリが良いタイプなので、それを嫌がるというよりは、むしろ積極的にノッていって、笑いに変えていた。結城という名前は、苗字にも使われるので、珍しい名前だと思っていた。

茉莉と結城は二卵性双生児であり、顔はあまり似ていないが、同学年の兄妹である。学校のマドンナ的存在である茉莉と「同じ屋根の下に暮らしている」という理由で、結城は謂《いわ》れのない恨みを買うこともあり、かわいそうだとは思っていたが、それならそれで、なぜ同じ学校に進学したのだという気もする。返す返すも、不思議な兄妹だった。

「茉莉が今朝、喫茶店で会った時に言っていたんですがね、お兄さんは今朝、めちゃくちゃ機嫌が良くて様子が変だったと」

「はあ……」

俺は話の行き先が分からず、困惑した。

「多分、今日、九月九日という日に何かを企んでいるんですよ。彼に会ったら注意しておかないと……」

結城が何を企んでいるかは知らないが、この歩く思考機械に目を付けられていたのではたまらない。俺は同情した。

「あ、ちなみに茉莉との関係は、周囲には秘密なんです。先生も口外無用で頼みますよ」

「教師の立場で誰が言いふらすか。ていうか、それなら俺にも見せるなよ……」

余計な秘密を背負いこんでしまった。

「まあ、今日これからの結果次第では、隠しておかなくても良くなるんですけどね」

彼はまた思わせぶりなことを言った。今回も説明する気はないらしい。

「それに、まだ悩んでいるんですね、先生」

「え？」

「浅川さんの事件のことです。悩んでいるから、俺のところに来たんでしょう？」

俺は身を乗り出した。

「恥ずかしながら、そうだ」

「参りましたね」彼は首を振った。「あのですね、先生。俺は何も意地悪で言っているわけじゃないんですが、この謎はね、本来なら、もはや誰にも解かれないはずの事件なわけです。外野が首を突っ込んでかき乱すのは、マナー違反といっていい」

「それならそれで最初から黙っていてほしかったものだ」

「すみません。口から先に生まれてきたもので」

彼は、ふふっと鼻を鳴らした。

「お前がそんな風に言うってことは……お前をもってしても、そんなに難しい事件なのか」

「まさか」彼は謙遜する様子もなく答えた。「ただ、俺の口から答えを言うわけにいかないんですよ」

「なぜだ」

「これはですね、森山先生。あなたが解くべき事件だからです」

「なんだって?」

俺がそう問い返すと、うーん、となおも菅原は唸っている。

「いや、違うな。どちらかというと、先生が解いたなら、ああ、まあ仕方ないなと思うような事件……ということで……だからやっぱり、本来ならもう誰も解かずにおいてあげるべきというか……いや、それはどうかなあ……それも違うのかなあ……」

彼の歯切れの悪い言い方に、俺は次第にイライラしてきた。

「なあ、結局どういうことなんだ。お前、この記事を見て、何かに気付いたんだろう？」

俺はクリアファイルに入れておいたツクモ新報を、エコバッグから取り出して、菅原に見せた。

その瞬間、菅原が目を見開く。

「――へえ！　なるほど、そう来ましたか！」

「は？」

彼はクリアファイルを奪い取るように摑むと、記事に顔を近付けたり、裏返したりし始めた。

明らかに、内容を読んでいるようには見えない。

「先生、この記事は面白いですよ。今になって、もう一つのメッセージを強く帯びてきたわけです。これは面白いな。逃げ切ろうという意識がそうさせるのか？　いや、これはむしろ裏腹に暴かれたいという欲求……」

「おい……」

「ああ！　すみません森山先生！　また思わせぶりなことを！」菅原は心底楽しそうに言った。

「いやしかし、俺の口からは何も言うわけにいかないのです。申し訳ないんですけどね」

早口でまくし立てる彼の言葉を遮って、俺はなんとか言った。

「待ってくれ。さっきからずっと気になっていたんだが、お前は、俺から事件の話を聞いていないだろう？　どうして、それで事件が解けるんだ」

「昔のツクモ新報を読んで、事件当時の天文台の状況は知っていますよ」

「違う、目撃者はあのインタビューに答えていた奴だけじゃなかったんだ。俺もいたんだよ。あのインタビューの奴は、天文部で俺と千景の後輩だったんだ」

「ああ、俺はもちろん、『全て』が分かったなんて言い方はしていないんですよ。俺の最初の言葉を思い出してみてください」

全然分からん。俺は「とにかく聞け」と、自分が目撃した当時の状況を早口で語る。思い出話は差《さ》っ引《ぴ》いて、消失時のことだけを簡潔に伝えた。

彼は大きく二度ばかり、頷いた。

「ははあ、それでハッキリしましたね。彼女が十七年前、どうやって天文台から消えたかも、明瞭に分かってきましたよ」

「あ？　いやお前、それが分かったって、最初に言っていたんじゃねえのか」

彼はうーんと唸ってから、「そうは言っていなかったんですけどねえ」と呟き、俺の顔をちらりと見た。俺がよほど怖い顔をしていたのか知らないが、彼は慌てたように付け加えた。

「ええと、じゃあせめてヒントを二つだけ。一つは、この記事そのものをいま一度よく見直す事。これで、俺が最初に職員室で解いた謎の答えには辿り着くはずですよ。

二つ目は、さっきの『星占いでも……』がヒントの一助になるかもしれません」

「さっきの謎の文章が、か？」

「というより、星占い、を思い浮かべてもらうんです。先生も天文部なら、馴染みぐらいはあるでしょう？　星占いで使うホロスコープは、左回転で見ていくんです。そう、回転させて、ね。

そうしてみると、俺が今この場で解けた、十七年前の事件の真相も、見えてくるんじゃないでしょうか」

俺は違和感を覚えた。彼は、「職員室で解いた謎」と「この場で解けた」謎をあえて区別している。どういうことだ？　職員室で対峙していた瞬間には、やはり俺を煙《けむ》に巻いていたということなのか？

俺の目を見て、彼は咳払いをした。

「あのー、えっと、そうですね。じゃあもう一つ。これはまさしく神の――ああ、それじゃあ、さすがにあの作品そのまんまか。ここはあえて天文に引っ掛けて……」

「おい、一体なんの話なんだ？」

彼は指を鳴らした。マスクの下で喜色満面の笑みを浮かべているのが、はっきりと分かるほど、目が輝いていた。

「そう、この事件ではまさしく――天球の告発とでもいうべき事態が発生していたんですよ。それこそが、最大のヒントです」

彼はそう言って、すぐさま席を立った。

またしても、呼び止める暇もなかった。

5　十二時二十五分

どういうことなんだ、一体……。

こちらを混乱させるようなことばかり言いやがって。クソ、腹が立つ。

思考に浸りながら三階に下りて来る。

窓の外では、いつの間にか弱い雨が降り始めていた。そういえば、朝の天気予報で言っていたような気もする。

３０４小教室の前で、男子生徒と女子生徒が押し問答をしていた。

「……女人禁制だ」

「はぁ？　前時代のボケはやめてくれる？」

見ると、女子生徒の方は、二年生の楢沢芽以。さっき１０１小教室の前で見かけた時のテンションのままで、完全にいきり立っている。

一方の男子生徒は２－Ａの男子生徒・茅《ち》ヶ《が》崎《さき》だった。彼の方の事情は、すぐ分かった。

例の消しゴムポーカーだろう。

２－Ａの生徒たちは、自分たちでは上手くやっているつもりのようだが、実のところ、生徒指導である俺はすっかりその内情を把握していた。全員異常な量の消しゴムを持っていたり、かと思えば、それまでエコ活動に興味がなかったはずの奴らがペットボトルキャップを集めたりしているのだ。小教室の取り方もある意味露骨である。点と点が繋がれば、その意味するところは明白だし、２－Ａの口の軽い男子生徒が自分の彼女には話したりしているので、実は知っている人は知っている。

ではなぜ俺が取り締まらないかというと、端的に言うと「やられた」と思ったからだ。自分でも、取り締まる工程を何度かシミュレーションしてみたが、学校にあってもおかしくないものだけで構成されているので、どこかでは逃げられてしまう。敵ながらあっぱれという気持ちだったし、俺自身、学生時代は学校にゲームを持ち込んでいた身だ。呆れを通り越して感嘆してしまうその手口には、無邪気に拍手する他なかった。俺としては、決定的な問題が起きるまでは泳がせてやろうという気持ちだ。

それに、ありふれたもので工夫して遊ぼうとする精神は、いくら高校生にしては子供っぽく、馬鹿馬鹿しいとはいえ——応援したくなるではないか。ゲームをやっていた頃の気持ちを思い出すというものだ。

楢沢が３０４小教室を少し覗いて、そこに目的の「アマリリス」がいないと確認すると、彼女はやや満足気な様子でその場を離れた。

俺が少し離れた場所から３０４小教室を眺めていたところ、萱原が現れた。トイレにでも寄っていたのか、俺より後にやって来た。

彼はこの場ではマサという あだ名で呼ばれ、消しゴムポーカーの元締めをしている。

萱原が部屋に入った直後、「ロイヤルストレートフラッシュ……！」という歓声が聞こえた。ポーカーの最高役だ。今日の試合は随分アツいことになっているようだ。

部屋の中から、「五分後に決勝戦を開始します」とアナウンスの声が漏れてきた。教室から何人か、トイレ休憩と思しき生徒たちが出てきたので、咄嗟《とっさ》に隠れる。出てきた生徒の中には、芝《しば》や青木《あおき》もいた。彼らは俺にバレていないと思っているのだから、俺がここに姿を現すのはまずかろう。

中から、菅原の「普通の消しゴムを混ぜたかもしれないから、ちょっと確かめさせて」という声が聞こえてくる。麺喰道楽のアプリの新機能の話で、他の生徒が盛り上がっているのも聞こえた。菅原はずっと誰かと話していて、部屋から出て来ない。

教室に戻ってくる2－Aの生徒たちの声が聞こえたので、部屋の前から離れて、素知らぬ顔をする。

俺は立場上、この部屋に入れない。入ったら、知らんぷりは出来なくなる。やはり自力で謎を解くしかないのだろうか……。

俺は例の新聞記事を取り出して弄《もてあそ》んだ。回転？　回転が鍵ということは……俺は記事を反時計回りに回してみるが、やはり何も見えてこない。

裏面は白紙になっていて、こちらにもやはり、手掛かりはない。クリアファイルから新聞記事を取り出して、折り跡一つない新聞記事を指で撫でながら、俺は違和感を覚えた。

――あれ？

新聞記事には、裏面がなかったのだ。

ツクモ新報は両面刷りだから、千景の事件を書いたあの記事の裏にも、何かの記事があったはずだ。あれは、確か……。

いや、それ以前に、どうしてこんなことが起きたのか。昼休みが開始した直後、菅原と見た新聞記事には、確か裏面も折り跡もあった。

それが、いつの間にかすり替えられている……。

一体、いつ、どのタイミングで？

というより、誰が？

更なる謎の入り口に立った時、３０４小教室の中からどよめきが聞こえた。

「ちんけなトリックに頼るなんざ、凡人のすることだろ。俺にはそんなもん通用しねえ。トリックなんかいらねえよ」

菅原の声だった。

彼はまるで喝破するように、堂に入った声でそう叫んでいた。俺は腕時計を見た。十二時三十五分だった。

詳細こそ分からないが、どうやら、またしても菅原は何かのトリックを解き明かしたらしい。今回も、部屋に入ってから十分と経っていない。さっき菅原が口にしていた「ロイヤルストレートフラッシュ」に関連しているのだろうか。

なんなんだ？　あの化け物のような名探偵ぶりは。

俺は半ば鼻白みながらも、彼のおかげで、決定的な手掛かりが手に入ったことを喜んでもいた。

――トリックなんかいらねえよ。

彼の言葉が、俺を真相に近づけてくれた。そう、あの天文台の事件には、本来、トリックなんかなかったのだ。俺たちがいたずらに現場の状況を複雑にしてしまったのかもしれない。

俺は一路、真相を求めて動き出した。

まずは手始めに、新聞部に向かおう。

新聞部は四階の印刷室に、これまでに発行した全てのツクモ新報をファイリングしたフォルダーを保管している。歴史のある部だからこそ、許されていることだった。いくらその内容が陰謀論まがいの内容を含むとはいえ。

印刷室には、北村愛梨《きたむらあいり》の姿があった。丸っこいフォルムが特徴的な、可愛らしい印象の生徒だ。しかし、さすがに新聞部の端くれなので、ゴシップの類には鋭い。

彼女はこれまた丸い目を瞬いた。

「あらあらあら、森山先生」

「北村、突然で悪いんだが、二〇〇四年のツクモ新報のバックナンバーを貸してくれないか？」

「二〇〇四年？　もしかして、人が消えた事件のことですか？　今日はお客さんが多い日ですねえ」

俺には彼女の言葉の意味は分からなかったが、彼女の目が好奇心に輝いているのは分かった。

参ったな。この昼休みのうちに、決着をつけたいというのに……。

その瞬間、俺は閃《ひらめ》きに打たれた。

「今日はお客さんが多い、と言ったな」

彼女は目を瞬いた。

「ええ。三人もいらっしゃいました」

「『お客さん』って、誰が来た？」

彼女は答えを言った。

それは俺が求めていた答えだった。

6　十二時四十五分

俺は新聞部での調査を無事に終え、ある人物を伴って屋上にやって来ていた。

雨はもう止んでいた。通り雨だったようだ。雲間から、太陽の光が覗いている。燦燦《さんさん》と、眩しい神の光が射しこむ――あの日の昼休みと同じように。

今日は、屋上に天文部の生徒はいないようだし、他の生徒の姿もない。

これなら、二人きりで話が出来る。俺は満足した。

「――突然、呼び出してしまってすみません」

その人物は曖昧な笑みを浮かべて、小さく頷いた。

「実は、俺は十七年前、ここである人物が消える場面に立ち会ったんです。その人の名前は浅川千景。俺の大切な人でした」

その人物は、明確な反応を示さなかった。

例のスクラップを入れたクリアファイルを取り出す。

「俺が真相に気付いたのは、このたった一枚の紙が理由でした。この新聞記事は、彼女が消えた事件について、今もなおこの学校で続いている学校新聞『ツクモ新報』が報じたものです。彼女の事件が消えない傷になっている俺は、当時からこの新聞記事を持っていて、教師として赴任した今もなお、デスクのパーテーションに貼っているほどでした。そしてこの新聞記事には、俺が昔折って持ち歩いていたことによって、四つ折りにした跡がついていたんです」

　相手の肩が震える。

「そう。目の前にあるこの新聞記事には、折り跡一つありません。良く見ると、折ってあった位置に、うっすらと黒いインクの滲みがありますが……しかし、折り跡は消えている。

　それだけではありません。この新聞記事は、当時、私がツクモ新報をスクラップしたものです。つまり、裏面が存在しました。もちろん、切り抜いていたのは表の記事なので、裏の記事は文章が完全な状態で残っていたわけじゃない……しかし、裏にも記事があったことは間違いないのです。ですが今は」

　俺は新聞記事を裏返して、相手に見せる。

「このとおり、裏面は白紙になっています。折り跡が消え、裏面がない。これらの事実が意味するところは一体なんでしょうか？

　答えは明白です。何者かが、俺の持っていたスクラップを、カラーコピーしてすり替えたのです。印刷室にあるプリンターを使って。

　新聞部の北村によれば、今日印刷室に来た『お客さん』は全部で三人。二人目は、二年の楢沢芽以。彼女はある事情で、今日校内中を駆けずり回っていました。三人目は俺。そして、一人目が」

俺は相手を指さした。

「あなただった、というわけです。あなたは俺のスクラップを持ち去って、印刷室に入り、カラーコピーだけしてすぐに部屋を出たのではないですか」

相手が目を逸らした。それだけで、半ば認めたようなものだった。

「俺が昼休み直後、生徒会長の菅原と一緒に、この記事について話していた時には、記事には折り跡も裏面もありました。しかし、昼飯をコンビニに買いに行って、戻ってきた時には、もうコピーにすり替わっていたのです。こんなことをした人物……あえて、犯人、と呼びますが、その犯人は、俺が席を外し、戻ってくるまでの五分程度の間に、コピーを行ったことになります。職員室は印刷室の近くですから、時間的に無理はありません。

このスクラップが、本物の大手紙の新聞記事なら、紙質の違いからすぐにすり替えに気付いたでしょうが、ツクモ新報は学校のコピー用紙に刷っていますから、触り心地ではすぐには気付かなかった。折り跡の有無や、裏面が白紙であることなどから、ようやく気付いたのです。

では、その目的はなんでしょうか？　俺と同じ記事を手元に置いておくためでしょうか？　しかし、それならコピーの方を自分のものにして、原本は俺のところに残しておけばいい。しかしそうではなく、コピーを残して、原本を持ち去った。これこそがポイントです。

つまり、犯人は、俺に原本を見られてはまずい事情があった。スクラップの原本とコピーの決定的な違いは何か。もちろん裏面の記事の有無です」

俺はそこまで言うと、バッグからもう一つの証拠を取り出した。

それは、新聞部に立ち寄って借り受けた、「ツクモ新報」のバックナンバーのフォルダだった。

「二〇〇四年」と書かれたものだ。

「新聞部の北村から貸してもらったんです。新聞部は物持ちが良くて助かりますよ。このフォルダには、もちろん、俺が犯人に奪われてしまった記事の原本が入っています」

俺は九月二十日号のツクモ新報を開く。一面には、浅川千景が消えた記事が載っている。

「そして、この裏面の記事こそが、犯人の隠したかったものです」

俺はページをめくった。

そこには、一面の記事によって二面に追いやられた、オーストラリア在住の推理作家のインタビュー記事が載っている。

その作家の名前は、「アキホ・ミモリ」。当時三十七歳だったとある。

そしてその顔は。

「そう。この顔は、あなたにそっくりなんです。現在、三十四歳である、あなたに……」

俺は目の前にいるその人物――三森の姿を見た。

「そうなんでしょう？　三森千景さん。このアキホ・ミモリさんは、あなたのお母さんだ」

三森は静かに目を閉じて、そして、全てを認めた。

最初から菅原は、堂々と口にしていたのだ。

――彼女はあの天文台から消えて――今、どこにいるのか。その謎は、十七年後の今日、解かれることが定められていたのです。

彼はあの時、「天文台から『いかにして』消えて」などとは一言も言わなかった。「今、どこにいるのか」、彼はそう言っていたのである。そう、菅原は新聞記事を見て、その謎の答え「だけ」知ったのだ。何せ目の前に、三森と新聞記事の相似という答えが、明瞭に転がっていたのだから。

考えてみれば、三森の赴任当時、俺が彼女の自己紹介を聞いていれば、すぐに気付けたことだった。俺はその日、出張で出かけていた。千景という珍しい名前を聞いていれば、すぐにその顔に、浅川千景の面影を見出せただろう。

牛乳瓶の底のように厚い眼鏡をかけた彼女の顔に、あの頃の面影を。

「苗字は、どうしたんだ」

「三森は母方の苗字なの。十七年前……二〇〇四年の九月九日に、オーストラリアに移住した時、苗字も母のものに改姓したのよ」

職場でしか付き合いがないから、苗字しか気にしたことがなかった。今回、俺が三森千景の名前を知ったのは、疑惑を確かめるために、教職員・事務職員の名簿を当たって、確認したからに過ぎない。

彼女は当時十七歳で、現在三十四歳。アキホ・ミモリは当時三十七歳。三歳差だが、その顔は母親そっくりだった。アキホ・ミモリの顔写真を見られては、自分の正体がバレてしまう。

彼女がそれに気付いたのは、俺がデスクの上を整理してあのスクラップ記事を掘り出し、菅原の前で床に落とした、まさにあの瞬間だった。あの時菅原は三森の方に記事の裏面を向けて手に持っていた。三森はあの時、青ざめたに違いない。

「あの頃、母の体調が思わしくなくなって、『メルボルンでみんなと一緒に暮らしたい』と連絡があった。姉と私は悩んだ末に、メルボルンに移住することにしたの。私たちが行ってからは母も回復して、今ではピンピンしてるけど」

「そうだったのか……」

　三森は、ふう、と息を吐いた。

「こっちに赴任してきて、すぐに気付いた。ああ、あの森山君だって。本当に先生になったんだって、嬉しくて……」

「どうして……その時言ってくれなかったんだ？」

「だって」彼女は不満そうに頬を膨らませた。「森山君が全然気が付かないから……私も、段々意固地になって」

　俺は申し訳ない気分になり、話を逸らした。

「あの時、君が消えた方法も、今では分かっているんだ」

「……そう」

　彼女は目を逸らした。

　俺は時計を見て、「いい時間だ」と言った。

「今、十二時四十九分ってところだ。十七年前、俺と君が天文台で会ったのと、同じ時刻。奇《く》しくも日付は同じ九月九日で、天気も晴れている。天文台に上ってみないか？　さっき天文部の顧問に掛け合って、天体望遠鏡も起動して、ドームも開け放っておいたんだ。望遠鏡は太陽の黒点観測を続けているよ――あの日と全く同じように」

彼女は観念したように目をつむった。俺は犯人を追い詰める探偵の気分を味わう羽目になった。相手が昔からの想い人とあっては、気分の良いものではない。

鉄階段を上がる音が、やけに重く響いた。

「あの日、俺は君の悲鳴を聞いて、階段を駆け上がった。君にあの直前、時間を聞いて、『十二時五十分』だと教えられていた。

だが、扉を開けると――」

俺は天文台の扉を開く。懐かしい木と鉄のにおいが、鼻先をくすぐる。

「俺はあの日、正面から太陽の光に射抜かれた……」

ところが、今この時、現実は違っていた。

太陽光は、やや西寄りの位置から、斜めに射し込んでいた。天体望遠鏡とドームのスリットは、太陽を追尾するようにプログラムされているので、もちろん、太陽の方角を向いている。

「俺たちは十七年経って、お互い随分変わったよ。でも、空だけは変わらない」

千景は、小さく頷いた。

「今は九月だ。昼間の太陽の動きは速い。正午には南中し、百八十度の位置にあったものが、十三時には二百十度に……つまり三十度近く動いてしまう。

本当にあの日、君に教えられた通り『十二時五十分』頃に天文台に上がったのなら……今日と同じ位置に、太陽がないとおかしい。扉を開けた時、正面から——つまり、南から太陽の光に射抜かれることは、あり得ないんだよ。だからこう考えるしかない。俺が空っぽの天文台を見た時刻は正午前後だった」

　天球の告発、か。良く言ったものだ、と俺は内心で呆れ返る。ホロスコープの回転などと下手なヒントを出したのも、天文台の角度に気付かせたかったからだろう。

「こんな勘違いが生まれた理由は……君があの時、その日オーストラリアに発つと思い詰めていたことに関係している。日本とメルボルンの時差は一時間だ。君はあらかじめ腕時計をメルボルンの時間に合わせていたが、それを忘れて、俺に時刻を尋ねられて咄嗟に『十二時五十分』と答えてしまった。実際には、『十一時五十分』だったのに」

　彼女は溜め息を吐いた。

「そういうこと……あの日、私は午後の授業は欠席して、姉と一緒に空港に向かう予定だった。だから、もう時計を弄《いじ》っていたの。そういう意味で、あの事件は完全に偶然だった」

「一つ不思議なことは、あれが『十一時五十分』だったとすると、まだ昼休みに入っていないはず……ということだったが、これも新聞記事を読み直して解消した。あの日は今日と同じように体力テストがあって、しかし三・四限でやったから、早く終わった生徒から昼休みに入っていいことになっていたんだ。だから廊下は生徒たちで賑わっていて、昼休みの雰囲気になっていたし、千景も早めに屋上に着いていていたんだ」

「そうね……十一時半くらいから、あそこに居た気がする」

ツクモ新報の記事をもとに再現した状況(12:50)

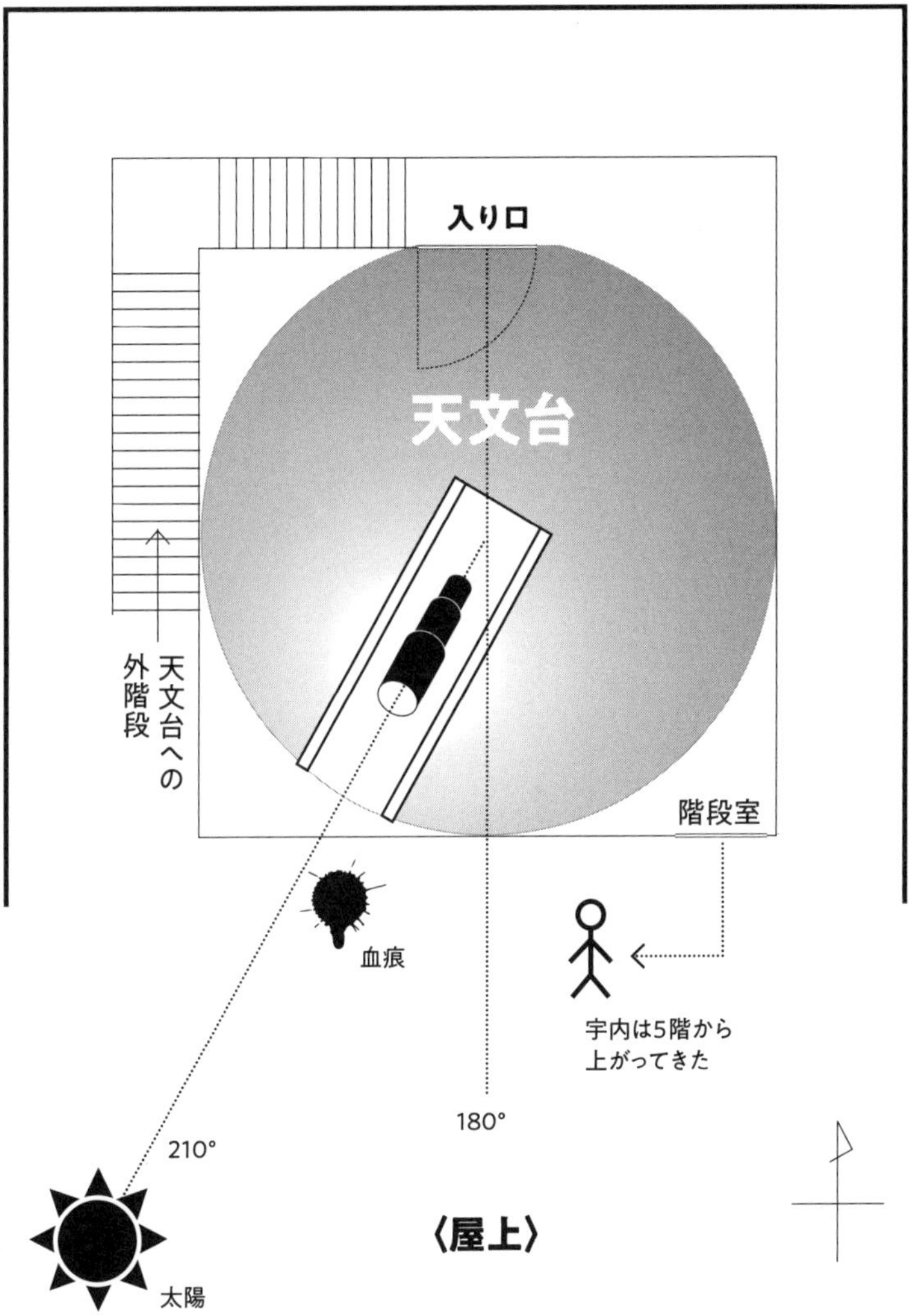

考えてみれば、もう一つ不自然なことがあった。あの日、ロビーの出張購買部が、俺が遅れて登校した時点でも賑わっていた。しかし、千景の言葉通り「十二時五十分」の前後なら、その頃にはもう、昼休みの終わりが近く、売り切れていたはずだ。撤収していてもおかしくはない。時間に矛盾があると、もっと早く気付くべきだった。購買部は昼休み前からスタンバイしているはずなので、体力テストの動向に合わせて早く販売を始めてもおかしくはない。

千景は天体望遠鏡の方に近付いて行って、筒のあたりをそっと撫でていた。懐かしいのだろう。俺自身、この天文台に入った途端、胸が懐かしさでいっぱいになってしまった。

「あの事件は、君の悲鳴があって、俺が屋上から五階へと階段を駆け下り、そこで俺が宇内と会い、すれ違いざまに宇内が五階から屋上へと向かった——こういう推移だと思われていたから、不可能性が強固な印象だった。しかし、その前提が崩れれば話は大きく変わってくる。事件は一時間空けて二度起こっており、君の悲鳴も二回上がったんだ。

君の悲鳴を聞いて俺は天文台に上がったが、思い返してみると、俺は君が階段を上がる時の足音を聞いていない。ローファーであの鉄階段を上がると、どうしたって音がするのに。君はあの時、階段を上ったんじゃなくて、屋上の裏手に歩いて行ったんだな。それを、慌てて階段を上がった俺は見落とした」

「屋上の裏手の日陰に、小さな天体望遠鏡をセットして、宇内君にあとで使い方を教える予定だったの。それを見に行っていたのよ。ちなみに悲鳴は」彼女の耳が赤くなった。「壁に止まっていたカメムシに驚いて、上げたものよ」

「虫が苦手だったよな。君を見落として天文台に登った俺は、君の姿が見えないと慌て出す。君はこの時点では、天文台への階段を上がって来ていて、俺が慌てふためく様子を後ろから眺めていた……そうだね？」

「ええ。もちろんその場で出て行っても良かったんだけど……この状況は利用出来る、と思ったから。私はあなたの様子を確認した後、すぐに階段を降り、五階から四階まで行ったところで、女子トイレにひとまず隠れたの」

五階で宇内と会った時、彼は階段の前に今来た、という、まさにその瞬間だった。俺が降りて来るよりも一分ほど早く、千景は五階を通り過ぎていただろうし、宇内が一瞬目を離した隙に、普通に監視をすり抜けた。真相は単純なことだった。

「俺はあの日、動揺して君の家まで行って、馴染みの場所を探し回るほどだった。俺が校内にいないのも、君の計略を助けたんだろう。一度目、十一時五十分の消失事件は、完全に偶然の産物で、トリックの余地すらない。しかし、二度目、十二時五十分の事件は、君が意図的に起こしたものだ。君は本当の『十二時五十分』に、もう一度消失騒ぎを演じて、自分が消えたのは『十二時五十分』で間違いないと、俺に信じさせせようとした。そうすることで謎も強固になる。二度目の事件に利用できるのは、その時刻に間違いなく屋上に上がってくると分かっている、一年生の宇内君のことだ」

「そうよ。彼が上がって来る前に、屋上に血痕を残しておいた。もちろん美術室から絵の具を借用して、だけど。血痕の位置も、二百十度の位置——つまり十二時五十分にドームのスリットが開いているであろう位置に設定した。

宇内君が上がってくるのを確認したら、悲鳴を上げて、彼を誘導する。この時、私は天文台の東側の位置に隠れておいて、彼が血痕に気を取られている間に、サッと階段へ走る。そうして、階段を降りて逃げ出したの。トリックらしいトリックなんて一つもなかった。本当に、ただのイタズラみたいなもの」

それは、俺も一度は検討した、単純な抜け穴だった。しかし、自分で屋上を調べ、直後に宇内が屋上に上がってきたという思い込みが、その抜け穴の有用性を失わせていた。事件が二度起こったと分かった瞬間、抜け穴は復活したのだ。

宇内の証言に俺の動きが出て来なかったり、俺の記憶には悲鳴を聞いて駆け上がってくる宇内の姿がなかったりするのも、無理もなかった。事件は二回起こっていたのだから。二度に分けて演じられた、消失の罠。

二つの事件を一つと捉えると、不可能状況は強固になる。しかし、二つに分離した途端、謎という謎は残らなくなるのだ。太陽の光だけがそれを白日の下に曝した。まさに「天球の告発」だった。

だが――。

「千景……どうして、こんなことをしたんだ」

俺には動機だけが分からなかった。彼女がイタズラのような、こんな仕掛けをした動機が。

それを知るのは恐ろしかった。彼女が途方もない悪意からそうしたなら、あの日の思い出だけでなく、彼女との思い出そのものが、汚される気がした。

だが、菅原が言った言葉が、耳に残っていた。

——これはですね、森山先生。あなたが解くべき事件だからです。

俺が解くべき事件。だとすれば、彼女の動機も、俺が受け止めるべきなのではないか。彼女の心に土足で踏み入って、こうして問い詰めている責任を、そうやって取るべきなのではないか、と。

「さっきも君が言っていた通り……君がいないと俺が叫んでいるのを、後ろから見ていたなら、その時点で出て来てくれても良かったじゃないか」

「それは、そうなんだけど……」

彼女は目を伏せた。

「……あなた、あの日大遅刻したじゃない？」

うっ、と俺は呻《うめ》いた。

「……ＲＰＧの二周目をしていたんだ」

「森山君、そんな理由で遅れたわけ？」彼女は目尻を吊り上げると、早口で言い募った。「私は、突然、親の都合で海外へ行くことになって、しかもお母さんの具合は悪いと聞かされていて、来たるべき新生活に不安で不安で仕方なくて……おまけに、結局当日まで君に言い出せないで、胸が張り裂けそうだった、っていうのに？」

「……面目《めんぼく》ない」

どうして今日に限って、というのはそういう意味だったかと反省する。

「まあ、当時は君が遅刻した理由は察してなかったけど……ともかく、大遅刻して私を不安にさせた君に、意地悪してやろうと思ったの。私のことを忘れられなくなるように……」

彼女はそこで言葉を切り、しばらく躊躇《ためら》う素振りを見せた。しかし、何か思い切ったように息を吐くと、早口で言った。

「君の中で解けない謎になってやろうとしたの」

そう言って、彼女は耳を真っ赤にし、顔を背けた。

「……照れないでくれるか。俺も恥ずかしいから」

「こんなこと、素面《しらふ》じゃ恥ずかしくてしょうがないに決まっているでしょ……ああもう、こんなこと、絶対に言うつもりなかったのに」

彼女は首を振った。

「正直……あんなのは、若い頃のエネルギー任せというか……」

彼女は開き直ったのか、あっけらかんとした口調で言った。

「まあ……本音を言えば、あの頃はすっごくロマンチックに思えたわけよ！　君の中で解けない謎になりさえすれば、遠く離れても、ずっと君の中に残り続けることが出来ると思ったから。

でも、時間が経つと、自分がしたことが馬鹿馬鹿しくて、笑えて来た。衝動ってのは怖いね。しばらく、あの事件についてどう考えていいか分からなくて悩んだ。君がメールで連絡を取って来ても、頑なに返信しなかったのはそれが理由。宇内君には、連絡を取って謝ったよ。真相も全部伝えた。彼には迷惑をかけたし、勝手に巻き込んだわけだから、悪いと思っていたしね……でも、君には黙っていてほしいと頼んだ」

「あいつ、それで……事件の後、話してみようとしたんだけど、どこか態度がよそよそしかったんだ」

「顔に出るかもって心配したのかもね。彼、素直だから。本当に、悪いことしたなあ」

はあ、と彼女はため息をついた。

「あの日は……十七年前の今日は、それくらい、自分の思い付きに夢中だった。でも……十七年も経って、そんなロマンにもう浸ることが出来ない私の前に、君がひょっこり現れたわけ。その時の私の気持ち、分かる？」

「なんというか」俺はどうにか言葉を絞り出した。「いたたまれなかっただろうな」

「そう、いたたまれなかったの！」彼女は、それはもう完全にプリプリ怒っていた。「おまけに、私が消えた事件はなぜか学園七不思議になってるし……いやもう、恥ずかしくて、恥ずかしくて。若気の至りって怖いわーって、本気で反省したんだから」

「……そうだったのか」

「今日の昼休み、君がデスクに貼っていた記事が出てきて、その裏面を見て……もう、心臓が止まるかと思ったわけ。だって、当時のお母さんったら、今の私にそっくりなんだもの。あれと私の顔を見比べられたら、君に一発で正体がバレてしまう……だからさ、まずいとは思ったんだけど、咄嗟に、コピーして、せめて裏面だけでも分からなくしてやろうと思ったの。いずれバレるって分かっていたのに。しかも、こんな風に天文台に連れ込まれて、トリックの再現までされて。恥ずかしさもここまで来ると天元突破《てんげんとっぱ》だね」

彼女は、はあ、と深い息を吐いた。

「本当にもう……森山君は、どうして来て欲しい時に来ないで、来て欲しくない時にぐいぐい来るのかな」

「すまない」

「もっと申し訳なさそうにしてよね」

彼女が肩のあたりを小突いてくる。そうやって言い合っていると、二人とも、学生時代に帰ったかのようだった。

俺は少し迷った後に、付け加えた。

「馬鹿馬鹿しいなんてことは、ないよ」

「え?」

「生徒たちを見ていても思うだろう」俺は言った。「彼ら彼女らは、いつだって真剣そのものだ。どんなことに情熱を傾けていても。だから何一つ、馬鹿馬鹿しいなんてことは、ないよ」

沈黙が二人の間に流れる。クサいことを言ってしまったという羞恥が、次第に顔を熱くした。

「……本当は」

「ん?」

「見つけてもらいたかったのかも。新聞部にバックナンバーがあることも知っていたのに、そっちは手を付けなかったわけだし……」

彼女が言うのに、「どっちなんだよ」と俺は笑った。と同時に、菅原の言葉の意味も腑に落ちた。

——今になって、もう一つのメッセージを強く帯びてきたわけです。これは面白いな。逃げ切ろうという意識がそうさせるのか？　いや、これはむしろ裏腹に暴かれたいという欲求……。

あの時点で、彼は千景の心理まで、正確に見抜いていたわけだ。全く、恐ろしいやつである。

「それに、さすがにバックナンバーにまで手を付けたら、職員としてまずいだろ。歴史あるものなんだし」

「……うん」

彼女は叱られた子供のように俯《うつむ》いていた。

天文台のスリットの傍に立つ。太陽の光が射し込んで、天文台の中を、暖かく照らしていた。

彼女はかつて、この天文台を「鳥籠」に喩《たと》えた。窮屈な学校を象徴する鳥籠に見える、と。

だが、この鳥籠からは、広い空が見える。

「……千景がどうだったか知らないけどさ」

「……うん」

「俺はこの十七年間、鳥籠に閉じ込められた気分だった。今日、あの菅原って生徒のおかげで、鳥籠の扉がようやく開いたんだ。だから——」

その時の俺の心は、学生時代のそれに帰っていた。

「もう俺の前から、いなくならないでくれるか」

千景の答えを待っていると、昼休み終了五分前の予鈴が鳴った。

7　十二時五十八分

五時限目に受け持ちの授業はない。五時限目の時間は、職員室で書類をまとめるつもりでいた。

——それにしても、こうなってしまうと、千景と距離が近い今の席配置は、落ち着かないな。

俺は彼女の答えを思い返しながら、顔が綻《ほころ》ぶのを抑えることが出来なかった。

ともあれ、今日のことは菅原の貢献によるところが大きい。俺としては、せめて一言、礼ぐらいは言いたいところだった。

二年生の教室がある二階に降りてきたが、もう生徒たちは次の授業のために教室に入っており、廊下は閑散としていた。菅原のやつも、３０４小教室でのゲームを終えて、もう教室に戻っている頃だろう。

今、声をかけるのは野暮か。そう思いかけた時、男子トイレの中から声が聞こえた。

「明日……麵喰道楽の日が本番だけど、アプリの『新機能』が今日から始まったんだよ」

菅原の声だった。

麵喰道楽？　学校の中で聞くはずのない言葉に、俺は内心驚いた。

そして、話の内容を聞いてさらに驚いた。菅原と話している２－Ｂの斎藤結城と、２－Ｃの日《くさ》下部顕《かべあきら》が、この昼休みに、学校を抜け出して麺食道楽にラーメンを食べに行ったというのだ。

麺喰道楽は学校からは歩いて十分ほどの位置にある。昼休みが始まってすぐ行ったとしても、並ぶ時間や食べる時間も考えれば、二人が校内に戻ったのは、昼休みが終わるギリギリの時間だったはずだ。せいぜい五、六分前といったところではないか。

俺は決定的な場面こそ見逃したが、ここでもまた、菅原は彼ら二人に会ってすぐに、二人の企みを見破ったことになる。

あっ、と突然思い出した。

——茉莉が今朝、喫茶店で会った時に言っていたんですがね、お兄さんは今朝、めちゃくちゃ機嫌が良くて様子が変だったと。

彼は彼女から仕入れた情報によって、結城にあらかじめ目を付けていた。そのメタ情報があったからこそ、菅原は即座に真相を見抜けたのではないか。

ただ、推理力が優れているだけではない。

運まで恣《ほしいまま》にしている。

もっとも、菅原は茉莉との関係を周囲にはまだ秘密にしていると言っていたので、メタ情報については、二人に伝えていない可能性が高いだろう。

しかし、結城がいくらトラブルメイカー気質とはいえ、明確な校則違反を犯すとは……。

俺はさすがに、これは叱るべきだと思った。校則違反まで見逃しては、生徒指導の名折れではないか。

俺がトイレのドアに手を掛けた瞬間、午後のチャイムが鳴る。この長かった昼休みの終わりを告げる鐘の音。

そのチャイムの音と重なるように、菅原の声が聞こえた。

「さ、二人とも、昼休みの終わりだ。聞き分けの良い生徒に戻ろう」

俺は手を止めた。

思わず、ハハッと笑った。

俺は手を引っ込めて、そのまま踵《きびす》を返す。

それほど、彼の言った言葉に毒気を抜かれていた。

——聞き分けの良い生徒に戻らないとね。

それは、あの日の千景と同じ言葉だった。

「そういえば会長、なんでユーキのことは下の名前で呼ぶの。二人、クラスも同じになったことないよな」

日下部がそう聞くと、菅原は頭を掻きながら言った。

「ああ、それは——実はな、結城君。俺、お前の妹と付き合っているんだ。さっき、クラスの奴との勝負に勝って、ようやく公に言えるようになったんだけどな」

クラスの奴との勝負……あの消しゴムポーカーのことか。あれのおかげで公に茉莉との交際を口に出来るようになった、ということは……例のポーカーにとんでもないものを賭けやがって。

あとで説教だな。

しかし、そう思うのも馬鹿馬鹿しくなるほど、菅原の口調はあっけらかんとして、晴れやかだった。

「うん……は⁉」

結城が目を剝《む》いて、菅原を見つめる。

「お、おい、今なんて言ったんだ⁉　妹と⁉　茉莉と⁉」

「ほらほら、結城君、早くしないと授業に遅れるよー」

彼はそう言って、教室へ走って行ってしまった。

「待てッ」

結城はそう叫びながら走っていく。日下部も笑い声を立てながら、その後を追った。

閃光《せんこう》めいた光のように、三人の姿があっという間に消えていく。

あの頃の千景は、俺にとって光そのものだった。学校よりも大事なものがあると嘯《うそぶ》いて、自分が夢中になれることに情熱を傾けて、ただその溢れんばかりの馬力で引っ張っていってくれた。

いつの時代も、千景や菅原のような奴がいるのだ。

歩く道全てを光で照らして行って、幸福をバラ撒いていくような奴が。

千景はしかし、俺を騙すために犯人になった。

だが、菅原は徹頭徹尾、名探偵だった。

浅川千景が天文台から消失した十七年前の事件。

文芸部の女子生徒が忽然と消失した今日の事件。

彼女の斎藤茉莉が聞いた謎めいた言葉について。

消しゴムポーカーの席で起こった何らかの事件。

生徒が校舎を抜け出してラーメンを食った事件。

全て、彼はこの九月九日の昼休みのうちに解き明かしてしまったのだから。

生徒会長＝文芸部部長の青龍亜嵐＝賭場元締めのマサ＝恋人のナオ＝生徒の菅原正直。

俺が見ているのも、彼の数ある顔の一部に過ぎないのかもしれない。

今日、彼は確かに俺を救った。千景のことも、もしかしたら。だが彼自身は特段――救ったとも、思っていないのだろう。彼はただ、目の前に謎があったら、じっとしていられないだけなのだ。

その純粋さに。その力強さに。彼という光に、俺は勝手に救われたのだ。

同じように感じている人間が、この昼休みの短い間にも、何人いただろう？　俺は今日すれ違った人々の姿、生徒たちの姿を思い浮かべた。

チャイムが鳴る。

職員室の扉が、やけに小さく感じた。あの頃から、さして身長が変わったわけもないのに。

九月九日の昼休みが、今、ようやく終わったのだ。

あとがき

初めまして、もしくはお久しぶりです。阿津川辰海です。

初の学園ミステリー短編集を完成させることが出来ました。

私自身は、そんなにキラキラした青春を送って来たわけではありません。学校の人気者たちの前ではいつも尻込みし、ゲームや本が好きな友人たちと寄り集まっていました。中高時代の同級生が今、お笑い芸人になり、テレビでも活躍しているのを見るにつけ、「そうだよな、彼らはあの頃から、みんなの輪の中にいたもんな」と懐かしく思いました。

一時期の私にとって、図書室や文芸部、つまり本の世界が、唯一「居場所」と呼んでしっくりくる場所でした。学校で辛《つら》いことがあり、行きたくないと思った時にも、ミステリーの話をしてくれる司書さんに会いに行きたいからと、勇気を振り絞って登校していました。そうしたら段々、片手で数えられる程度だけれど、大事な友達も増えてきました。今もなお、私に作品の感想を送ってくれる友人もいます。

キラキラはしていなかったけれど、人には恵まれたと思います。昼休みに、あるいは部活動で、大切な人と「馬鹿なこと」をしている時が、結局一番楽しかった。でも、そういう場面は大抵の青春小説では短いギャグパートとして添えてあるくらいで、「馬鹿なこと」を軸に物語を展開する青春小説に、高校生の頃はなかなか出会えませんでした。だから、「馬鹿馬鹿しいことに情熱を捧げる、愛すべき馬鹿どもの青春ミステリー」を書いてみたいと思っていました。薔薇《ばら》色でも、灰色でもない、突き抜けて真っ赤な色の青春小説を。大人から見たら馬鹿馬鹿しいことでも、真剣に、情熱を傾ける高校生たちの姿に、笑ったり、癒されたり、元気をもらったりしてくれたら嬉しいです。もし学生の人がこれを読んでいるのなら――こんな形でも、どんな形でも、あなたの青春時代はあなたのものだと伝えたいです。

各話タイトルは、はやみねかおるさんの『都会《まち》のトム&ソーヤ』シリーズのタイトルをもじっています。思えば、明るくユーモラスな青春ミステリーを書きたいと思った、キッカケとなったシリーズかもしれません。第2話の引用はG・K・チェスタトン「見えない男」(『ブラウン神父の童心』〈創元推理文庫〉収録)からです。

最後に、各話伴走しながら励ましてくれた担当編集者の加藤翔さん、藤森文乃さん(消しゴムポーカーのテストプレイは盛り上がりましたね!)、短編全てに素敵な構図のイラストを描いてくださり、表紙等々のお願いまで応えてくださったオオタガキフミさん(短編を書くモチベでした!)、この連載の各話が掲載されるたびに感想をくださった各社担当編集さんたち、私が学生時代に関わった全ての人々、いつも支えてくれる友人たちに、この場を借りて感謝を申し上げます。そして、ここまで読んでくださった読者の皆様に、最大限の感謝を。

それでは、またいずれどこかでお会いしましょう。

二〇二三年七月　　　阿津川辰海

【初出】
第1話「RUN！ラーメン RUN！」 THE FORWARD Vol.2 二〇二二年二月発売
第2話「いつになったら入稿完了？」 THE FORWARD Vol.5 二〇二二年十一月発売
第3話「賭博師は恋に舞う」《前編》 THE FORWARD Vol.6 二〇二三年二月発売
《後編》 Webジェイ・ノベル 二〇二三年三月十四日配信
第4話「占いの館へおいで」 Webジェイ・ノベル 二〇二三年五月二十四日配信
第5話「過去からの挑戦」 書き下ろし

単行本化にあたり加筆修正を行いました。

本作品はフィクションです。実在の個人、組織、団体とは一切関係ありません。（編集部）

［著者略歴］
阿津川辰海（あつかわ・たつみ）
1994年東京都生まれ。東京大学卒。2017年、新人発掘プロジェクト「カッパ・ツー」により『名探偵は嘘をつかない』でデビュー。以後発表した作品はそれぞれがミステリ・ランキングの上位を席巻。2020年、『透明人間は密室に潜む』で本格ミステリ・ベスト10で第1位に輝く。その他の著書に、『星詠師の記憶』『紅蓮館の殺人』『蒼海館の殺人』『入れ子細工の夜』『録音された誘拐』がある。2023年、『阿津川辰海　読書日記　かくしてミステリー作家は語る〈新鋭奮闘編〉』で第23回本格ミステリ大賞《評論・研究部門》を受賞。

午《ご》後《ご》のチャイムが鳴《な》るまでは

2023年9月26日　初版第1刷発行

著　者／阿津川辰海
発行者／岩野裕一
発行所／株式会社実業之日本社
〒107-0062
東京都港区南青山6-6-22　emergence 2
電話（編集）03-6809-0473　（販売）03-6809-0495
https://www.j-n.co.jp/
小社のプライバシー・ポリシーは上記ホームページをご覧ください。

ＤＴＰ／ラッシュ
印刷所／大日本印刷株式会社
製本所／大日本印刷株式会社

ISBN978-4-408-53844-0（第二文芸）